全国专业技术人员计算机应用能力考试标准教程

Excel 2003
中文电子表格

全国专业技术人员计算机应用能力考试命题研究组　编著

清华大学出版社

北京

内 容 简 介

本书严格依据最新颁布的《全国专业技术人员计算机应用能力考试大纲》编写，并结合了考试的环境、历年考题的特点、考题的分布和解题的方法。

本书循序渐进地讲解了 Excel 2003 考试中应该掌握、熟悉和了解的内容，并结合了大量精简的案例操作演示，内容直观明了、易学，具体内容包括大纲中要求的 9 个模块，包括：Excel 应用基础、数据的输入与编辑、公式与函数的应用、工作表的修饰与打印、图表的操作、管理工作簿与工作表、数据处理与分析、数据安全与保护和共享数据与协同工作，各个章节除了操作演示之外均安排了"本节考点"和"本章试题解析"，前者帮助考生归纳了考试中可能会出现的所有考点，以便进行有针对性的复习，后者供考生进行模拟测试。本书的光盘中设置了一个试题库，包括全真的解题演示和自测练习，考生可以在其中进行模拟测试，当遇到难解之题或者做错了考题的时候，可以查看对应的解题演示。

本书适合报考全国专业技术人员计算机应用能力考试"Excel 2003 中文电子表格"科目的考生选用，也可作为大中专院校相关专业的教学辅导用书或相关培训课程的教材。

图书在版编目（CIP）数据

全国专业技术人员计算机应用能力考试标准教程——Excel 2003 中文电子表格 / 全国专业技术人员计算机应用能力考试命题研究组编著. —北京：清华大学出版社，2012.1
ISBN 978-7-302-27191-8

Ⅰ.①全…　Ⅱ.①全…　Ⅲ.①表处理软件，Excel 2003 – 资格考试 – 自学参考资料
Ⅳ.①TP391.13

中国版本图书馆 CIP 数据核字（2011）第 219756 号

责任编辑：袁金敏　薛　阳
责任校对：徐俊伟
责任印制：何　芊

出版发行：清华大学出版社　　　　　　　　　　地　　　址：北京清华大学学研大厦 A 座
　　　　　http://www.tup.com.cn　　　　　　邮　　　编：100084
　　　　　社　总　机：010-62770175　　　　　邮　　　购：010-62786544
　　　　　投稿与读者服务：010-62795954，jsjjc@tup.tsinghua.edu.cn
　　　　　质　量　反　馈：010-62772015，zhiliang@tup.tsinghua.edu.cn

印　刷　者：北京鑫丰华彩印有限公司
装　订　者：三河市溧源装订厂
经　　销：全国新华书店
开　　本：185×260　印　张：15.75　字　数：397 千字
　　　　　附光盘 1 张
版　　次：2012 年 1 月第 1 版　　印　　次：2012 年 1 月第 1 次印刷
印　　数：1～4000
定　　价：39.50 元

产品编号：044588-01

前　言

"全国计算机应用能力考试"，又称为"全国职称计算机考试"，是国家人力资源和社会保障部在全国范围内推行的一项全国性考试，并将考试成绩作为评聘专业技术职务的条件之一。

编者在多年的考试培训中发现，许多考生尽管对自己的计算机操作能力十分自信，但是却屡次参加考试，均没有通过。究其原因，主要是因为掌握的知识覆盖面太窄，缺少有针对性的、全面性的、实战性的练习，本丛书依据最新的《全国专业技术人员计算机应用能力考试大纲》而编写，知识覆盖面广，并特别设置了一个试题库，考生可以在其中模拟练习或者观看全真的答题过程，帮助考生快速掌握各方面知识和答题技巧，顺利通过职称计算机考试。

本丛书目前已推出 5 本图书，具体如下。

《全国专业技术人员计算机应用能力考试标准教程——Windows XP 操作系统》

《全国专业技术人员计算机应用能力考试标准教程——Word 2003 文字处理》

《全国专业技术人员计算机应用能力考试标准教程——Excel 2003 中文电子表格》

《全国专业技术人员计算机应用能力考试标准教程——PowerPoint 2003 中文演示文稿》

《全国专业技术人员计算机应用能力考试标准教程——Internet 应用》

本丛书主要特点如下。

（1）严格按照最新《全国专业技术人员计算机应用能力考试大纲》的要求组织内容，采取案例式的精简式操作演示，直观明了，结合考试环境，历年考题的特点、考题的分布和解题的方法。

（2）每节均设置了"本节考点"，可以让考生对需要考试的知识点了如指掌，在最后的考试冲刺阶段，可以作为强化复习的依据。

（3）每章都设置了试题解析，是针对每章考点的试题库。考生经过练习，可以掌握所有考点，考题万变不离其宗，考生只要能够理解并达到熟练操作，即可顺利通过考试。

（4）在光盘中设置了全真的解题演示和自测练习，帮助考生强化练习，考生可以在其中进行模拟测试，当遇到难解之题，或者做错了考题的时候，可以查看对应的解题演示。

本书为《Excel 2003 中文电子表格》，具体内容包括大纲中要求的 9 大知识模块，具体如下。

第 1 章 Excel 应用基础：包括 Excel 的启动和退出、工作界面的基础操作、单元格的相关操作、工作簿的管理、获取帮助的方法。

第 2 章 数据的输入与编辑：包括各类数据的输入方法、高效率的输入技能、限制输入的设置、插入和修改数据的方法，以及插入图形和图片，插入艺术字、文本框和图示。

第 3 章 公式与函数的应用：包括公式和函数的基本组成与输入、单元格的引用、使用自动计算功能、常用数据的计算与常用函数的应用。

第 4 章 工作表的修饰与打印：包括单元格格式、为单元格套用格式和样式、页面设置、打印设置。

第 5 章 图表的操作：包括创建图表、编辑图表、修饰图表、打印图表和利用图表分析数据。

第 6 章 管理工作簿与工作表：包括新建与重排窗口、拆分与冻结窗口、插入与删除工作表、工作表的设置。

第 7 章 数据处理与分析：包括记录单的使用、排序与筛选、分类汇总与合并计算、数据透视表的应用、获取外部数据。

第 8 章 数据安全与保护：包括工作簿的保护、工作表的保护、单元格的保护。

第 9 章 共享数据与协同工作：包括工作簿的共享、修订的应用、与其他 Office 组件协同工作。

刘丽华、聂静任本书主编，宋彤担任副主编，与刘丽华、聂静、邓志伟一起负责光盘中试题的编写工作；刘丽华、刘晔、杨桦、刘小红、宋锦萍、徐蕾、张留常、石林负责光盘中试题的制作工作；刘彩红编写了第 1 章和第 2 章；常青编写了第 3 章和第 4 章；蒿瑞鹏编写了第 5 章；王勇编写了第 6 章和第 7 章，石林编写了第 8 章和第 9 章。

作　者

2011 年 7 月

光盘操作说明

一、进入光盘的学习界面

光盘的学习界面为如下图所示，具体进入的方法如下：

- 将图书中的配套光盘放入光驱，可自动开启学习界面；
- 双击光盘中的"start.exe"文件，可开启学习界面。

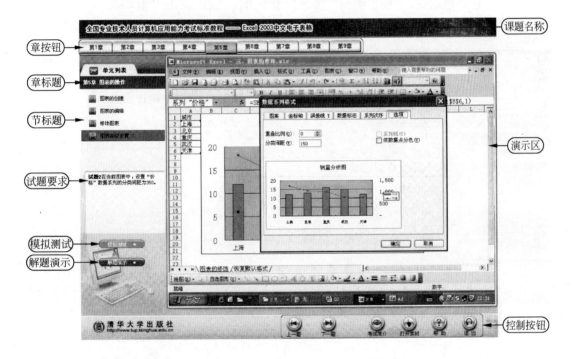

二、光盘界面的操作说明

- **章按钮**：通过单击按钮的方式，可以选择需要学习的章，这里的章与图书教材中的章是一一对应的。
- **章标题**：显示了当前所选章的标题。
- **节标题**：通过单击方式，可以在当前所选的章中选择需要学习的节。
- **试题要求**：显示了当前试题的文字内容。
- **演示区**：在这里可以自测试题，或查看解题演示。
- **控制按钮**：各按钮的功能如下表所示。

按 钮 名 称	功　　能
上一题	单击该按钮，可跳转到上一题的学习
下一题	单击该按钮，可跳转到下一题的学习
考试简介	单击该按钮，可打开关于考试介绍的网页
打开素材	单击该按钮，可打开存放图书中素材的窗口
帮助	单击该按钮，可打开关于光盘操作说明的网页
退出	单击该按钮，可退出光盘的学习

🔸 **模拟测试**：在进入学习界面时，默认为"模拟测试"模块，此时可以在"演示区"中，按照试题的要求进行自测，如果解题成功，将会出现"恭喜你成功了！"的提示，如下图所示。

在该模块中，"模拟测试"按钮处于不可用状态，单击"解题演示"按钮，可以跳转到"解题演示"模块。

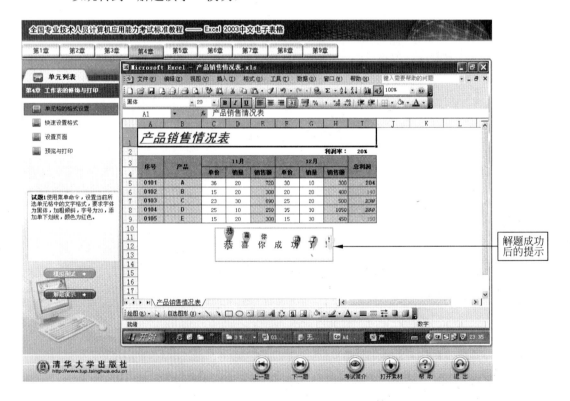

🔸 **解题演示**：在"模拟测试"模块中单击"解题演示"按钮，可进入"解题演示"模块，此时在"演示区"中将演示当前试题的解题过程，如下图所示，在"演示区"的下方会出现一个控制条，单击其中的按钮或拖动进度滑块，可控制播放状态和进程。

在该模块中，"解题演示"按钮处于不可用状态，单击"模拟测试"按钮，可以跳转到"模拟测试"模块。

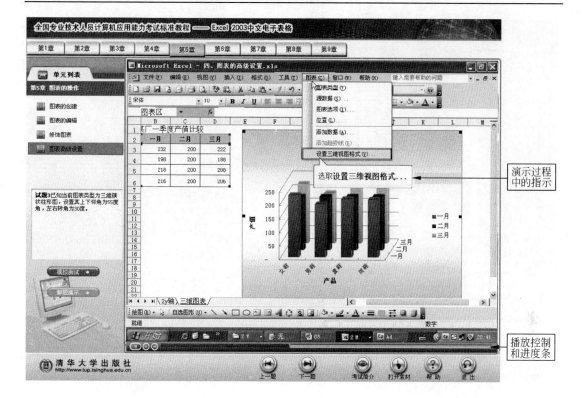

演示过程中的指示

播放控制和进度条

全国计算机应用能力考试 简介

　　根据《关于全国专业技术人员计算机应用能力考试的通知》，国家人力资源和社会保障部在全国范围内推行专业技术人员计算机应用能力考试（又称为全国职称计算机考试），并将考试成绩作为评聘专业技术职务的条件之一。

一、考试科目和时间

　　全国计算机应用能力考试主要是测试参考人员在计算机与网络方面的基本应用能力，考试科目采取模块化设计，每一科目单独考试。

　　全国计算机应用能力考试不设定全国统一的考试时间，一般每年都有多次考试的机会，具体可咨询当地的人事部门，应试人员在某一考试中如果未能通过某一考试科目，可以多次重复报考该科目，多次参加考试，直到通过该科目。

应用类别	科　　目	备　　注
操作系统	中文 Windows XP 操作系统	
办公应用	Word 2003 中文字处理	考生任选其一
	WPS Office 办公组合中文字处理	
	金山文字 2005	
	Excel 2003 中文电子表格	考生任选其一
	金山表格 2005	
	PowerPoint 2003 中文演示文稿	考生任选其一
	金山演示 2005	
网络应用	Internet 应用	考生任选其一
	FrontPage 2000 网页制作	
	Dreamweaver MX 2004 网页制作	
	FrontPage 2003 网页设计与制作	
数据库应用	Visual FoxPro 5.0 数据库管理系统	
	Access 2000 数据库管理系统	
图像制作	AutoCAD 2004 制图软件	考生任选其一
	Photoshop 6.0 图像处理	
	Photoshop CS4 图像处理	
	Flash MX 2004 动画制作	
	Authorware 7.0 多媒体制作	
其他	Project 2000 项目管理	考生任选其一
	用友财务（U8）软件	
	用友（T3）会计信息化软件	

二、考试形式

为了真正测试参考人员在计算机与网络方面的基本应用能力，全国计算机应用能力考试采用模拟的方式进行测试，所有测试内容全部采用上机操作的方式进行。每套试卷共有40题，考试时间为50分钟。

三、考试的合格标准

每个科目（模块）满分100分，60分（含60分）以上为合格。要求评聘初、中级专业技术职务的人员需取得3个科目（模块）合格证书；评聘高级专业技术职务的人员需取得4个科目（模块）合格证书。

目　　录

第 1 章　Excel 应用基础 ·· 1

1.1　启动与退出 ··· 2

    1.1.1　启动 Excel 2003 ··· 2

    1.1.2　退出 Excel 2003 ··· 2

    1.1.3　本节考点 ·· 3

1.2　操作工作界面 ·· 3

    1.2.1　标题栏 ·· 4

    1.2.2　菜单栏 ·· 4

    1.2.3　工具栏 ·· 4

    1.2.4　编辑栏 ·· 7

    1.2.5　状态栏 ·· 8

    1.2.6　任务窗格 ·· 9

    1.2.7　本节考点 ··· 10

1.3　操作工作区 ·· 10

    1.3.1　行号和列标 ·· 10

    1.3.2　工作表标签 ·· 11

    1.3.3　网格线 ·· 11

    1.3.4　滚动条 ·· 11

    1.3.5　设置工作区 ·· 11

    1.3.6　单元格 ·· 12

    1.3.7　本节考点 ··· 16

1.4　工作簿基础操作 ·· 17

    1.4.1　创建工作簿 ·· 17

    1.4.2　保存和关闭工作簿 ··· 18

    1.4.3　打开工作簿 ·· 20

    1.4.4　为工作簿设置密码 ··· 22

    1.4.5　设置文件属性 ··· 23

    1.4.6　本节考点 ··· 24

1.5　获得帮助 ·· 24

    1.5.1　使用 Office 助手 ·· 24

    1.5.2　使用 "Excel 帮助" 任务窗格 ·· 25

    1.5.3　使用 "搜索" 文本框获取帮助 ··· 26

　　　　1.5.4　在对话框中获取帮助 ·· 26
　　　　1.5.5　本节考点 ··· 27
　　1.6　本章试题解析 ·· 27

第 2 章　数据的输入与编辑 ·· 32

　　2.1　输入数据 ·· 33
　　　　2.1.1　输入数值 ··· 33
　　　　2.1.2　输入文本 ··· 34
　　　　2.1.3　输入日期和时间 ·· 36
　　　　2.1.4　插入符号 ··· 37
　　　　2.1.5　输入序列 ··· 37
　　　　2.1.6　提高相同数据的输入效率 ·· 42
　　　　2.1.7　添加批注 ··· 43
　　　　2.1.8　设置数据有效性 ·· 45
　　　　2.1.9　本节考点 ··· 49
　　2.2　编辑工作表 ·· 49
　　　　2.2.1　清除单元格 ·· 49
　　　　2.2.2　删除和插入单元格 ·· 50
　　　　2.2.3　移动和复制单元格 ·· 51
　　　　2.2.4　选择性粘贴 ·· 52
　　　　2.2.5　剪贴板 ··· 54
　　　　2.2.6　查找和替换 ·· 55
　　　　2.2.7　自动更正 ··· 57
　　　　2.2.8　设置编辑选项 ·· 58
　　　　2.2.9　本节考点 ··· 59
　　2.3　插入对象与超链接 ·· 59
　　　　2.3.1　插入对象 ··· 59
　　　　2.3.2　插入超链接 ·· 60
　　　　2.3.3　编辑超链接 ·· 64
　　　　2.3.4　本节考点 ··· 64
　　2.4　插入图形 ·· 65
　　　　2.4.1　绘制图形 ··· 65
　　　　2.4.2　插入图片和剪贴画 ·· 67
　　　　2.4.3　添加艺术字 ·· 69
　　　　2.4.4　添加文本框 ·· 71
　　　　2.4.5　添加图示 ··· 72
　　　　2.4.6　本节考点 ··· 73
　　2.5　本章试题解析 ·· 74

第 3 章 公式与函数的应用 ································· 79

3.1 使用公式 ·· 80

   3.1.1 输入公式 ····································· 80

   3.1.2 使用运算符 ··································· 81

   3.1.3 选择引用的方式 ······························ 82

   3.1.4 引用工作表和工作簿中的数据 ···················· 84

   3.1.5 日期和时间的运算 ···························· 85

   3.1.6 本节考点 ···································· 86

3.2 使用函数 ··· 86

   3.2.1 认识函数 ···································· 86

   3.2.2 自动计算功能 ································· 86

   3.2.3 函数的输入 ··································· 88

   3.2.4 函数的嵌套 ··································· 89

   3.2.5 本节考点 ···································· 90

3.3 常用函数的应用 ···································· 90

   3.3.1 SUM 函数（求和）···························· 91

   3.3.2 AVERAGE 函数（求平均值）····················· 91

   3.3.3 COUNT 函数（计数）·························· 92

   3.3.4 COUNTIF 函数（条件计数）····················· 93

   3.3.5 MAX 和 MIN 函数（求最大、最小值）·············· 93

   3.3.6 IF 函数（条件判断）·························· 94

   3.3.7 INT 函数（取整）···························· 96

   3.3.8 ROUND 函数（四舍五入）······················ 96

   3.3.9 ABS 函数（求绝对值）························· 96

   3.3.10 TODAY 函数（获得当前日期）··················· 97

   3.3.11 LOOKUP 函数（查找）························· 97

   3.3.12 本节考点 ··································· 98

3.4 本章试题解析 ······································ 99

第 4 章 工作表的修饰与打印 ························· 103

4.1 单元格的格式设置 ·································· 104

   4.1.1 设置文本格式 ································· 104

   4.1.2 设置常用的数值格式 ···························· 105

   4.1.3 合并单元格 ··································· 107

   4.1.4 设置对齐方式 ································· 109

   4.1.5 设置边框和背景 ······························ 109

   4.1.6 调整行高和列宽 ······························ 112

   4.1.7 隐藏和显示行或列 ···························· 113

4.1.8　设置条件格式 ……………………………………………… 114

4.1.9　本节考点 ……………………………………………………… 115

4.2　快速设置格式 …………………………………………………… 116

4.2.1　套用内置的格式 ……………………………………………… 116

4.2.2　使用格式刷复制 ……………………………………………… 117

4.2.3　使用样式 ……………………………………………………… 118

4.2.4　本节考点 ……………………………………………………… 119

4.3　设置页面 ………………………………………………………… 119

4.3.1　设置"页面" …………………………………………………… 120

4.3.2　设置"页边距" ………………………………………………… 120

4.3.3　设置页眉和页脚 ……………………………………………… 120

4.3.4　设置工作表 …………………………………………………… 122

4.3.5　本节考点 ……………………………………………………… 123

4.4　预览与打印 ……………………………………………………… 123

4.4.1　设置分页预览 ………………………………………………… 123

4.4.2　打印预览 ……………………………………………………… 124

4.4.3　打印设置 ……………………………………………………… 125

4.4.4　本节考点 ……………………………………………………… 126

4.5　本章试题解析 …………………………………………………… 126

第 5 章　图表的操作 ………………………………………………… 130

5.1　图表的创建 ……………………………………………………… 131

5.1.1　确定分析目的和图表类型 …………………………………… 131

5.1.2　开始创建图表 ………………………………………………… 132

5.1.3　本节考点 ……………………………………………………… 135

5.2　图表的编辑 ……………………………………………………… 135

5.2.1　图表组成元素的选择 ………………………………………… 135

5.2.2　调整图表大小和位置 ………………………………………… 136

5.2.3　删除图表元素 ………………………………………………… 137

5.2.4　图表类型操作 ………………………………………………… 137

5.2.5　图表数据操作 ………………………………………………… 140

5.2.6　设置图表转置 ………………………………………………… 141

5.2.7　设置图表选项 ………………………………………………… 142

5.2.8　本节考点 ……………………………………………………… 144

5.3　图表的修饰 ……………………………………………………… 145

5.3.1　图表中文本格式设置 ………………………………………… 145

5.3.2　图表元素的边框和填充设置 ………………………………… 145

5.3.3　设置坐标轴格式 ……………………………………………… 148

5.3.4　设置数据系列格式 …………………………………………… 149

5.3.5 恢复图表默认格式 ·· 152

5.3.6 本节考点 ·· 153

5.4 图表高级设置 ·· 153

5.4.1 在图表中使用次坐标轴 ·· 153

5.4.2 设置三维图表 ·· 154

5.4.3 本节考点 ·· 156

5.5 图表的打印输出 ·· 156

5.5.1 将图表与数据一起打印 ·· 156

5.5.2 单独打印图表 ·· 156

5.5.3 打印图表的数据区域 ·· 157

5.5.4 本节考点 ·· 157

5.6 本章试题解析 ·· 157

第6章 管理工作簿与工作表 ·· 161

6.1 工作簿窗口操作 ·· 162

6.1.1 切换活动工作簿 ··· 162

6.1.2 重排窗口 ·· 163

6.1.3 并排比较 ·· 163

6.1.4 为工作簿创建新窗口 ·· 165

6.1.5 拆分窗口 ·· 165

6.1.6 冻结窗格 ·· 167

6.1.7 本节考点 ·· 168

6.2 工作表操作 ·· 169

6.2.1 工作表组的操作 ··· 169

6.2.2 更改默认的工作表数 ·· 170

6.2.3 工作表编辑操作 ··· 171

6.2.4 本节考点 ·· 174

6.3 本章试题解析 ·· 174

第7章 数据处理与分析 ·· 177

7.1 记录单的使用 ·· 178

7.1.1 创建数据清单 ·· 178

7.1.2 使用记录单处理数据 ·· 178

7.1.3 查找记录的条件设置 ·· 180

7.1.4 本节考点 ·· 181

7.2 数据排序 ·· 181

7.2.1 按列排序 ·· 181

7.2.2 按行排序 ·· 182

7.2.3 自定义排序依据 ··· 183

　　　7.2.4　本节考点 183

　7.3　数据筛选 183

　　　7.3.1　自动筛选 183

　　　7.3.2　高级筛选 185

　　　7.3.3　本节考点 187

　7.4　分类汇总 188

　　　7.4.1　应用分类汇总 188

　　　7.4.2　查看汇总数据 189

　　　7.4.3　删除分类汇总 189

　　　7.4.4　多级分类汇总 190

　　　7.4.5　本节考点 191

　7.5　数据透视表 191

　　　7.5.1　创建数据透视表 191

　　　7.5.2　使用数据透视表分析 193

　　　7.5.3　创建数据透视图 196

　　　7.5.4　本节考点 197

　7.6　合并计算 197

　　　7.6.1　按位置合并 197

　　　7.6.2　按分类合并 198

　　　7.6.3　本节考点 199

　7.7　获取外部数据 200

　　　7.7.1　导入 Word 表格 200

　　　7.7.2　导入文本文件 201

　7.8　本章试题解析 203

第 8 章　数据安全与保护 207

　8.1　保护工作簿和工作表 208

　　　8.1.1　保护工作簿 208

　　　8.1.2　保护工作表 210

　　　8.1.3　本节考点 211

　8.2　单元格区域保护 212

　　　8.2.1　利用"锁定"属性实现区域保护 212

　　　8.2.2　设置用户允许编辑区域 212

　　　8.2.3　本节考点 214

　8.3　利用隐藏操作保护数据 214

　　　8.3.1　工作表的隐藏与取消隐藏 215

　　　9.3.2　隐藏公式 215

　　　8.3.3　本节考点 216

　8.4　本章试题解析 216

第 9 章 共享数据与协同工作 ·· 218

9.1 共享工作簿 ·· 219

9.1.1 设置工作簿共享 ·· 219

9.1.2 应用共享工作簿 ·· 220

9.1.3 取消工作簿的共享 ·· 221

9.1.4 共享工作簿的保护 ·· 221

9.1.5 本节考点 ·· 223

9.2 处理修订 ·· 223

9.2.1 启用修订标识 ·· 223

9.2.2 接收和拒绝修订 ·· 224

9.2.3 本节考点 ·· 225

9.3 协同工作 ·· 225

9.3.1 与 Word 协同工作 ·· 225

9.3.2 与 PowerPoint 协同工作 ·· 228

9.3.3 与 Access 协同工作 ·· 229

9.3.4 本节考点 ·· 233

9.4 本章试题解析 ·· 234

第1章 Excel 应用基础

考试基本要求

掌握的内容：

◆ Excel 的启动与退出方法；
◆ Excel 工作界面及工作区的操作方法及设置方法；
◆ 新工作簿的创建方法（包括创建空白工作簿、用模板创建、用现有工作簿创建）；
◆ 保存、打开和关闭工作簿的方法；
◆ 单元格的概念，以及选择单元格和单元格区域的方法；
◆ 使用 Office 助手和帮助菜单获得帮助的方法。

熟悉的内容：

◆ 名称框的作用，能用名称框命名单元格区并进行定位操作；
◆ 在对话框中获得帮助的方法。

了解的内容：

◆ 自定义工具栏的方法；
◆ "定位" 功能的应用方法；
◆ 创建自定义模板的方法；
◆ 文件属性的添加方法；
◆ 为工作簿设置密码的方法。

　　Excel 2003 是 Office 2003 软件包中的一个组件，它改变了传统的手工制作表格方式，提供了友好而且强大的表格创建和数据分析功能，提高了工作效率，是目前应用较为广泛的电子表格处理软件。

　　本章主要介绍 Excel 的基础操作知识，包括启动和退出、工作界面的基础操作、单元格的相关操作、工作簿的管理等内容。

1.1　启动与退出

本节主要介绍 Excel 2003 的启动与退出方法。

1.1.1　启动 Excel 2003

在使用 Excel 进行数据处理时，首先要启动程序，其方法较多，具体说明如下。

方法 1： 在桌面上双击 Excel 2003 的快捷方式。

方法 2： 双击计算机中保存的任何一个现有的 Excel 文档，也可以单击"开始"|"我最近的文档"项，然后在其中选择最近使用过的 Excel 文档。

方法 3： 单击"开始"按钮，选择"所有程序"|Microsoft Office | Microsoft Office Excel 2003 命令，可以直接启动 Excel 2003，如图 1-1 所示。

✐ 提示：在操作系统中安装的软件，大多都可以使用"开始"菜单来快速启动。

方法 4： 使用"运行"对话框。

步骤 1 执行"开始"菜单中的"运行"命令。

步骤 2 在"运行"对话框中输入 Excel 2003 执行文件所在的位置（如：C:\Program Files\Microsoft office 2003\Office11\Excel.exe）；也可以直接输入"Excel"，如图 1-2 所示。

✐ 提示：单击"浏览"按钮，可以选择并指定执行文件所在的路径。

步骤 3 单击"确定"按钮，即可启动 Excel。

图 1-1　使用"开始"菜单启动 Excel

图 1-2　用运行命令启动 Excel

1.1.2　退出 Excel 2003

退出 Excel 的方法也有多种，具体如下。

方法 1：按 Alt+F4 键可退出程序。

方法 2：选择"文件"|"退出"命令退出 Excel 2003。

方法 3：单击 Excel 窗口"标题栏"右侧的"关闭"按钮 ，可退出 Excel 2003。

方法 4：使用 Excel 2003 标题栏左上角的控制按钮。

◆ 双击该按钮可直接退出程序。

◆ 单击该按钮后，可在快捷菜单中选择"关闭"命令。

　　提示：如果要关闭所有已打开的工作簿而不退出 Excel，可以在按下 Shift 键的同时执行"文件"|"全部关闭"命令，如无修改则工作簿被立即关闭；如果有未保存的修改，系统将弹出图 1-3 所示的提示框，询问是否要保存对工作簿的修改。

图 1-3　提示框

1.1.3　本节考点

本节内容的考点包括 Excel 的启动和退出方法，对常用的方法应当掌握。

1.2　操作工作界面

Excel 的工作界面由许多的元素组成，如图 1-4 所示，包括标题栏、菜单栏、工具栏、编辑栏、状态栏、任务窗格等。本节主要说明各组成部分的功能。

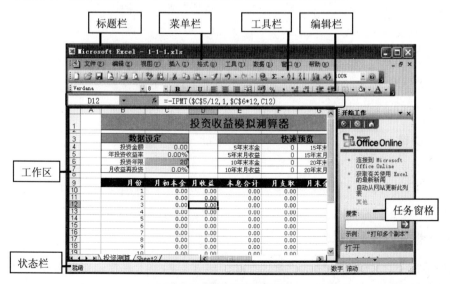

图 1-4　Excel 工作界面

1.2.1　标题栏

在 Excel 标题栏中显示了当前正在编辑的工作簿文件的名称。默认情况下，Excel 在打开程序时会创建一个空白的工作簿文件，其文件名为 Book1，此后创建的工作簿名称则依次显示为 Book2，Book3，…，更名保存后，将显示新的工作簿名称。

1.2.2　菜单栏

菜单栏位于标题栏的下方，Excel 提供了"文件"、"编辑"、"视图"、"插入"、"格式"、"工具"、"数据"、"窗口"、"帮助"等 9 个菜单。大部分的操作和设置都可通过单击菜单栏中的命令来实现。

单击某个菜单名称后，可以弹出菜单并显示其中包含的操作命令，如图 1-5 所示。在菜单的底部显示 ⊻ 按钮，表示菜单中还有部分命令未显示，此时可以单击该按钮以显示完整的菜单命令，如图 1-6 所示。

图 1-5　单击鼠标打开菜单　　　　图 1-6　显示全部命令的菜单

经过一段时间的使用后，在菜单中将只显示那些被经常使用的命令了，不经常使用的命令就被隐藏起来了。

✍提示：在菜单栏中，每个菜单名称的右侧括号中都标注了一个字母。按快捷键 Alt +（括号中的字母），可以快速打开菜单，用上、下、左、右方向键可以选择菜单命令，按 Enter 键来确定所使用的命令。

1.2.3　工具栏

在工具栏中以按钮的形式集中放置了一些常用命令，单击后就可以执行了，有效地节省了操作时间

1. 打开或关闭工具栏

默认情况下，Excel 只显示"常用"和"格式"两个工具栏，可以根据当前所做的工作，将经常使用的工具栏显示在窗口中，而将暂时不用的工具栏隐藏起来。

具体操作方法如下。

方法 1：在工具栏的任意处单击鼠标右键，在弹出的快捷菜单中可以选择需要打开或关闭的工具栏。

方法 2：单击"视图"菜单，选择"工具栏"命令，在子菜单中可以选中或取消选中某个工具栏。左侧显示☑标志的工具栏表示已经打开并显示在窗口中了。

2．移动工具栏

工具栏的显示状态有两种：固定式和悬浮式。用户可以在这两种状态之间进行切换。

以调整"格式"工具栏为悬浮式显示状态为例，具体操作步骤描述如下。

步骤 1　将鼠标移至工具栏最左侧的┊上，鼠标指针显示为✥形状，如图 1-7 所示。

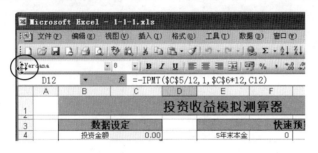

图 1-7　指向工具栏的鼠标形状

步骤 2　按住左键向外拖动即可将工具栏变成悬浮状态，如图 1-8 所示。

步骤 3　鼠标指向浮动式工具栏的标题栏位置处，按住鼠标左键，指针显示为✥形状时拖动鼠标，可以调整其在窗口中的位置。

步骤 4　将鼠标指向浮动式工具栏的边缘上，鼠标指针显示为↔或者↕形状时拖动鼠标，可调整工具栏的宽度或高度，如图 1-9 所示。

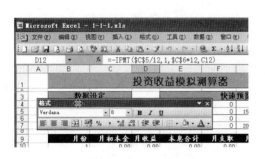

图 1-8　移动悬浮式的"格式"工具栏

图 1-9　调整工具栏宽度

✎提示：鼠标双击工具栏的标题栏可以使浮动的工具栏的位置还原。

3．显示或隐藏工具栏按钮

已经添加到工具栏中的按钮可以设置其显示或隐藏，具体操作如下。

步骤 1　鼠标指向"格式"工具栏最右侧的"工具栏选项"按钮┊，如图 1-10 所示。

图 1-10　鼠标指向工具栏右侧的三角按钮

步骤 2　单击该按钮后，可在弹出的菜单中选择"添加或删除按钮"|"格式"中的命令，如图 1-11 所示。

图 1-11　设置工具栏按钮显示或隐藏

当前显示在工具栏中的按钮为其左侧会有☑形标记，当再次选中这类命令，可取消☑标记，使其对应的按钮在工具栏中被隐藏。

提示： 选择 "在一行内显示按钮" 命令，可以使按钮在一行内显示；如果当前为一行显示，则该命令显示为 "分两行显示按钮"，选择后可使按钮两行显示。

4．创建自定义工具栏

为提高工作效率，用户可以根据需要创建自己的工具栏，并在其中显示经常使用的某些按钮。具体操作方法如下。

步骤 1　使用如下方法之一打开"自定义"对话框。

◆　单击"工具"菜单，选择"自定义"命令。

◆　选择"视图"|"工具栏"|"自定义"命令。

步骤 2　在"自定义"对话框的"工具栏"选项卡中，单击"新建"按钮，如图 1-12 所示。

步骤 3　在"新建工具栏"对话框的"工具栏名称"文本框中，输入工具栏的名称，如"我的工具栏"，如图 1-12 所示，完成新工具栏的添加。

步骤 4　单击"确定"按钮，完成工具栏的添加，如图 1-13 所示，在"工具栏"列表中显示了新建的工具栏，同时在窗口显示了一个不包含按钮的空白工具栏。

提示： 如果想删除某个工具栏，可以在"工具栏"列表中选中该工具栏，然后单击"删除"按钮，就可以将所选工具栏删除了。内置工具栏不可删除。

图 1-12　输入工具栏名称　　　　　　图 1-13　添加的新工具栏

5．向工具栏中添加按钮

下面为已创建的工具栏中添加按钮，具体操作如下。

步骤 1　打开"自定义"对话框。

步骤 2　单击"命令"选项卡，在"类别"列表中选择一个操作类后，在对应的"命令"列表框显示各种操作命令，如图 1-14 所示，如选择"绘图"项后，可在"命令"列表中选中"自由旋转"，按住鼠标左键将其拖动到工具栏上，鼠标显示为形状时，松开鼠标左键后就可以看到添加的按钮了，如图 1-15 所示。

添加的按钮

图 1-14　添加按钮　　　　　　图 1-15　在工具栏中添加的按钮

如果需要将某个按钮从工具栏中删除，则可以进行操作。

步骤 1　将工具栏显示在窗口中。

步骤 2　打开"自定义"对话框，然后，用鼠标拖动工具栏上的按钮到工具栏外边，如图 1-16 所示，指针显示为形时，松开鼠标左键，该按钮就从工具栏中删除了。

图 1-16　从工具栏中删除按钮

1.2.4　编辑栏

编辑栏显示在工作区的上方，由名称框、编辑按钮区和编辑区组成，如图 1-17 所示。

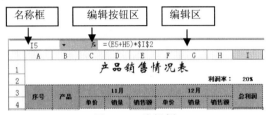

图 1-17　编辑栏

名称框中显示活动单元格的地址，如果所选区域被命名，则显示对应的区域名称，如图 1-18 所示。

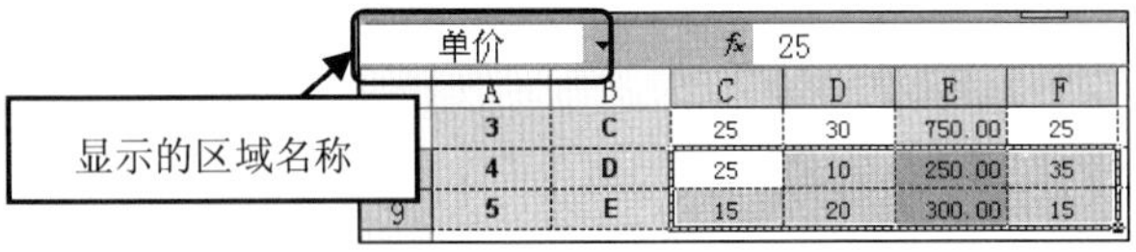

图 1-18　显示在"名称框"中的区域名称

关于使用名称框定义名称和定位的操作，可参见本章"1.3.6 单元格"中的内容。

根据需要可以设置"编辑栏"的显示或隐藏，具体操作如下。

方法 1：单击"视图"菜单，选择"编辑栏"命令。

方法 2：在"选项"对话框中设置。

步骤 1　单击"工具"菜单，选择"选项"命令。

步骤 2　在"选项"对话框中，选中或取消选中"编辑栏"复选项，如图 1-19 所示。

步骤 3　设置完成后单击"确定"按钮。

图 1-19　"选项"对话框

1.2.5　状态栏

状态栏位于窗口的底部，显示了一些当前编辑和操作的信息，包括显示文档的页数、插入点的行和列等。当对选定的单元格区域进行求和等计算时，状态栏右侧会自动显示出结果。

隐藏或显示状态栏的方法如下。

方法 1：单击"视图"菜单，选择"状态栏"命令。

方法 2：打开"选项"对话框，在"视图"选项卡中，选中或取消选中"状态栏"复选项，如图 1-19 所示。

1.2.6　任务窗格

Excel 2003 中提供了"开始工作"、"新建工作簿"、"帮助"、"信息搜索"等任务窗格，用于完成不同的操作。下面介绍关于任务窗格的一些操作。

1．打开或关闭任务窗格

单击任务窗格右上方的"关闭"按钮 ☒，可以直接关闭任务窗格，用以下方法之一可以重新显示任务窗格。

方法 1：单击"视图"菜单，单击"任务窗格"命令。

方法 2：单击"视图"菜单，选择"工具栏"|"任务窗格"命令。

方法 3：按快捷键 Ctrl+F1，可使任务窗格在显示和隐藏之间切换。

2．在任务窗格间切换

通常情况下，任务窗格会随着用户的操作而自动显示并切换。也可以自行切换，操作步骤如下。

步骤 1　鼠标指向任务窗格上方的标题栏，单击后将显示图 1-20 所示的列表。

步骤 2　在列表中选择一个需要切换到的任务窗格，例如选择"信息检索"，即可切换到"信息检索"任务窗格，如图 1-21 所示。

图 1-20　切换任务窗格　　　　图 1-21　"信息检索"任务窗格

3．启动系统时不显示任务窗格

启动 Excel 后，默认显示的是"开始工作"任务窗格，如果不希望在 Excel 启动时显示任务窗格，则可以进行如下的设置。

步骤 1　打开"选项"对话框。

步骤 2　在"视图"选项卡中，取消选中"启动任务窗格"复选框，如图 1-19 所示。

步骤 3　设置完成后，单击"确定"按钮。

1.2.7　本节考点

本节内容的考点主要包括打开或关闭工具栏、调整工具栏显示状态、工具栏按钮的显示或隐藏、定制工具栏、编辑栏的显示和隐藏、状态栏的显示和隐藏、任务窗格的操作，需要掌握具体的操作方法。

1.3　操作工作区

工作区主要用于对表格和数据进行编辑处理，它由单元格、行号、列标、工作表标签、滚动条等部分组成，如图 1-22 所示。

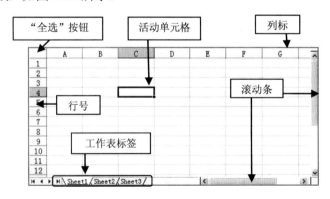

图 1-22　工作区的组成

1.3.1　行号和列标

在工作区最上方的字母标识了列，称为列标；左侧的数字标识了行，称为行标。

提示：在 Excel 2003 中，每个工作表中都包含 256 个列和 65536 行。

有时，工作表中的列标被显示为数字而不是字母了，这是因为启用了 R1C1 的引用形式，如图 1-23 所示，设置的方法如下。

步骤 1　单击"工具"菜单，选择"选项"命令。

步骤 2　在"选项"对话框中，单击"常规"标签，如图 1-24 所示，取消选中或选中"R1C1 引用样式"复选框。

步骤 3　单击"确定"按钮。

图 1-23　列标号变为数字了

图 1-24　"选项"对话框

1.3.2　工作表标签

默认的工作簿文件中包含 3 个工作表，每个工作表都用工作表标签进行标识，默认的名称为"Sheet1"、"Sheet2"、"Sheet3"，…，用户可以自行增加或删除工作表的数据。

单击工作表标签可以切换活动工作表，也可以使用其左侧的工作表标签按钮组切换工作表。

根据操作的需要可以选择显示或隐藏工作表标签，具体操作参见"8.3.1 工作表的隐藏与取消隐藏"中的内容。

关于工作表的其他操作，请参见第 6 章中的相关内容。

1.3.3　网格线

默认情况下，工作表中用灰色的网格线分隔这些单元格，根据需要可以隐藏这些网络线，具体操作参见"1.3.5 节"中的内容。

1.3.4　滚动条

在工作表中显示了水平滚动条和垂直滚动条，当工作表中数据较多时，可以拖动滚动条进行查看。如果不希望在当前工作簿中显示滚动条，可以将其隐藏，具体操作参见"1.3.5 节"中的内容。

1.3.5　设置工作区

除单元格以外，显示在工作区的滚动条、行号和列标、工作表标签各个组成部分，用户都可以根据需要进行显示或隐藏，具体设置方法如下。

步骤 1　单击"工具"菜单，选择"选项"命令。

步骤 2　在"选项"对话框的"视图"选项卡中，可以设置是否显示这些项目，如图

1-25 所示。

　　步骤 3　设置完成后单击"确定"按钮。

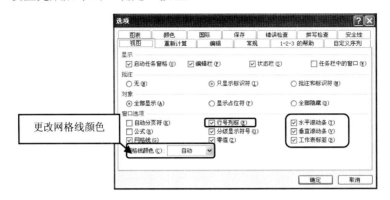

图 1-25　设置工作区项目的显示或隐藏

1.3.6　单元格

　　显示在工作区中的"格子"称为单元格，当前被选中的单元格称为活动单元格，其外边框显示为黑色边框，用户只能向活动单元格中进行输入和编辑操作。

1．单元格地址的表示方式

　　每个单元格都由自己的"名字"，由"列标＋行号"的形式进行标识，下面对单元格地址的表示形式进行说明。

　　◆　单个单元格地址：单个单元格地址由列标识字母和行标识数字组成，例如，单元格 C6 指的是 C 列第 6 行的单元格。

　　◆　连续的多个单元格：连续的单元格可使用"冒号"进行标识。例如，"A3:D5"表示了单元格 A3 到单元格 D5 的连续区域。

　　◆　不连续的单元格：不连续的单元格可使用"逗号"进行标识。例如，"A2,C8"表示 A2 和 C8 两个单元格。

　　◆　其他工作表中的单元格：引用其他工作表中的单元格时，需要在单元格名称前面增加工作表名称，例如，"Sheet2!B6"表示"Sheet2"工作表中的单元格 B6。

　　✍注意：在引用单元格地址时，"："（冒号）与"，"（逗号）、"！"（叹号）都必须为半角符号。

2．选定单元格和单元格区域

　　在处理工作表数据之前，首先要掌握单元格和单元格区域的选择。

　　（1）选择单个单元格

　　如图 1-26 所示，鼠标指针显示为⇧形状时，单击就可以选择单元格。

　　（2）选择连续的单元格区域

　　如果需要选择的多个单元格的位置是连续的，可以用以下方法操作。

◆ 选中区域的起始单元格，如图 1-27 所示，按住鼠标左键拖动，最后松开鼠标。
◆ 选中区域的起始单元格，按住键盘上的 Shift 键，再单击需要连续选中的最后一个单元格。

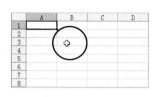

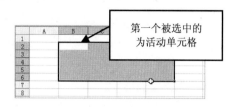

<table>
<tr><td>图 1-26　选中一个单元格</td><td>图 1-27　选中连续的多个单元格</td></tr>
</table>

（3）选择不连续的单元格区域

如果要选择的多个单元格是不连续的，可以选中其中一个单元格，然后再按住键盘上的 Ctrl 键，依次单击其他的单元格，如图 1-28 所示。

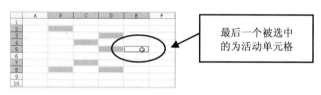

图 1-28　选择的多个不连续的单元格

（4）选择行或列

◆ 鼠标移动到要选择的列的列标上，如图 1-29 所示，鼠标箭头变为·形状时，单击就可以选择整列；按住鼠标左键拖动可以选择多个列；按住 Ctrl 键后单击列标，可以选择不连续的多个列。
◆ 鼠标移动到要选择的行的行号上，如图 1-30 所示，鼠标箭头变为·形状时，单击就可以选择整行。按住鼠标左键拖动可以选择多个行；按住 Ctrl 键后单击行号，可以选择不连续的多个行。

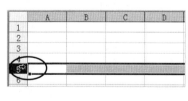

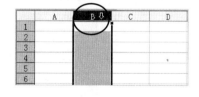

<table>
<tr><td>图 1-29　选择行</td><td>图 1-30　选择列</td></tr>
</table>

（5）选择工作表中的所有单元格

方法 1：任意选中一个单元格后，按快捷键 Ctrl+A。

方法 2：单击工作表左上角的"全选"按钮　　。

（6）用"名称框"定位单元格

对单元格进行命名后，可以利用名称快速定位单元格。具体操作如下。

单击"名称框"右侧的三角按钮，在列表中选择一个名称后可快速定位并选择到对应的单元格区域，如图 1-31 所示。

	B	C	D	E
	项目	收入	支出	余额
	销售收入	￥9,000.00		￥9,000.00
3	2005-01-04	其他应收款	￥4,000.00		￥13,000.00
4	2005-01-05	差旅费		￥5,000.00	￥8,000.00
5	2005-01-06	应付工资		￥3,000.00	￥5,000.00
6	2005-01-07	差旅费		￥2,000.00	￥7,000.00
7	2005-01-10	销售收入	￥6,000.00		￥15,000.00
8	2005-01-11	应收帐款	￥8,000.00		￥15,000.00
9	2005-01-12	其他应付款		￥5,000.00	￥10,000.00

图 1-31　用名称进行定位

（7）使用"定位"功能

通过"定位"功能快速选择某些单元格，具体操作如下。

步骤 1　使用以下方法之一打开"定位"对话框。

◆　按快捷键 Ctrl+G。

◆　选择"编辑"|"定位"命令。

步骤 2　在"定位"对话框中可根据需要进行相关的定位操作。具体操作如下。

◆　定位名称所在的单元格：在"定位"列表框中显示了已经定义的单元格名称，选择一个名称，单击"确定"按钮可以定位并选择名称所对应的单元格区域。

◆　定位单元格：在"引用位置"框中输入需要定位的单元格地址，如图 1-32 所示，输入"Sheet1!A3:E9"，表示要定位到 Sheet1 工作表中的单元区域"A3:E9"中，单击"确定"后可以直接定位到指定的单元格。

◆　单击"定位条件"按钮后，可以显示图 1-33 所示的"定位条件"对话框，在其中可以设置相关的条件，单击"确定"按钮，即可查找到符合该条件的单元格。

图 1-32　输入要定位的单元格区域

图 1-33　设置定位条件

3．单元格名称的定义和删除

为了便于对单元格的识别，可以对一个单元格或一个单元格区域进行命名，这就是单元格名称。

（1）定义单元格名称

方法 1：使用"名称框"定义。

使用"名称框"定义单个单元格的名称是非常简单的，具体操作步骤如下。

步骤 1　选择需要定义名称的单元格。

步骤 2　鼠标为 I 形时，在"名称框"中单击，如图 1-34 所示，输入需要定义的名称。

步骤 3　按 Enter 键（回车键）确认，完成名称的定义。此时，在"名称框"中可以显示所定义的名称。

图 1-34　在"名称框"中输入名称

✍提示：只有将名称包含的单元格区域完整地选择，才会在"名称框"中显示名称，如果只是选择某一个单元格，则"名称框"中不会显示区域名称。

方法 2：使用对话框定义。

操作步骤如下。

步骤 1　单击"插入"菜单，选择"名称"|"定义"命令，如图 1-35 所示。

步骤 2　在"定义名称"对话框中，单击"引用位置"文本框右侧的"折叠"按钮，如图 1-36 所示。

图 1-35　选择"定义"命令　　　　图 1-36　"定义名称"对话框

步骤 3　如图 1-37 所示，对话框收缩，在工作表中拖动鼠标，选中需要定义名称的单元格区域。

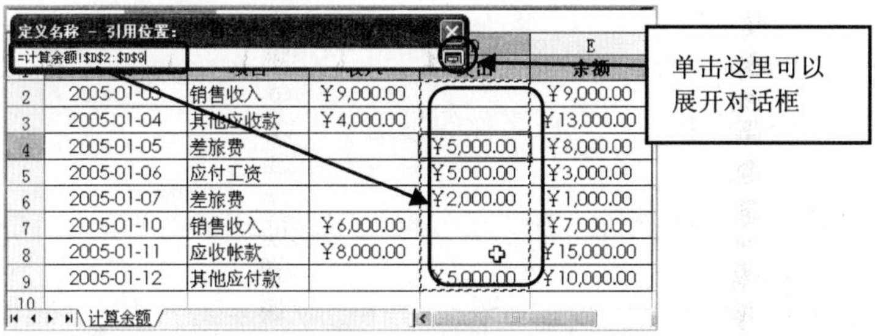

图 1-37　拖动鼠标选择单元格区域

步骤 4　在图 1-37 所示的"定义名称-引用位置"对话框中，单击"展开"按钮。

步骤 5　返回"定义名称"对话框中，在"在当前工作簿中的名称"文本框中输入要定义的名称，如"支出"。

步骤 6　单击"确定"按钮，完成名称的定义。

选中单元格区域“D2:D9”后，可以在“名称框”中显示定义好的名称，如图 1-38 所示。

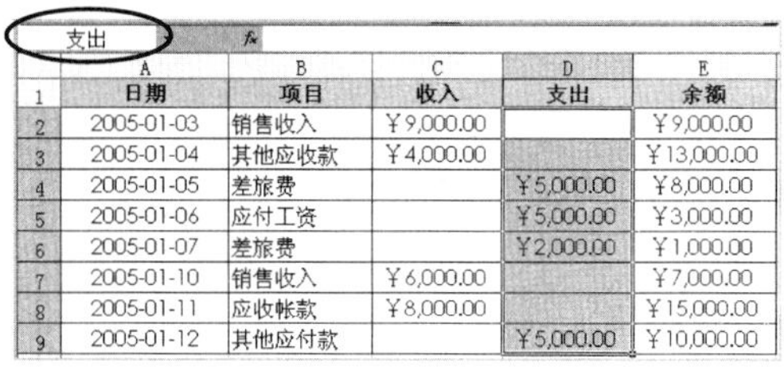

	A	B	C	D	E
1	日期	项目	收入	支出	余额
2	2005-01-03	销售收入	￥9,000.00		￥9,000.00
3	2005-01-04	其他应收款	￥4,000.00		￥13,000.00
4	2005-01-05	差旅费		￥5,000.00	￥8,000.00
5	2005-01-06	应付工资		￥5,000.00	￥3,000.00
6	2005-01-07	差旅费		￥2,000.00	￥1,000.00
7	2005-01-10	销售收入	￥6,000.00		￥7,000.00
8	2005-01-11	应收帐款	￥8,000.00		￥15,000.00
9	2005-01-12	其他应付款		￥5,000.00	￥10,000.00

图 1-38　定义好的名称

方法 3：用行标志或列标志定义名称。

如果表中行标志或列标志能够代表该行或该列的数据，可以直接将其指定为名称，具体操作如下。

步骤 1　选中需要指定名称的单元格区域，例如单元格区域“E1:E9”。

注意：所选择的单元格区域中，必须要包含标志内容，这些内容可以位于所选区域的首行、末行、最左列、最右列。

步骤 2　单击“插入”菜单，选择“名称”|“指定”命令。

步骤 3　弹出“指定名称”对话框，在“名称创建于”选项组中，选择需要指定名称的项目所在的位置，由于本例中需要将位于所在区域首行的列标志定义为名称，如图 1-39 所示，选中“首行”复选项。

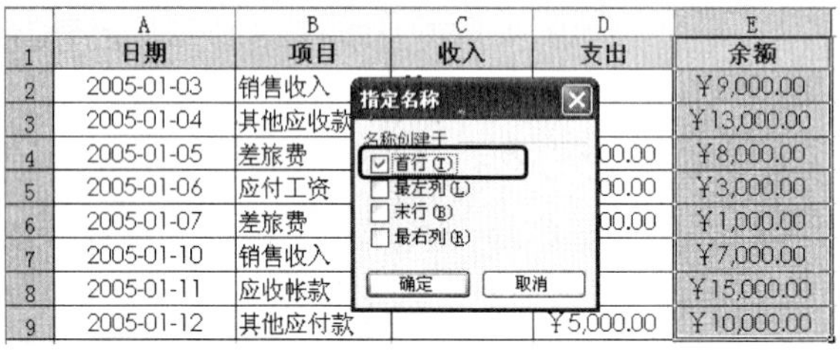

	A	B	C	D	E
1	日期	项目	收入	支出	余额
2	2005-01-03	销售收入			￥9,000.00
3	2005-01-04	其他应收款			￥13,000.00
4	2005-01-05	差旅费		00.00	￥8,000.00
5	2005-01-06	应付工资		00.00	￥3,000.00
6	2005-01-07	差旅费		00.00	￥1,000.00
7	2005-01-10	销售收入			￥7,000.00
8	2005-01-11	应收帐款			￥15,000.00
9	2005-01-12	其他应付款		￥5,000.00	￥10,000.00

图 1-39　“指定名称”对话框

步骤 4　单击“确定”按钮，完成名称的指定。

（2）删除单元格名称

定义的单元格名称可以被删除。在“名称框”中只能定义名称，但不能修改和删除名称，删除名称的操作如下。

步骤 1　单击“插入”菜单，选择“名称”|“定义”命令。

步骤 2　在“定义名称”对话框中选择一个名称后，单击“删除”按钮，可以将其删除。

步骤 3　单击“关闭”按钮，关闭“定义名称”对话框。

1.3.7　本节考点

本节内容的考点主要包括设置工作区、选定单元格和单元格区域、单元格名称的定义和删除及单元格定位。

- ◆ 设置工作区：主要是在"选项"对话框中设置显示或隐藏网格线、行号列标、工作表标签、滚动条等。
- ◆ 选定单元格和单元格区域：重点掌握"定位"对话框的应用，以及使用鼠标单击或拖动的方法选择单元格或单元格区域。
- ◆ 单元格名称的定义和删除：一般有两种题型，一种是为给定的单元格区域命名；另一种是将指定的名称删除。
- ◆ 单元格定位：有两种题型，一种是用"名称框"定位；另一种是使用"编辑"|"定位"命令定位。

1.4　工作簿基础操作

工作簿是 Excel 生成的文件，其扩展名为".xls"，本节介绍工作簿的相关操作。

1.4.1　创建工作簿

创建工作簿文件的方法主要有以下几种。

1．创建空白工作簿

启动 Excel 时，系统创建了一个空白的工作簿，用以下方法可以继续创建新的空白工作簿文件。

方法 1：按快捷键 Ctrl+N。

方法 2：在"常用"工具栏中单击"新建"按钮 🔲。

方法 3：单击"文件"菜单，选择"新建"命令，在图 1-40 所示的"新建工作簿"任务窗格中单击"空白工作簿"链接。

2．用模板创建工作簿

利用模板文件中已经预定义好的格式和公式，可以快速完成对数据的组织，具体操作如下。

步骤 1　打开"新建工作簿"任务窗格，如图 1-40 所示，单击"本机上的模板"链接。

步骤 2　在"模板"对话框中，单击"电子方案表格"标签，如图 1-41 所示，在其中可以选择一种要应用的模板。

步骤 3　单击"确定"按钮，完成工作簿的创建。

3．根据已有的工作簿创建

用户可以利用已有的工作簿文件创建新的工作簿，具体操作如下。

步骤 1　在"新建工作簿"任务窗格单击"根据现有工作簿"链接。

步骤 2　在"根据现有工作簿新建"对话框中选择一个工作簿，如图 1-42 所示，单击

"创建"按钮。

图 1-40   "新建工作簿"任务窗格   图 1-41   选择模板文件

图 1-42   "根据现有工作簿新建"对话框

1.4.2   保存和关闭工作簿

对于创建的工作簿文件，用户需要将它保存到指定目录中。

1．保存工作簿文件

保存工作簿的方法主要有以下 3 种。
方法 1：按快捷键 Ctrl+S。
方法 2：在"常用"工具栏中单击"保存"按钮。
方法 3：单击"文件"菜单，选择"保存"命令。
如果是第一次保存工作簿，系统会弹出图 1-43 所示的"另存为"对话框，用户需要指定文件名、保存位置和文件类型，单击"保存"按钮即可将工作簿保存起来。

2．保存自定义模板

如果已经在工作表中建立了相关的计算模板，为了便于应用，可以将其保存为模板，具体方法如下。

图 1-43　保存工作簿文件

步骤 1　制作好模板文件。

步骤 2　单击"文件"菜单，选择"另存为"命令。

步骤 3　在"另存为"对话框中，设置"保存类型"为"模板（*.xlt）"，如图 1-44 所示，在"文件名"框中输入新模板的文件名。

图 1-44　"另存为"对话框

步骤 4　单击"保存"按钮，完成模板的创建。

在"新建工作簿"任务窗格中单击"本机上的模板"链接，打开"模板"对话框，在"常用"选项卡中，可以选择使用创建好的模板，如图 1-45 所示。

3．设置自动保存的间隔时间

通过设置自动保存的间隔时间，可以让 Excel 在指定的时间间隔里自动保存，操作方法如下。

步骤 1　单击"工具"菜单，选择"选项"命令。

步骤 2　在"选项"对话框中选择"保存"选项卡，如图 1-46 所示，在"保存自动恢复信息，每隔"文本框中输入合适的时间。

步骤 3　单击"确定"按钮，完成设置。

4．关闭工作簿

当用 Excel 打开了一个或多个工作簿，在编辑完后可以将其分别关闭或者全部关闭。关闭工作簿时，如果工作簿文件未被保存，系统将会提示保存。

图 1-45　选择自己创建的模板　　　　图 1-46　设置自动保存的间隔时间

关闭工作簿的方法主要有以下几种。

方法 1：按快捷键 Ctrl+W 或 Ctrl+F4，可关闭当前工作簿。

✍ 提示：当打开多个工作簿文件时，按快捷键 Alt+Tab，可切换活动窗口。

方法 2：单击"文件"菜单，选择"关闭"命令，可关闭当前工作簿。

✍ 注意：选择"退出"命令，可以关闭 Excel 程序，从而关闭所有工作簿文件。

方法 3：单击工作簿文件右上角的"关闭窗口"按钮⊠，可关闭当前工作簿。

方法 4：按快捷键 Alt+F4 或单击标题栏右侧的按钮⊠，可以在退出程序的同时关闭所有工作簿。

1.4.3　打开工作簿

保存好的工作簿文件可以被重新打开并进行编辑，主要方法如下。

1．打开最近使用过的文件

用以下两种方法，可以在 Excel 中打开最近使用过的工作簿文件。

方法 1：单击"文件"菜单，在菜单底部的文件名列表中，单击某个文件名即可打开该文件，如图 1-47 所示。

方法 2：在"开始工作"任务窗格中，单击文件名可打开该文档，如图 1-48 所示。

图 1-47　最近使用的文档　　　　　图 1-48　任务窗格中显示的最近使用文档

提示：打开 Windows XP 的"开始"菜单，在其中选择"我最近的文档"项，也可以找到最近使用过的 Excel 文档。

2．设置最近使用的文件列表数

显示在菜单底部的文件列表数量可以进行设置，具体方法如下。

步骤 1　单击"工具"菜单，选择"选项"命令。

步骤 2　在"选项"对话框中，单击"常规"标签，如图 1-49 所示，在"最近使用的文件列表"文本框中输入数值。

步骤 3　单击"确定"按钮完成设置。

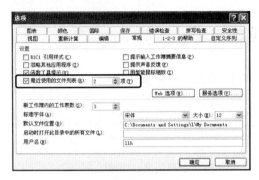

图 1-49　设置最近使用的文件列表数

提示：取消选中"最近使用的文件列表"复选框后，在"文件"菜单的底部将不再显示文件名称。

3．使用"打开"对话框

如果文件没有显示在最近使用过的文件列表中，可以使用"打开"对话框来选择。具体操作如下。

步骤 1　用以下方法之一打开"打开"对话框。

◆　按快捷键 Ctrl + O。

◆　在"常用"工具栏中单击"打开"按钮。

◆　单击"文件"菜单，选择"打开"命令。

步骤 2　在"打开"对话框中，在指定的位置找到并选择工作簿文件，单击"打开"按钮可以直接打开选定的工作簿文件或者单击"打开"按钮右侧的小三角，如图 1-50 所示，在列表中选择打开的方式。

◆　"以只读方式打开"：以"只读"方式打开的工作簿，在修改后不能向原文件中保存，只能另存为一个文件。

◆　"以副本方式打开"：以该方式打开文件，可以保留原始文件，只是在另一份相同文件中进行编辑，保存时 Excel 会自动另外保存新文件，并在原文件名前加上"副本（1）"。

◆　"打开并修复"：可以尝试打开并修改损坏的工作簿文件。

图 1-50　选择打开方式

1.4.4　为工作簿设置密码

为工作簿设置密码，可以增加数据的安全性。为文档设置密码的方法主要有以下两种。

方法 1：在保存文件时设置。

步骤 1　打开"另存为"对话框，如图 1-51 所示，单击"工具"按钮，选择"常规选项"命令。

图 1-51　选择"常规选项"命令

步骤 2　在"保存选项"对话框，如图 1-52（a）所示，输入打开权限密码和修改权限密码，单击"确定"按钮。

✍**注意**：密码区分大小写，因此在设置和输入密码时，必须键入正确的大小写字母，以免工作簿文件不能正确地打开。

步骤 3　弹出"确认密码"对话框，如图 1-52（b）所示，再次输入所设置的密码，单击"确定"按钮，完成密码的设置。

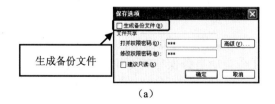

（a）

（b）

图 1-52　设置和确认密码

提示：在如图 1-52（a）所示的对话框中选中"生成备份文件"复选框，可以在保存的同时生成备份文件。

方法 2：使用"选项"对话框设置。

步骤 1　单击"工具"菜单，选择"选项"命令，打开"选项"对话框。

步骤 2　单击"安全性"标签，分别在"打开权限密码"和"修改权限密码"文本框中输入相应的密码，如图 1-53 所示。

步骤 3　单击"确定"按钮，按照提示输入密码并确认即可。

如果要将设置的密码进行删除，可以重新打开"选项"对话框，然后将其中的密码删除即可。

图 1-53　设置密码

1.4.5　设置文件属性

为工作簿设置属性信息可以方便对工作簿的管理。

方法 1：在 Excel 中进行设置。

步骤 1　单击"文件"菜单，选择"属性"命令。

步骤 2　在"属性"对话框中，单击"摘要"标签，可对当前工作簿的标题、主题、作者、单位等信息进行设置，如图 1-54 所示。

步骤 3　设置完后单击"确定"按钮。

提示：选中"保存预览图片"复选框后，可以在打开该工作簿时预览其中的内容。

方法 2：鼠标右击保存好的工作簿文件，选择"属性"命令，在"属性"对话框中单击"摘要"标签，可以在其中设置各种信息，如图 1-55 所示。

图 1-54　"属性"对话框

图 1-55　用右键菜单设置文件属性

如果希望在第一次保存工作簿时，提示输入属性信息，可以进行如下设置。

步骤 1　单击"工具"菜单，选择"选项"命令。

步骤 2　在"选项"对话框的"常规"选项卡中，选中"提示输入工作簿摘要信息"复选框。

步骤 3　单击"确定"按钮，完成设置。

1.4.6　本节考点

本节内容较多，应试内容也较多，主要包括如下几点。

◆　创建工作簿：需要掌握创建方法。一般题型有"利用任务窗格新建一个空白工作簿"或"用指定的模板创建工作簿"等。

◆　保存工作簿：需要掌握命名保存的方法和模板的保存方式，主要是在"另存为"对话框中设置。

◆　打开工作簿：包括打开指定位置的工作簿文件、打开方式的设置方法、设置最近使用的文件列表数量 3 种题型。

◆　为工作簿设置密码：包括设置密码、删除密码、以"只读"方式打开文件 3 点。

◆　工作簿的自动恢复：包括设置自动保存的间隔时间、设置禁止自动恢复两点，都是在"选项"对话框中设置。

◆　设置文件属性：在"属性"对话框中设置。

1.5　获得帮助

在使用 Excel 的过程中，必然会遇到这样或那样的问题，这些问题通过 Excel 2003 本身提供的帮助系统就可以得到解答，下面来具体介绍。

1.5.1　使用 Office 助手

Office 2003 中使用可爱卡通形象作为助手为用户提供帮助，下面介绍其使用方法。

1．显示并使用 Office 助手

显示 Office 助手的方法描述如下。

步骤 1　单击"帮助"菜单，选择"显示 Office 助手"命令，如图 1-56 所示。

步骤 2　单击助手图标，在帮助框中，可以输入一个问题，如图 1-57 所示。

图 1-56　选择"显示 Office 助手"命令　　　　图 1-57　输入问题

　　步骤 3　单击"搜索"按钮，Excel 2003 会打开"搜索结果"任务窗格，如图 1-58 所示，在任务窗格中显示问题的解决建议，单击相应的结果就会进入"Microsoft Excel 帮助"窗口，如图 1-59 所示，在其中可以找到相应的解答方法。

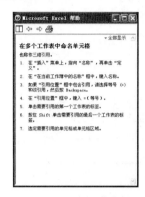

　　　　图 1-58　打开"搜索结果"任务窗格　　　　图 1-59　"Microsoft Excel 帮助"窗口

2．更换助手图标

　　根据个人的喜好可以选择助手图标，操作方法如下。
　　步骤 1　在助手图标上单击，如图 1-57 所示，在弹出窗口单击"选项"按钮。
　　步骤 2　在弹出的"Office 助手"对话框中，单击"助手之家"标签，如图 1-60 所示，单击"上一位"按钮和"下一位"按钮，可以查看不同的助手形象。
　　步骤 3　在"选项"选项卡中，可以设置"Office 助手"的特性，如图 1-61 所示。
　　步骤 4　设置完成后，单击"确定"按钮。

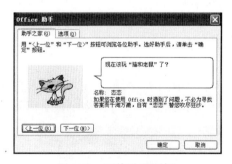
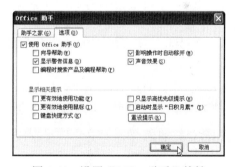

　　　　图 1-60　更换助手图标　　　　　　图 1-61　设置"Office 助手"特性

3．隐藏 Office 助手

　　隐藏"Office 助手"图标的操作方法如下。
　　方法 1：单击"帮助"菜单，选择"隐藏 Office 助手"命令。
　　方法 2：右击助手图标，然后在弹出的快捷菜单中选择"隐藏"命令。

1.5.2　使用"Excel 帮助"任务窗格

　　使用"Excel 帮助"任务窗格对相关问题提出帮助。方法描述如下。

步骤 1　用以下方法之一打开"Excel 帮助"任务窗格。

◆　按快捷键 F1。

◆　单击"帮助"菜单，选择"Microsoft Excel 帮助"命令。

步骤 2　在"Excel 帮助"任务窗格的"搜索"文本框中，输入需要帮助的关键字，如图 1-62 所示，输入"公式"。

步骤 3　单击 ➡ 按钮，在"搜索结果"窗格中可以看到搜索出的帮助信息，如图 1-63 所示。

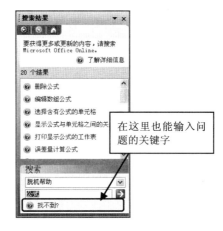

图 1-62　"Excel 帮助"窗格　　　　　　图 1-63　搜索结果

✍提示：如果想继续获取帮助，在"搜索结果"任务窗格底部，也能输入关键字，如图 1-63 所示，单击 ➡ 按钮可刷新任务窗格中的帮助信息。

1.5.3　使用"搜索"文本框获取帮助

在 Excel 窗口的右上角有一个"搜索"文本框，如图 1-64 所示，在其中输入关键字，如输入"单元格名称"后，按 Enter 键，也可以在"搜索结果"任务窗格中显示相关信息。

图 1-64　利用"搜索"文本框

1.5.4　在对话框中获取帮助

在使用 Excel 的过程，随时都能获取帮助，在对话框的右上角提供了一个帮助按钮。下面以"插入函数"对话框为例说明在对话框中获取帮助的方法。

如图 1-65 所示，在打开的"插入函数"对话框中，单击右上角的按钮 ?，可以有针对性地对当前对话框中的各项参数显示相关的帮助信息，如图 1-66 所示。

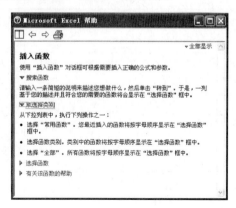

图 1-65　"插入函数"对话框　　　　　　　　图 1-66　显示的帮助信息

1.5.5　本节考点

本节内容的考点主要集中在以下 5 点：启动和隐藏 Office 助手、更换 Office 助手图标、使用 Office 助手获得帮助、使用菜单获取帮助、在对话框中获得帮助等。

1.6　本章试题解析

试　　题	解　　析
一、启动和退出	
试题 1　使用开始菜单启动 Excel 2003	单击"开始"按钮，选择"所有程序"| Microsoft Office| Microsoft Excel 2003 命令
试题 2　Excel 程序安装在 C 盘，通过资源管理器，打开 Excel 2003 应用程序	在"资源管理器"中，找到"C:\ Program Files\Microsoft Office\OFFICE11\Excel.exe"文件，双击"Excel.exe"启动程序
试题 3　利用快捷方式启动 Excel 2003，再利用菜单命令退出 Excel 2003	参见"1.1.1 启动 Excel2003"和"1.1.2 退出 Excel 2003"
试题 4　在"开始"菜单中打开最近使用过的工作簿文件"本月销售数据.xls"，在不退出程序的前提下，关闭该文档	选择"开始"|"我最近的文档"|"本月销售数据.xls"。再参见"1.4.2 保存和关闭工作簿"中的"4.关闭工作簿"。
试题 5　关闭当前工作簿，要求使用菜单命令操作	选择"文件"|"关闭"命令
二、操作工作界面	
试题 1　在窗口中隐藏编辑栏，显示状态栏，要求使用菜单命令操作	单击"视图"菜单进行操作

试　　题	解　　析
试题 2　在窗口中隐藏任务窗格和"常用"工具栏，要求使用菜单命令操作	单击"视图"菜单进行操作
试题 3　用快捷键打开任务窗格，并切换到"信息检索"任务窗格	参见"1.2.6 任务窗格"中的"1.打开或关闭任务窗格"和"2.切换任务窗格"
试题 4　设置菜单打开方式为滑动，工具栏按钮显示为大图标	选择"视图"|"工具栏"|"自定义"命令，打开"自定义"对话框，单击"选项"标签，设置"菜单的打开方式"为"滑动"，选中"大图标"复选框，单击"关闭"按钮
试题 5　设置始终显示整个菜单	选择"视图"|"工具栏"|"自定义"命令，打开"自定义"对话框，单击"选项"标签，选中"始终显示整个菜单"复选框
试题 6　新建一个名为"我的工具"的工具栏，在工具栏中加入"打开"和"批注"两个按钮	参见"1.2.3 工具栏"中的"4. 创建自定义工具栏"和"5.向工具栏中添加按钮"
试题 7　将"常用"和"格式"工具栏恢复到原来的默认状态	打开"自定义"对话框，单击"工具栏"标签，选中"常用"项后，单击"重新设置"按钮，再选中"格式"项，再单击"重新设置"按钮
试题 8　删除名称为"我的工具"的工具栏	打开"自定义"对话框，单击"工具栏"标签，选中"我的工具"，单击"删除"按钮
试题 9　在"格式"工具栏中，删除"合并及居中"按钮，在"常用"工具栏中，删除"打印"按钮	打开"自定义"对话框后，将需要去掉的按钮拖动到工具栏外
试题 10　在"格式"工具栏上增加"合并及居中"按钮，在"常用"工具栏上增加"撤销"按钮	打开"自定义"对话框，将需要的按钮拖动到工具栏上
试题 11　打开"剪贴板"任务窗格，使用"选项"设置不显示 Office 剪贴板图标	打开"剪贴板"任务窗格，单击 选项▾ 按钮，选择"在任务栏上显示 Office 剪贴板的图标"命令
三、操作工作区	
试题 1　在当前工作表中隐藏网格线，隐藏行号列标	参见"1.3.5 设置工作区"
试题 2　在当前工作表中，隐藏水平滚动条，设置网格线为绿色	参见"1.3.5 设置工作区"
试题 3　在当前工作表中，隐藏工作表标签和垂直滚动	参见"1.3.5 设置工作区"
试题 4　在工作表"Sheet3"中，将位于第 2 列第 3 行的单元格设置为当前单元格	单击单元格 B3
试题 5　在工作表中选择不连续的单元格 B3，D5，H4	参见"1.3.6 单元格"中"2.选定单元格和单元格区域"中的"（3）选择不连续的单元格区域"

试　题	解　析
试题 6　通过在单元格"名称框"中输入的方式，选中"Sheet3"中的单元格区域"C3:D3"	在"名称框"输入"Sheet3!C3:D3"
试题 7　通过"名称框"选中名称为"销售收入"所对应的单元格区域	在"名称框"中输入"销售收入"
试题 8　在工作表中，使用"定位"命令，选中名称为"销售收入"的单元格	参见"1.3.6 单元格"中"2.选定单元格和单元格区域"中的"（7）使用'定位'功能"
试题 9　使用"定位"命令选择包含公式的单元格	参见"1.3.6 单元格"中"2.选定单元格和单元格区域"中的"（7）使用'定位'功能，选择定位条件为"公式"
试题 10　在单元格区域"A1:E9"中，选中所有空白的单元格	参见"1.3.6 单元格"中"2.选定单元格和单元格区域"中的"（7）使用'定位'功能"，选择定位条件为"空值"
试题 11　使用定位功能，选择当前工作表中包含批注的单元格，删除全部批注	参见"1.3.6 单元格"中"2.选定单元格和单元格区域"中的"（7）使用'定位'功能"，选择定位条件为"批注"。单击"编辑"｜"清除"｜"批注"命令
试题 12　在工作表中，选中单元格 C6，然后选中所有数据的单元格，要求用快捷键操作	选中单元格 C6，按快捷键 Ctrl+Shift+8
试题 13　在工作表中，用鼠标单击的方式选中的第 2 行、第 4 行和第 6 行	按住 Ctrl 键后进行选择 参见"1.3.6 单元格"中"2.选定单元格和单元格区域"中的"（4）选择行或列"
试题 14　使用"名称框"，选中第 1 列、第 5 列	在"名称框"中输入"A:A,E:E"
试题 15　用快捷键选中当前工作表中的全部单元格	任意选中一个单元格后按快捷键 Ctrl+A
试题 16　用按钮的方式选中当前工作表中的全部单元格	单击工作表左上角的"全选"按钮
试题 17　用"名称框"操作，将单元格区域"C2:C9"定义名称为"收入"	参见"1.3.6 单元格"中"3. 单元格名称的定义和删除"中的"（1）定义单元格名称"中的方法 1
试题 18　在当前工作表中，查看工作表的代码	在工作表标签处单击鼠标右键，选择"查看代码"
试题 19　使用菜单命令操作，将单元格区域"D2:D9"定义名称为"支出"	参见"1.3.6 单元格"中"3. 单元格名称的定义和删除"中的"（1）定义单元格名称"中的方法 2
试题 20　将当前工作表的"销售收入"名称删除	参见"1.3.6 单元格"中"3. 单元格名称的定义和删除"中的"（2）删除单元格名称"
四、工作簿基础操作	
试题 1　使用任务窗格新建一个空白工作簿	将任务窗格切换到"新建工作簿"，然后单击"空白工作簿"链接
试题 2　使用快捷键操作，创建一个空白工作簿，并直接保存在"我的文档"中，文件名为"销售统计"	按 Ctrl+N，再按 Ctrl+S，选择保存位置和输入文件名

试　题	解　析
试题 3　根据已有的工作簿创建一个新工作簿，已知已有的工作簿保存在"我的文档"中，文件名为"销售表.xls"	参见"1.4.1 创建工作簿"中的"3.根据已有的工作簿创建"
试题 4　在桌面上利用右键菜单新建一个"测试.xls"的工作簿	在桌面的空白处单击鼠标右键，然后选择"新建"|"Microsoft Excel 工作表"命令
试题 5　在任务窗格中,利用本机上的模板"工作簿"新建一个空白工作簿	切换到"新建工作簿"任务窗格，单击"本机上的模板"链接，然后在"模板"对话框的"常用"选项卡中选择"工作簿"项，单击"确定"按钮
试题 6　利用"报价单"模板创建一个新工作簿	切换到"新建工作簿"任务窗格，单击"本机上的模板"链接，然后在"模板"对话框的"电子方案表格"选项卡中，选择"报价单"模板，单击"确定"
试题 7　在工作簿窗口中,将工作区保存为文件,命名为"我的工作区"保存到"我的文档"中	选择"文件"|"保存工作区"命令
试题 8　利用文件属性，设置工作簿的标题为"销售情况"，作者为"王经理"	参见"1.4.5 设置文件属性"
试题 9　查看工作簿文件的摘要信息	参见"1.4.5 设置文件属性"
试题 10　设置保存时显示属性对话框	参见"1.4.5 设置文件属性" 选择"工具"|"选项"命令，选择"常规"选项卡，选中"提示输入工作簿摘要信息"复选框
试题 11　设置在文件菜单中显示 2 个最近使用过的文件	参见"1.4.3 打开工作簿"中的"2.设置最近使用的文件列表数"
试题 12　将当前工作簿保存在"我的文档"中，文件名为"销售统计.xls"，设置打开权限密码为"000000"，修改权限密码为"000000"	参见"1.4.4 为工作簿设置密码"
试题 13　将当前工作簿另存为单个文件网页	保存时选择"保存类型"为"单个文件网页"
试题 14　将当前工作簿保存为"销售数据.xls"，保存到 C 盘，保存时生成备份文件	打开"另保存"对话框中，单击"工具"|"常规选项"命令，选中"生成备份文件"复选框
试题 15　将当前工作簿另保存为 XML 表格文件，保存路径为 C 盘的"Excel"文件夹，文件名为系统默认的文件名	保存时，选择"保存类型"为"XML 表格"
试题 16　删除当前文档设置的密码，并且设置保存时从文件属性中删除个人信息	打开"选项"对话框，单击"安全性"标签，删除密码，并且选中"保存时从文件属性中删除个人信息"复选框
试题 17　启动保存自动恢复信息功能，每隔 2min 启动保存	在"选项"对话框的"保存"选项卡中，选中"保存自动恢复信息，每隔"复选框，然后在右侧的文本框中输入"2"
试题 18　将当前工作簿保存为模板,文件名为"销售表"，保存位置为"我的文档"	参见"1.4.2 保存和关闭工作簿"中的"2.保存自定义模板"

试　　题	解　　析
试题 19　使用工具栏按钮操作，打开 D 盘上的"销售统计.xls"文件，该文件的打开密码为"000000"，修改密码为"000000"	在"常用"工具栏中单击"打开"按钮，选择文件，分别输入密码
试题 20　利用工具栏按钮同时打开"我的文档"中的"测试 1.xls"、"测试 2.xls"和"测试 3.xls"文件	选中"测试 1.xls"文件后，按住 Ctrl 键，分别单击"测试 2.xls"和"测试 3.xls"文件，选中后，按 Enter 键同时打开这三个文件
试题 21　在打开文件时显示缩略图	在"打开"对话框中单击 ▦·下拉列表后选择
试题 22　使用副本方式打开保存在"我的文档"中的"第一季度销售表.xls"	参见"1.4.3 打开工作簿"中的"3.使用"打开"对话框"
试题 23　以只读方式打开保存在"我的文档"中的"第一季度销售表.xls"	参见"1.4.3 打开工作簿"中的"3.使用"打开"对话框"
试题 24　利用任务窗格打开最近使用过的工作薄文件"销售统计.xls"，已知该文件设置了打开和修改权限密码，目前只知道打开权限密码为"000000"，要求以只读方式打开工作簿	将任务窗格切换到"开始工作"任务窗格，然后在"打开"中选择。输入打开权限密码后，单击"确定"，然后单击"只读"按钮
五、获得帮助	
试题 1　利用任务窗格操作，搜索"工作区"的帮助信息，在搜索结果中打开"删除文档工作区"的帮助信息	切换到"帮助"任务窗格，输入关键词"工作区"，然后单击 ➡ 按钮，继续在列表中单击"删除文档工作区"链接
试题 2　启用 Office 助手，并将助手切换为"聪聪"	参见"1.5.1 使用 Office 助手"中的"1.显示并使用 Office 助手"和"2.更换助手图标"
试题 3　使用 Office 助手，搜索"如何打印？"的帮助信息	单击 Office 助手图标，输入"如何打印？"，单击"搜索"按钮
试题 4　隐藏 Office 助手	参见"1.5.1 使用 Office 助手"中的"3.隐藏 Office 助手"
试题 5　在"单元格格式"对话框中查看数字的分类帮助信息	单击"格式"|"单元格"命令，在"单元格格式"对话框中，单击 ? 按钮，继续在右侧窗口中展开"数字"中的"分类"
试题 6　打开"选项"对话框，查看"自定义序列"的帮助信息	打开"选项"对话框，单击右上角的 ? 按钮，然后在右侧窗口中单击"自定义序列"项
试题 7　启动 Microsoft Office online 获得帮助信息	选择"帮助"|Microsoft Office online 命令
试题 8　通过设置 Office 助手，在启动向导后可以为向导提供相应的帮助信息	在助手图标处单击鼠标右键，选择"选项"命令，选中"向导帮助"复选框后确定

第 2 章 数据的输入与编辑

考试基本要求

掌握的内容：

- ◆ 数值、文本、日期和时间的输入；
- ◆ 序列的应用；
- ◆ 清除单元格、插入或删除单元格；
- ◆ 单元格的复制、移动和选择性粘贴。

熟悉的内容：

- ◆ 符号的插入；
- ◆ 自定义序列；
- ◆ 批注和剪贴板的使用；
- ◆ 设置数据有效性、设置输入提示信息和出错警告对话框；
- ◆ 在多个单元格中同时输入数据、利用下拉列表输入数据；
- ◆ 插入和编辑超链接。

了解的内容：

- ◆ 绘制图形、插入外部图片、插入剪贴画、插入艺术字和文本框、插入图示；
- ◆ 自动更正的应用；
- ◆ 查找和替换单元格；
- ◆ 对象的链接与嵌入。

本章讲述了输入数据、编辑数据、插入图形对象三大方面的知识，具体包括各类数据的输入方法、高效率的输入技能、限制输入的设置、插入和修改数据的方法，以及插入图形和图片、插入艺术字和文本框等。

2.1　输入数据

输入数据是指在单元格中输入各种格式的数值和文本等内容。输入和修改数据的基本方法如下。

- ◆ 输入数据：选中单元格后即可开始输入，或者在“编辑栏”中输入，输入完成后按 Enter 键或者单击“输入”按钮☑确认。
- ◆ 修改数据：双击单元格，可在其中修改内容，或者选择单元格后在“编辑栏”中修改。

✍提示：当要取消输入时，可以按 Esc 键，或者单击编辑栏上的“取消”按钮☒；选中单元格后，按 F2 键，可进入单元格的编辑状态。

2.1.1　输入数值

数值型数据，常常是 Excel 数据表格中的核心部分，利用这些数据，用户可以进行运算、统计、分析等操作，这类数据包括常数、小数、分数和百分数等。图 2-1 所示的表格中输入了大量的数值型数据。

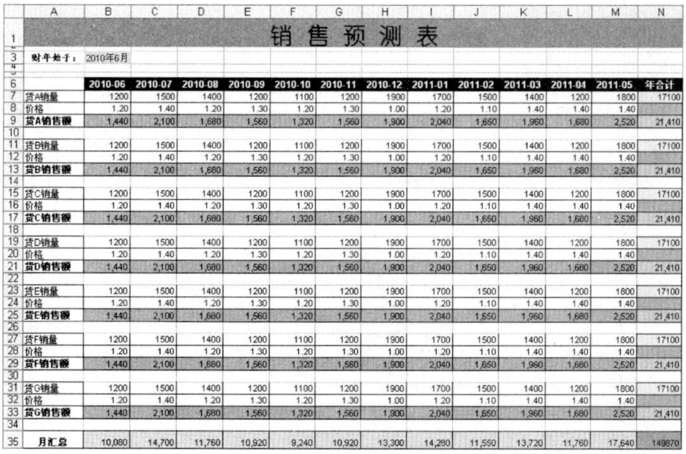

	A	B	C	D	E	F	G	H	I	J	K	L	M	N
1	销售预测表													
3	财年始于：	2010年6月												
6		2010-06	2010-07	2010-08	2010-09	2010-10	2010-11	2010-12	2011-01	2011-02	2011-03	2011-04	2011-05	年合计
7	货A销量	1200	1500	1400	1200	1100	1200	1900	1700	1500	1400	1200	1800	17100
8	价格	1.20	1.40	1.20	1.30	1.20	1.30	1.00	1.20	1.10	1.40	1.40	1.40	
9	货A销售额	1,440	2,100	1,680	1,560	1,320	1,560	1,900	2,040	1,650	1,960	1,680	2,520	21,410
10														
11	货B销量	1200	1500	1400	1200	1100	1200	1900	1700	1500	1400	1200	1800	17100
12	价格	1.20	1.40	1.20	1.30	1.20	1.30	1.00	1.20	1.10	1.40	1.40	1.40	
13	货B销售额	1,440	2,100	1,680	1,560	1,320	1,560	1,900	2,040	1,650	1,960	1,680	2,520	21,410
14														
15	货C销量	1200	1500	1400	1200	1100	1200	1900	1700	1500	1400	1200	1800	17100
16	价格	1.20	1.40	1.20	1.30	1.20	1.30	1.00	1.20	1.10	1.40	1.40	1.40	
17	货C销售额	1,440	2,100	1,680	1,560	1,320	1,560	1,900	2,040	1,650	1,960	1,680	2,520	21,410
18														
19	货D销量	1200	1500	1400	1200	1100	1200	1900	1700	1500	1400	1200	1800	17100
20	价格	1.20	1.40	1.20	1.30	1.20	1.30	1.00	1.20	1.10	1.40	1.40	1.40	
21	货D销售额	1,440	2,100	1,680	1,560	1,320	1,560	1,900	2,040	1,650	1,960	1,680	2,520	21,410
22														
23	货E销量	1200	1500	1400	1200	1100	1200	1900	1700	1500	1400	1200	1800	17100
24	价格	1.20	1.40	1.20	1.30	1.20	1.30	1.00	1.20	1.10	1.40	1.40	1.40	
25	货E销售额	1,440	2,100	1,680	1,560	1,320	1,560	1,900	2,040	1,650	1,960	1,680	2,520	21,410
26														
27	货F销量	1200	1500	1400	1200	1100	1200	1900	1700	1500	1400	1200	1800	17100
28	价格	1.20	1.40	1.20	1.30	1.20	1.30	1.00	1.20	1.10	1.40	1.40	1.40	
29	货F销售额	1,440	2,100	1,680	1,560	1,320	1,560	1,900	2,040	1,650	1,960	1,680	2,520	21,410
30														
31	货G销量	1200	1500	1400	1200	1100	1200	1900	1700	1500	1400	1200	1800	17100
32	价格	1.20	1.40	1.20	1.30	1.20	1.30	1.00	1.20	1.10	1.40	1.40	1.40	
33	货G销售额	1,440	2,100	1,680	1,560	1,320	1,560	1,900	2,040	1,650	1,960	1,680	2,520	21,410
34														
35	月汇总	10,080	14,700	11,760	10,920	9,240	10,920	13,300	14,280	11,550	13,720	11,760	17,640	149870

图 2-1　输入的大量数值型数据

输入方法如下。

- ◆ 输入小数：输入带有小数位的数字时，输入的小数点使用英文输入状态下的半角句号“.”，例如直接输入“12.26”。
- ◆ 输入百分数：输入百分数时，输入时使用“%”符号，如要输入“百分之六十”，那么就直接输入“60%”。
- ◆ 输入负数：在数字前先输入“–”号，如直接输入“–123456”，也可以将数字用括号括起来，如输入“(123456)”，确定后将会自动显示“–123456”。

◆ 输入分数：在输入不带整数部分的分数时，首先要输入"0"，然后输入一个空格，接着输入分数，例如要输入"三分之一"，那么就输入"0 1/3"；在输入带有整数部分的分数时，先输入整数部分，然后输入一个空格，接着再输入分数部分，例如要输入"五又三分之二"，那么就输入"5 2/3"。

✎ 提示：用户可以打开"单元格格式"对话框，在"数字"选项卡中设置数值的各种格式，具体可参见第 4 章中相关的内容。

◆ 科学计数：在单元格中可以显示的最大数字为"99999999999"，当输入的数值超出该值时，会自动用科学计数的方法来显示，如输入"123456789012345"，Excel 会自动将其转换为科学记数，如图 2-2 所示。

图 2-2　用科学计数显示数值

✎ 提示：当单元格的宽度太窄，无法将数值显示全时，会以"###"的形式表示，此时将单元格的宽度调整到足够宽即可完全显示。

2.1.2　输入文本

输入文本是指在单元格中输入字符型的数据，在默认情况下，输入的文本在单元格中以左对齐的方式显示。

1．输入普通文本

当输入的文本超出单元格的宽度时，会延伸到右侧的单元格来显示文本的内容，如图 2-3 所示。

当右侧单元格中已经输入了其他数据（即非空）时，单元格宽度之外的内容会被隐藏起来，如图 2-4 所示。

图 2-3　内容延伸到右侧单元格　　　　图 2-4　单元格中隐藏了文字

使用以下方法之一可以将单元格中的所有文字显示出来。

方法 1：自动换行。

步骤 1　选中单元格，使用以下操作之一打开"单元格格式"对话框。

◆ 选择"格式"|"单元格"命令。

◆ 用鼠标右击单元格，选择"设置单元格格式"命令。

◆ 按快捷键 Ctrl+1。

步骤 2　在对话框中选择"对齐"选项卡，如图 2-5 所示，在"文本控制"选项组中选中"自动换行"复选框，单击"确定"按钮，自动换行后的效果如图 2-6 所示。

图 2-5 "对齐"选项卡

图 2-6 自动换行后的效果

✍提示：将光标定位到需要换行的位置处，然后按快捷键 Alt + Enter，可以在光标处换行。

方法 2：缩小字体填充。

如图 2-5 所示，在"文本控制"选项组中选中"缩小字体填充"复选框，可以将文本按照单元格的大小自动缩小显示。

2．输入编号

用户可以用文本型的方式输入数值，如输入诸如"001，002，003，…"这样的编号，或者输入身份证号等，需要注意的是，文本型的数值可以参与运算。

✍提示：默认情况下，在单元格中是不允许输入以"0"开始的数字的，被输入的"0"在确认后会被自动删除，当要输入以"0"开始的编号时，必须用文本型的方式来输入。

方法 1：输入"'"。
步骤 1 在输入数字之前，首先输入英文输入状态下得单引号"'"，然后再输入数字，如图 2-7 所示。
步骤 2 确认后得到编号，在单元格的左上角会出现一个三角形状的绿色标志，这是提示用户错误输入的标志，选中该单元格，在其右侧会出现◇ ·按钮，单击它，在弹出的列表中选择"忽略错误"命令，如图 2-8 所示，可忽略错误并消除标志。

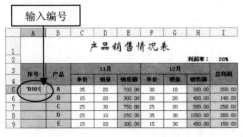

图 2-7 输入编号

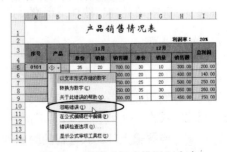

图 2-8 选择"忽略错误"命令

✍提示：用同样的方法可以输入其他编号，如图 2-9 所示，也可以用这种方法输入身份证号，如图 2-10 所示。

图 2-9   输入其他编号

图 2-10   输入身份证号

方法 2：设置格式。

选中单元格，然后打开"单元格格式"对话框的"数字"选项卡，在左侧的"分类"列表框中选择"文本"项，单击"确定"按钮，此时就不需要再输入"'"符号了，直接输入的数字都将作为文本类型的数据。

✍提示：关于"单元格格式"对话框的设置方法，以及文本格式的设置方法，可参见第 4 章中的相关内容。

2.1.3   输入日期和时间

输入日期和时间的方法有多种，用户可以根据需要进行选择。

1．输入日期

方法 1：使用"××××年××月××日"的格式输入，例如直接输入"2011 年 8 月1 日"。

方法 2：使用"年 / 月 / 日"的格式输入，例如输入"2011/8/1"，如图 2-11 所示，确认后显示为"2011-8-1"格式。

方法 3：使用"年-月-日"的格式输入，例如输入"2011-8-1"。

图 2-11   输入日期

✍提示：使用方法 2 和方法 3 输入时，可以省略年份的前 2 位，例如输入"11/8/1"，或"11-8-1"，均可得到日期"2011-8-l"。

方法 4：使用"月 / 日"或"月-日"的格式输入，例如输入"8/6"或"8-6"，确定后可以得到"8 月 6 日"。

方法 5：选中单元格，按住 Ctrl 的同时，再按"；"键，可以快速输入系统的当前日期。

2．输入时间

在默认情况下，输入的时间为 24 小时制，方法如下。

方法 1：使用"时：分：秒"的格式输入，例如要输入"18 时 20 分 48 秒"，那么可以输入"18:20:48"。

方法 2：当要输入 12 小时制的时间时，可以在时间的后面输入"AM"或"PM"，例如要输入时间"上午 8:15"，那么输入"8:15 AM"。

✍提示：输入"AM"表示上午，输入"PM"表示下午，在输入时，需要在时间与

"AM"或"PM"之间输入一个空格，如果不输入空格，输入的时间将被视作文本类型。

方法 3：当要输入系统的当前时间时，按住 Ctrl+Shift 键的同时，再按";"键。

2.1.4 插入符号

在单元格中除了可以输入以上数据之外，还可以插入符号，操作如下。

步骤 1 选中需要插入符号的单元格，然后选择"插入"|"符号"或"特殊符号"命令。

步骤 2 在弹出的对话框中选择需要插入的符号，即可完成插入。

✍ **提示**：在选择"符号"命令后，在弹出的"符号"对话框中可以选择"字体"，例如选择 Wingdings 字体后，可以插入"书本"、"电话"、"蜡烛"、"笑脸"等符号；选择"特殊符号"命令后，可以输入"数学符号"、"数字序号"、"单位符号"等，例如输入"①"、"℃"、"㈱"。

2.1.5 输入序列

使用序列的功能，可以快速地输入一组具有一定规律变化的数据，如等差序列、等比序列、日期序列等。

1. 应用序列的方法

用户可以用鼠标拖动填充柄的方式完成序列的输入，也可以通过执行命令的方式来输入。

（1）使用填充柄

下面举例来说明，操作如下。

步骤 1 例如要输入按步长为 1 变化的编号类数据，可以选中起始单元格，将鼠标指向单元格右下角的填充柄上，如图 2-12 所示，然后拖动该单元格右下角的填充柄到目标单元格，可快速得到其他的编号，如图 2-13 所示。

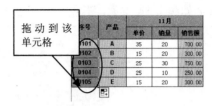

图 2-12 鼠标指向填充柄　　　　　　图 2-13 填充后得到编号

步骤 2 例如要填充一定步长的等差序列，可以在第一个和第二个单元格中输入前两个数值，然后选中这两个单元格，将鼠标指向所选单元格区域的填充柄上，拖动鼠标到目标单元格，如图 2-14 所示，释放鼠标，可以按第二个单元格与第一个单元格的数值之差为步长，得到等差序列的填充，如图 2-15 所示。

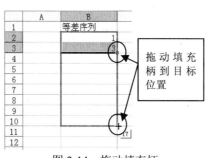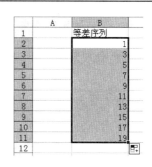

图 2-14　拖动填充柄　　　　　　图 2-15　得到等差序列的填充

提示：如果要填充步长为 1 的等差序列，可以选中初始单元格，然后按下 Ctrl 键的同时拖动填充柄到目标位置。

（2）自动填充选项

拖动填充柄到目标位置后，在填充区域的右下角会出现"自动填充选项"按钮，单击该按钮，会弹出一个下拉列表，如图 2-16 所示，在其中可以选择复制和填充方式，选中"复制单元格"项，那么将复制所选单元格区域的内容，而不再是等差序列填充，如图 2-17 所示；选中"以序列方式填充"项，表示将以序列的规律变化填充；"仅填充格式"和"不带格式填充"是针对单元格格式的填充。

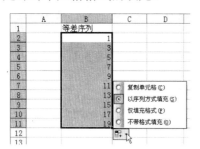

图 2-16　自动填充选项　　　　　图 2-17　"复制单元格"的填充效果

（3）使用右键菜单

用鼠标右键拖动填充柄，也可以得到填充效果，拖动到目标位置后，会弹出一个下拉菜单，如图 2-18 所示，在其中可以选择填充的方式和填充的序列类型，如选择"等比序列"命令，效果如图 2-19 所示。

图 2-18　填充的右键菜单　　　　图 2-19　等比序列效果

（4）使用菜单命令

使用菜单命令，可以设置序列填充的位置、序列类型、步长值、终止值等，操作如下。

步骤 1　输入初始数值后，选中单元格区域。

步骤 2　选择“编辑”|“填充”|“序列”命令，打开“序列”对话框，选择“类型”为“等比序列”，输入“步长值”为“3”，如图 2-20 所示。

步骤 3　设置完后单击“确定”按钮，可得到序列填充的效果，如图 2-21 所示。

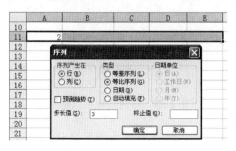

图 2-20　设置序列

	A	B	C	D	E
10					
11	2	6	18	54	162
12					

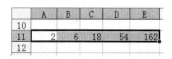

图 2-21　得到等比序列效果

在对话框中，可以设置一下参数。

- ◆ “序列产生在”：在该选项组中可以选择序列填充发生在“行”中或者发生在“列”中。
- ◆ “类型”：在该选项组中可以选择序列的类型，如选中“自动填充”单选按钮，效果将与使用填充柄一样。
- ◆ “日期单位”：当填充的序列为日期类型时，该选项组有效，用来选择填充日期序列的方式，稍后将会着重介绍日期序列的应用。
- ◆ “预测趋势”：选中该复选框，表示可以进行趋势预测，并完成序列的填充。
- ◆ “步长值”：在该文本框中可以输入序列变化的幅度。
- ◆ “终止值”：在该文本框中可以输入序列填充到的最后数值，即终止的数据。

2. 日期序列

在 Excel 中，可以用“按天数”、“按月数”、“按工作日”等方式填充日期序列，操作方法如下。

方法 1：使用填充柄。

步骤 1　例如，目前在单元格中输入了起始日期数据，拖动单元格的填充柄到目标位置，可以得到按天递增变化的填充效果，如图 2-22 所示。

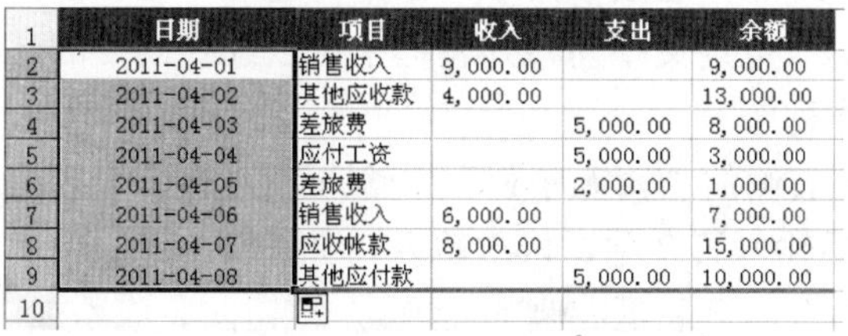

1	日期	项目	收入	支出	余额
2	2011-04-01	销售收入	9,000.00		9,000.00
3	2011-04-02	其他应收款	4,000.00		13,000.00
4	2011-04-03	差旅费		5,000.00	8,000.00
5	2011-04-04	应付工资		5,000.00	3,000.00
6	2011-04-05	差旅费		2,000.00	1,000.00
7	2011-04-06	销售收入	6,000.00		7,000.00
8	2011-04-07	应收帐款	8,000.00		15,000.00
9	2011-04-08	其他应付款		5,000.00	10,000.00
10					

图 2-22　填充日期

步骤 2　用户可以选择用其他方式来填充序列，拖动填充柄到目标位置后，单击"自动填充选项"按钮![图标]，在弹出的列表中可以选择日期变化的命令，如图 2-23 所示，包括以"天数填充"、"以工作日填充"、"以月填充"和"以年填充"，例如选中"以月填充"项，效果如图 2-24 所示。

图 2-23　选择填充日期的方式　　　　图 2-24　按月变化的日期填充

✍提示：选中"以工作日填充"项，表示以工作日天数为递增变化，在 Excel 中，工作日为 5 天。

方法 2：使用"序列"对话框。

选择需要填充的单元格区域后，选择"编辑"|"填充"|"序列"命令，打开"序列"对话框，如图 2-25 所示，在"日期单位"选项组中选择填充的方式，其他设置与之前介绍的完全一样，完成后单击"确定"按钮。

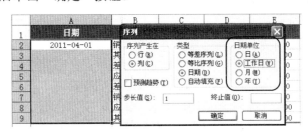

图 2-25　日期填充的"序列"对话框

3．自定义序列

除了使用以上等差序列、等比序列、日期序列等序列之外，还可以自己来定义序列。

（1）创建自定义序列

方法 1：使用输入的方式。

步骤 1　选择"工具"|"选项"命令，打开"选项"对话框，选择"自定义序列"选项卡，在对话框左侧的"自定义序列"列表框中可以选择需要的序列，如果要创建全新的序列，那么选择"新序列"。

步骤 2　在对话框右侧的"输入序列"中输入序列的第 1 项内容，例如输入"购进入仓"，接着按 Enter 键后输入第 2 项，依次输入，如图 2-26 所示。

步骤 3　输入完后单击列表框右侧的 添加(A) 按钮，完成添加，如图 2-27 所示，单击"确定"按钮。

图 2-26　输入序列内容　　　　　　　　图 2-27　完成序列的添加

✍ **提示**：添加的序列将显示在对话框左侧的"自定义序列"列表框中；如果要将定义的序列删除，可以在"自定义序列"列表框中选择该序列，然后单击对话框右侧的 删除(D) 按钮。需要注意的是，系统自带的序列是无法删除的。

方法 2：使用导入的方式。

使用这种方法的前提是序列的内容已经被输入到了当前的工作表中，操作如下。

步骤 1　在"选项"对话框中的"从单元格中导入序列"文本框中，输入需要引用序列内容的单元格地址，或者单击右侧的"拾取"按钮 ，此时在工作表中选中序列内容所在的单元格区域，如图 2-28 所示，按 Enter 键（或者单击 按钮），回到"选项"对话框。

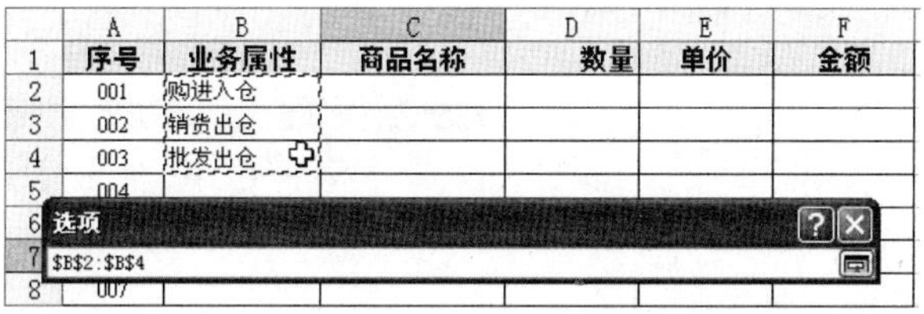

图 2-28　选择序列所在的单元格区域

步骤 2　在对话框中单击 导入(M) 按钮，导入序列，单击"确定"按钮。

（2）使用创建的序列

定义好序列后就可以开始来应用它了，操作如下。

步骤 1　在单元格中输入序列的起始值，例如在这里输入"购进入仓"。

步骤 2　拖动单元格的填充柄到目标单元格，即可完成该序列的填充，如图 2-29 所示。

图 2-29　应用自定义的序列

✍ **提示**：当要对序列进行修改时，可以打开"选项"对话框的"自定义序列"选项卡，然后选中序列后，在"输入序列"中进行修改，修改完后单击"添加"按钮。

2.1.6　提高相同数据的输入效率

当要在工作表中输入相同数据时，为了提高输入效率，可以使用记忆性输入，或者在多个单元格中同时输入，还可以利用填充命令。

1．记忆性输入

当要在同一列中输入相同的数据时，可以采用记忆性输入，例如，如图 2-30 所示，在 B 列单元格中已经输入了文字"洗衣机"，当要在其他单元格中重复输入该文字时，可以先输入第一个字，这里为"洗"，此时会自动出现"洗衣机"的文字，按 Enter 键确认即可。

✍提示：如果输入的内容并不相同，只是部分文字相同，那么可以不予理会，按照常规的方法输入需要的文字；另外，记忆性输入只适应于文本的输入，不适应于数值的输入。

当不需要这种记忆性键入的功能时，可以将该功能关闭，操作如下。

步骤 1　选择"工具"|"选项"命令，打开"选项"对话框，选择"编辑"选项卡。

步骤 2　在对话框中选中"记忆式键入"复选框，表示启用记忆式键入功能，取消对它的选中，表示关闭此功能，如图 2-31 所示。

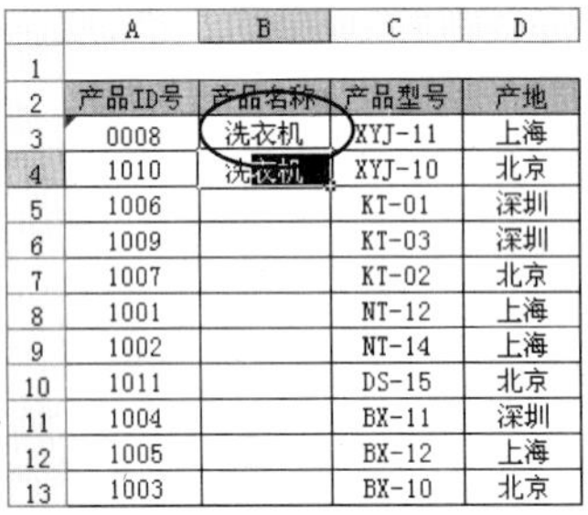

图 2-30　使用记忆输入　　　　　　　图 2-31　启动或关闭记忆式键入

步骤 3　设置完后单击"确定"按钮。

✍提示：选中需要输入数据的单元格，右键单击，在弹出的快捷菜单中选择"从下拉列表中选择"命令，或者按快捷键 Alt + ↓，可以调出一个下拉列表，在其中显示了一些记忆性内容，选择其中的项可以实现快速输入，如图 2-32 所示。

2．在多个单元格中同时输入

步骤 1　选中需要输入相同数据的单元格。

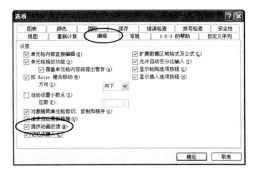

✍提示：按住 Ctrl 键的同时单击单元格，可以选中多个不连续的单元格；按住 Shift 键的同时单击单元格，可以选中连续的单元格区域（或者用鼠标拖动的方式）。

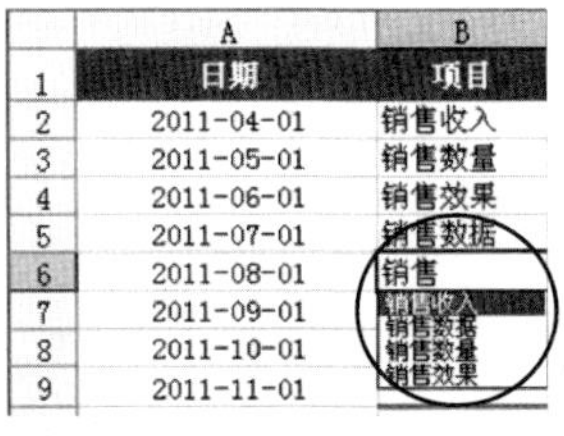

图 2-32　记忆性下拉列表

步骤 2　输入数据，输入完后按快捷键 Ctrl+Enter 确认。

3．使用填充命令

步骤 1　在单元格中输入初始值，选中需要向下、向上、向右或向左填充的单元格区域。
步骤 2　打开"编辑"|"填充"菜单，选择其中的"向下填充"、"向上填充"、"向右填充"、"向左填充"命令，可以在所选的每个单元格中填充第一个单元格中的内容。

2.1.7　添加批注

批注是指为了与其他用户进行沟通，在不影响工作表的情况之下，为单元格添加一些注解、说明文字等。

1．插入和修改批注

在工作表中，可以给任意单元格添加批注，在不需要的时候则可以将其删除。
（1）插入批注
步骤 1　选中需要添加批注的单元格，然后使用以下方法之一插入批注。
◆　选择"插入"|"批注"命令。
◆　用鼠标右击单元格，在弹出的快捷菜单中选择"插入批注"命令。
◆　选择"视图"|"工具栏"|"审阅"命令，打开"审阅"工具栏，单击"新批注"按钮🖻。
步骤 2　此时在单元格旁边出现黄色的批注框，其中显示了当前用户的名称，如图 2-33 所示，这里的用户名称为"llh"，在批注框中输入文字。
步骤 3　输入完批注文字后，单击其他任意单元格确认，被批注单元格的右上角会出现一个红色标识符，将鼠标移动到添加了批注的单元格，可显示批注的内容。
（2）删除批注
选中需要删除批注的单元格，使用以下方法之一可以将批注删除。
方法 1：用鼠标右击单元格，在弹出的快捷菜单中选择"删除批注"命令，如图 2-34 所示。

图 2-33　添加批注　　　　　　　　图 2-34　删除批注

✍提示：在右键菜单中，有关批注的命令有"编辑批注"、"删除批注"和"显示/隐藏批注"。

方法 2：选择"编辑"|"清除"|"批注"命令。

方法 3：在"审阅"工具栏上单击"删除批注"按钮。

（3）修改批注

步骤 1   使用以下方法之一执行"编辑批注"命令。

◆   用鼠标右击批注所在的单元格，在弹出的快捷菜单中选择"编辑批注"命令。

◆   选中单元格后，选择"插入"|"编辑批注"命令。

◆   选中单元格后，在"审阅"工具栏上单击"编辑批注"按钮。

步骤 2   此时会显示出批注框，将光标定位其中进行修改，完成后单击任意单元格确定。

2. 设置批注

（1）显示和隐藏批注

添加了批注后，在默认情况下，当鼠标指针离开该单元格时，批注会被自动隐藏起来，通过设置，可以将其始终显示，方法如下。

方法 1：右击添加了批注的单元格，选择"显示/隐藏批注"命令，可以始终显示批注；再次打开右键菜单，在其中选择"隐藏批注"命令，则可以将其隐藏。

方法 2：选择"工具"|"选项"命令，在打开的"选项"对话框中选择"视图"选项卡，在"批注"选项组中，如图 2-35 所示，可进行如下设置。

◆   选中"无"单选按钮，表示不显示标识符，也不显示批注框。

◆   选中"只显示标识符"单选按钮，表示不显示批注框，但会在添加了批注的单元格的右上角出现红色的标识符。

◆   选中"批注和标示符"单选按钮，表示既显示批注框，又显示标识符。

图 2-35   删除批注

（2）设置格式

设置批注的格式，包括设置字体、对齐方式、边框颜色等，操作如下。

步骤 1   将批注框显示出来，然后使用以下方法之一打开"设置批注格式"对话框。

◆ 用鼠标右击批注框，从弹出的快捷菜单中选择"设置批注格式"命令。

◆ 选中批注框（可单击批注框边缘处），选择"格式"|"批注"命令。

步骤 2 在对话框中有各种选项卡，如选择"字体"选项卡，在其中可以设置批注框中的字体格式，如图 2-36 所示；选择"颜色与线条"选项卡，可以在其中设置"填充"和"线条"；选择"对齐"选项卡，在其中可以对批注的对齐方式和方向进行设置，如设置"方向"为"竖排文本"，如图 2-37 所示。

图 2-36 设置"字体"

图 2-37 设置"对齐"

（3）打印批注

在"页面设置"对话框中，可以设置打印批注的方式，操作如下。

步骤 1 选择"文件"|"页面设置"命令，打开"页面设置"对话框，选择"工作表"选项卡。

步骤 2 打开"批注"下拉列表，如图 2-38 所示，在其中可以进行如下选择。

◆ 选择（无）项，则表示不打印批注。

◆ 选择"工作表末尾"项，表示在打印时，所有批注都将被打印在表格的最后。

◆ 选择"如同工作表中的显示"项，表示当批注框处于显示时，将会原位打印批注的内容。

图 2-38 设置批注的打印方式

2.1.8 设置数据有效性

数据有效性是指通过设置，使得指定单元格中只能输入特指的内容，当输入范围之外的内容时将会提示输入错误。

1. 设置有效性条件

首先选中需要设置有效性的单元格，然后选择"数据"|"有效性"命令，打开"数据有效性"对话框，选择"设置"选项卡，在其中可以设置各种条件，默认情况下，在"有效性条件"选项组的"允许"中选择的是"任何值"，表示在单元格中可以输入任何数据。

打开"允许"下拉列表，在其中可以选择限定的格式，如图 2-39 所示。

具体说明如下。

◆ "整数"：在"允许"下拉列表中选择"整数"项，如图 2-40 所示，表示在所选的单元格中只能输入特指的整数，或者指定范围内的整数，在"数据"下拉列表中可以选择逻辑参数，具体如下。

图 2-39　打开"允许"下拉列表　　　　图 2-40　选择"允许"为"整数"

✍ 提示："小数"、"日期"和"时间"格式的设置方法与"整数"一样，只是限制的数值类型发生了相应的变化。

> "介于"：选择该项，表示允许输入从"最小值"到"最大值"之间的整数值。

✍ 提示：选择该项后，在下方的"最小值"和"最大值"中可以输入数值，或者单击右侧的"拾取"按钮，拾取工作表中的单元格数值。

> "未介于"：选择该项，表示允许输入在"最小值"与"最大值"之外的整数值。
> "等于"：选择该项，表示只允许输入指定的某一整数。
> "不等于"：选择该项，表示允许输入指定整数值之外的所有整数。
> "大于"：选择该项，表示允许输入大于指定整数值的所有整数。
> "小于"：选择该项，表示允许输入小于指定整数值的所有整数。
> "大于或等于"：选择该项，表示允许输入指定整数值和大于该整数值的所有整数。
> "小于或等于"：选择该项，表示允许输入指定整数值和小于该整数值的所有整数。

◆ "序列"：在"允许"下拉列表中选择"序列"项，如图 2-41 所示，在其中可以进行如下操作。

> 在"来源"文本框中可以输入序列的内容，表示所选单元格中只能在该内容中选择，也可以单击右侧的按钮，在工作表中拾取序列的内容。
> 选中"提供下拉箭头"复选框，表示选中该单元格后，将在右侧一个下拉箭头，单击后打开下拉列表，在其中可以选择序列的内容，如图 2-42 所示。

◆ "文本长度"：在"允许"下拉列表中选择"文本长度"项，表示允许输入一定长度范围之内的数值，例如只允许输入 6 位到 8 位的数值，设置如图 2-43 所示。

◆ "自定义"：在"允许"下拉列表中选择"自定义"项，如图 2-44 所示，在"公式"中输入一个公式，表示在所选单元格中可以输入由该公式计算得到的数值，单击"公式"文本框右侧的按钮，可在工作表中拾取。

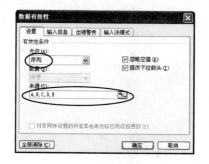

图 2-41　"序列"参数

图 2-42　下拉列表

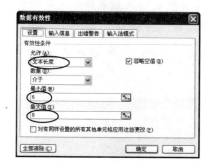

图 2-43　设置文本长度

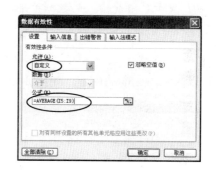

图 2-44　选择自定义

2．设置提示

用户可以为具有限制输入的单元格提供文本提示，便于他人进行正确地输入，操作如下。

步骤 1　选中单元格或单元格区域，打开"数据有效性"对话框，选择"输入信息"选项卡。

步骤 2　选中"选定单元格时显示输入信息"复选框，在"标题"和"输入信息"中输入提示的标题和具体文字，如图 2-45 所示。

步骤 3　设置完后单击"确定"按钮，选中被设置的单元格，此时便会出现所设置的提示信息，如图 2-46 所示。

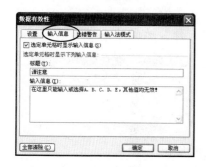

图 2-45　输入标题和信息

图 2-46　出现提示信息

3．设置警告

除了设置输入提示之外，还可以设置当输入错误时，出现警告对话框，操作如下。

步骤 1　选中设置了限制的单元格或单元格区域，打开"数据有效性"对话框的"出错警告"选项卡。

步骤 2　选中"输入无效数据时显示出错警告"复选框，打开"样式"下拉列表，在其中可以选择输入错误时所采用的方式，如图 2-47 所示。

✍提示：选择"停止"项，表示必须输入正确的数据或取消输入才能继续操作；选择"警告"项，表示对当前输入的数据可采取保留、重新输入或取消输入等操作；选择"信息"项，表示对当前输入的数据可采取保留或取消输入等操作。

步骤 3　在"标题"文本框中可以输入弹出对话框的标题名称信息，在"错误信息"文本框中可以输入对话框的内容，如图 2-48 所示。

图 2-47　设置出错警告

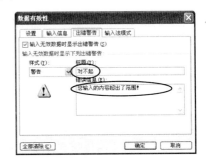
图 2-48　输入警告对话框信息

步骤 4　单击"确定"按钮完成设置。当在单元格中输入范围之外的数值时，会弹出图 2-49 所示的对话框。

4．设置输入法模式

通过设置，可以实现当选中单元格（被设置了数据有效性）时自动打开输入法，操作如下。

步骤 1　打开"数据有效性"对话框，选择"输入法模式"选项卡。

步骤 2　选择"模式"下拉列表，在其中选择"打开"，如图 2-50 所示。

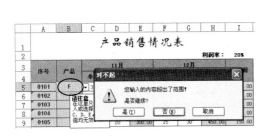
图 2-49　出现警告提示

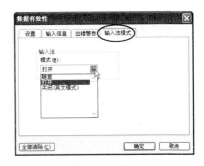
图 2-50　设置输入法模式

✍ 提示：如果要在选择单元格时关闭输入法，那么可以选择"关闭"项。

5．全部清除有效性

打开"数据有效性"对话框，单击左下角的 全部清除ⓒ 按钮，可清除所选单元格或单元格区域的所有有效性设置。

2.1.9　本节考点

本节内容的考点如下：输入数值、文本、日期和时间，插入符号，使用序列和输入相同数据，添加批注，数据有效性的应用。

◆ 输入数值、文本、日期和时间：考题包括输入小数、输入百分数、输入负数、输入分数、输入文本型的数字（如编号或身份证号）、设置自动换行和缩小字体填充、按照指定格式输入日期和时间、输入当前系统的日期和时间等。

◆ 插入符号：考题包括使用"符号"命令插入符号（常常考 Wingdings 字体中的符号）、使用"特殊符号"命令插入符号等。

◆ 使用序列和输入相同数据：考题包括使用填充柄填充序列、使用"自动填充选项"按钮改变序列填充的方式、使用"序列"对话框设置序列并填充、日期序列的应用、添加和删除自定义序列、在多个单元格中同时输入、使用下拉列表和记忆性输入、使用"编辑" | "填充"中的填充命令等。

◆ 添加批注：考题包括为指定的单元格添加批注、删除批注、设置显示批注的方式、修改批注、设置批注的格式等。

◆ 数据有效性的应用：考题包括设置单元格中只允许输入指定范围内的数据、设置警告对话框、设置提示框、设置输入法的打开和关闭等。

2.2　编辑工作表

编辑工作表包括清除单元格中的内容、删除和插入单元格、单元格的移动、单元格的复制和粘贴等。

2.2.1　清除单元格

清除单元格包括清除单元格中的内容、清除格式、清除批注，以及清除以上所有内容。操作如下。
步骤 1 首先选中单元格或单元格区域。
步骤 2 执行以下操作。

◆ 清除内容：选择"编辑" | "清除" | "内容"命令；右击单元格或单元格区域，选择"清除内容"命令；按 Delete 键。

✍ 提示：清除内容后的单元格，其值为 0。

◆ 清除格式：选择"编辑"|"清除"|"格式"命令。
◆ 清除批注：选择"编辑"|"清除"|"批注"命令。
◆ 清除全部：选择"编辑"|"清除"|"全部"命令。
◆ 选中单元格区域后，拖动最后一个单元格的填充柄到第一个单元格位置处，可以删除单元格区域的内容。

2.2.2　删除和插入单元格

对于不再需要的单元格，可以将其删除，当数据表中的单元格不够使用时，则可以进行插入。

1．删除单元格

方法 1：删除整行和整列。
用鼠标右击行号，选择"删除"命令，可以将该行删除。
用鼠标右击列标，选择"删除"命令，可以将该列删除。
方法 2：使用对话框。
步骤 1　选中要删除的单元格或单元格区域，然后使用以下方法之一打开"删除"对话框，如图 2-51 所示。

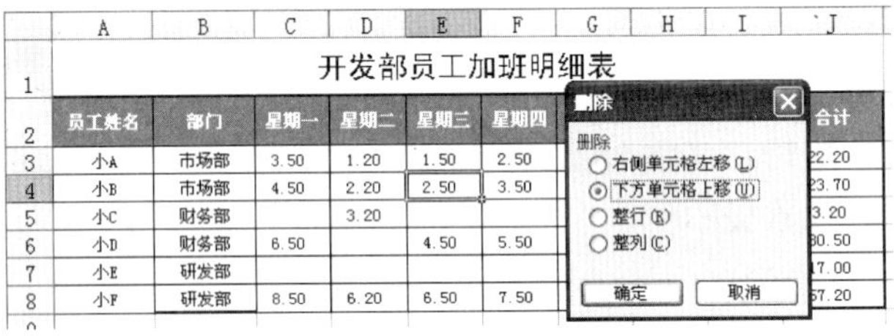

图 2-51　"删除"对话框

◆ 选择"编辑"|"删除"命令。
◆ 用鼠标右击选中的单元格或单元格区域，选择"删除"命令。
步骤 2　在对话框中可选择 4 个单选按钮，具体功能如下。
◆ "右侧单元格左移"：选中该单选按钮，表示当前单元格被删除后，其位置由右侧的单元格填补。
◆ "下方单元格上移"：选中该单选按钮，表示当前单元格被删除后，其位置由下方的单元格填补。
◆ "整行"：选中该单选按钮，表示将删除所选单元格所在的行。
◆ "整列"：选中该单选按钮，表示将删除所选单元格所在的列。
步骤 3　选择完后单击"确定"按钮。

2．插入单元格

方法 1：插入行和列。

　　选择"插入"|"行"或"列"命令，可以在当前单元格的上方插入一空行，或在当前单元格的左侧插入一空列。

　　用鼠标右击行标，在弹出的快捷菜单中选择"插入"命令，可以在当前行的上方插入一空行；用鼠标右击列标，在弹出的快捷菜单中选择"插入"命令，可以在当前列的左侧插入一空列。

　　✐提示：当要在整体表格中添加新的记录时，常常需要插入整行或整列。

方法 2：使用对话框。
步骤 1　选中需要插入单元格的位置，使用以下方法之一打开"插入"对话框，如图 2-52 所示。

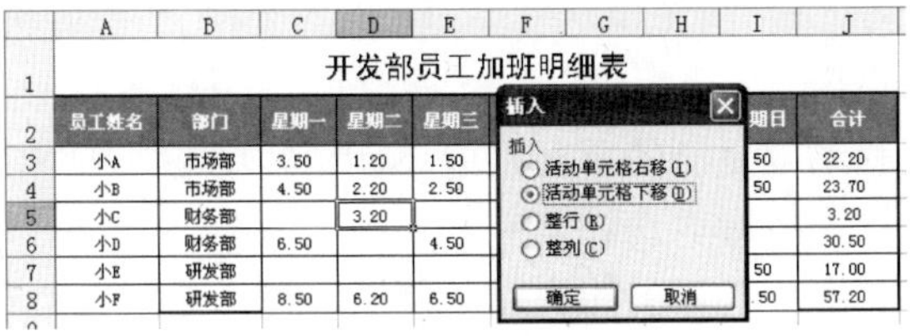

图 2-52　"插入"对话框

◆　选择"插入"|"单元格"命令。
◆　用鼠标右击单元格，在弹出的快捷菜单中选择"插入"命令。

步骤 2　在对话框中有 4 个单选按钮可以选择，其功能如下。

◆　"活动单元格右移"：选中该单选按钮，表示在当前位置插入新的单元格，活动单元格将向右移动。
◆　"活动单元格下移"：选中该单选按钮，表示在当前位置插入新的单元格，当前活动单元格向下方移动。
◆　"整行"：选中该单选按钮，表示在当前单元格所在行的上方插入一空行。
◆　"整列"：选中该单选按钮，表示在当前单元格所在列的左侧插入一空列。

　　✐提示：在插入和删除单元格过程中，如果数据表格中单元格被引用到了公式中，那么需要注意查看，避免出错。

2.2.3　移动和复制单元格

　　移动和复制单元格是指将单元格或单元格区域中的数据从一个位置移动或复制到另一个位置。

　　具体操作的方法有多种。
方法 1：使用鼠标拖动。
步骤 1　选中需要移动或复制的单元格或单元格区域，鼠标指针指向单元格或单元格区域的边框，此时鼠标指针变成 形状。
步骤 2　使用以下操作进行移动和复制。

◆　移动：按住鼠标拖动到目标单元格，如图 2-53 所示，释放鼠标即可完成移动，如

图 2-54 所示。

◆ 复制：按住 Ctrl 键的同时，拖动所选单元格或单元格区域的边框到目标单元格，释放鼠标和按键。

开发部员工加班明细表							
员工姓名	部门	星期一	星期二	星期三	星期四	星期五	星期六
小A	市场部	3.50	1.20	1.50	2.50	3.50	4.50
小B	市场部	4.50	2.20	2.50		3.50	4.50
小C	财务部			3.20			
小D	财务部	6.50		4.50	5.50	05 60	
小E	研发部					7.50	
小F	研发部	8.50	6.20	6.50	7.50	8.50	9.50

图 2-53　拖动到目标位置

开发部员工加班明细表							
员工姓名	部门	星期一	星期二	星期三	星期四	星期五	星期六
小A	市场部	3.50	1.20	1.50	2.50	3.50	4.50
小B	市场部	4.50	2.20	2.50	3.50	4.50	
小C	财务部				3.20		
小D	财务部	6.50		4.50	5.50	6.50	7.50
小E	研发部					7.50	
小F	研发部	8.50	6.20	6.50	7.50	8.50	9.50

图 2-54　完成移动后的效果

✍提示：当移动或复制单元格时，单元格中的格式、批注等内容将被一起移动或复制。

方法 2：使用菜单命令。

步骤 1　选择需要移动或复制的单元格或单元格区域。

步骤 2　使用以下操作执行剪切和复制操作。

◆ 复制：用鼠标右击，在弹出的快捷菜单中选择"复制"命令；选择"编辑"|"复制"命令（快捷键为 Ctrl+C）；单击"常用"工具栏中的"复制"按钮。

◆ 剪切：用鼠标右击，在弹出的快捷菜单中选择"剪切"命令；选择"编辑"|"剪切"命令（快捷键为 Ctrl+X）；单击"常用"工具栏中的"剪切"按钮。

步骤 3　选择目标单元格，使用以下方法之一执行粘贴操作。

◆ 用鼠标右击目标单元格，在弹出的快捷菜单中选择"粘贴"命令。

◆ 选择"编辑"|"粘贴"命令。

◆ 单击"常用"工具栏中的"粘贴"按钮。

✍提示：当移动或复制的是单元格区域时，在选择目标单元格时，所选的单元格将为粘贴后左上角的单元格。

方法 3：使用右键拖动。

步骤 1　选择单元格或单元格区域，将鼠标指针指向单元格或单元格区域的边框上，鼠标指针变成形状。

步骤 2　按住鼠标右键，拖动到目标单元格，释放鼠标，此时弹出一个快捷菜单，如图 2-55 所示，在其中可以选择各种移动和复制的命令。

2.2.4　选择性粘贴

选择性粘贴是指对复制的内容，用特定的方式粘贴到目标单元格中，选择性粘贴的方法有多种，下面来具体讲述。

方法 1：使用"粘贴选项"按钮。

当在数据表格中粘贴了数据后，会在其右下角出现"粘贴选项"按钮，单击该按钮，可在弹出的列表中选择粘贴方式，如图 2-56 所示。

图 2-55　选择移动和复制命令

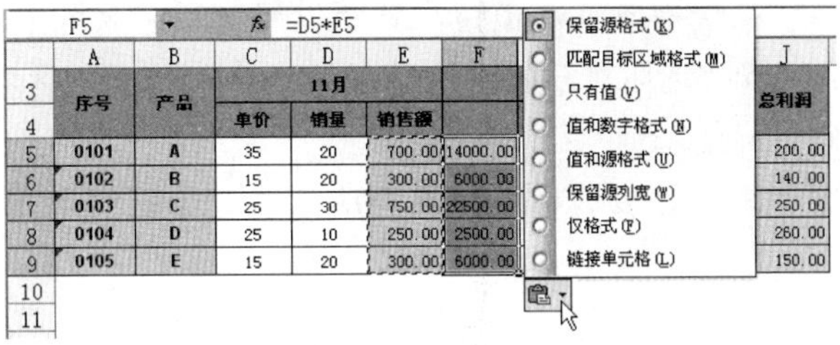

图 2-56　打开"粘贴选项"按钮的下拉列表

方法 2：使用"粘贴"按钮。

步骤 1　完成对单元格的复制操作后，选择需要粘贴的目标单元格。

步骤 2　在"常用"工具栏上打开"粘贴"按钮 的下拉列表，在其中选择命令，如图 2-57 所示。

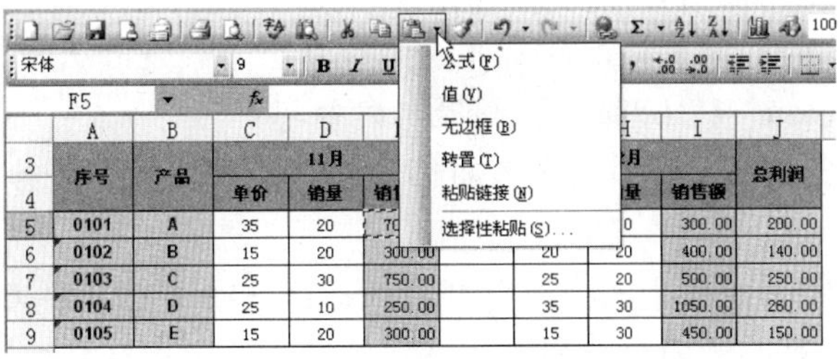

图 2-57　打开"粘贴"按钮的下拉列表

方法 3：使用对话框。

步骤 1　完成对单元格的复制操作后，选择需要粘贴的目标单元格。

步骤 2　使用以下操作之一打开"选择性粘贴"对话框，如图 2-58 所示。

◆ 用鼠标右击目标单元格，在弹出的快捷菜单中选择"选择性粘贴"命令。

◆ 选择"编辑"|"选择性粘贴"命令。

◆ 在"粘贴"按钮 的下拉列表中选择"选择性粘贴"命令。

图 2-58　"选择性粘贴"对话框

步骤 3　在对话框中可以选中各种单选按钮,具体功能如下。

- ◆ "全部":选中该单选按钮,表示复制选择区域中的所有内容。
- ◆ "有效性验证":选中该单选按钮,表示仅复制选择区域中设置的数据有效性规则。
- ◆ "公式":选中该单选按钮,表示仅复制选择区域中的公式。
- ◆ "边框除外":选中该单选按钮,表示复制选择区域中除边框以外的所有区域。
- ◆ "数值":选中该单选按钮,表示仅复制所选区域中的数值。
- ◆ "列宽":选中该单选按钮,表示仅复制所选区域中的列宽。
- ◆ "格式":选中该单选按钮,表示仅复制所选区域中的格式。
- ◆ "公式和数字格式":选中该单选按钮,表示仅复制所选区域中的公式和数字格式。
- ◆ "批注":选中该单选按钮,表示仅复制所选区域中的批注。
- ◆ "值和数字格式":选中该单选按钮,表示仅复制所选区域中的值和数字格式。
- ◆ "运算"选项组:按所选运算法则将所选区域的内容与目标区域的内容进行运算后,将结果复制到目标区域。
- ◆ "跳过空单元":选中该复选框,可避免所选区域中的空单元格替换目标区域中的数据单元格。
- ◆ "转置":选中该复选框,表示复制时将所选区域中以行排列的数据重新按列进行排列,将所选区域中以列排列的数据重新按行进行排列。

2.2.5　剪贴板

被复制或剪切的内容将被复制到剪贴板上,在"Office 剪贴板"上可以放置多个粘贴对象,用户可以多次粘贴使用。

"Office 剪贴板"以任务窗格的形式显示,打开它的常规方法如下。

方法 1:选择"编辑"|"Office 剪贴板"命令。

方法 2:打开任务窗格,然后将任务窗格切换到"剪贴板"任务窗格。

操作方法如下。

步骤 1　当需要将剪贴板中的内容粘贴到目标单元格中时,先选择目标单元格,再在"剪贴板"上单击需要粘贴的内容,如图 2-59 所示。

图 2-59　粘贴内容

步骤 2　在"剪贴板"任务窗格上单击 全部粘贴 按钮,可以将剪贴板上的所有内容粘贴到当前目标单元格中；单击![全部清空]按钮，可以将剪贴板上的内容全部删除。

　　步骤 3　将鼠标指针指向"剪贴板"上的内容上，该项内容有的右侧会出现下拉按钮，单击该下拉按钮，打开下拉列表，在其中选择"粘贴"命令，表示将该项内容粘贴到当前目标位置处，选择"删除"命令可将该内容从剪贴板删除。

　　✍**提示**：在"剪贴板"任务窗格中，单击![选项▾]按钮，可在其中设置一些选项。

2.2.6　查找和替换

　　使用"查找"命令，可以快速地找到需要的数据；使用"替换"命令，可以将数据表格中的特定数据批量替换。

1．基本的查找和替换

（1）基本的查找

　　步骤 1　使用以下方法之一打开"查找和替换"对话框的"查找"选项卡。

◆　选择"编辑"|"查找"。

◆　按快捷键 Ctrl+F。

　　✍**提示**：如果要在指定的单元格区域中查找数据，那么可以在执行查找操作之前选中该单元格区域；如果要在整个工作表中查找，那么在执行查找操作之前选择任意单元格即可。

　　步骤 2　在对话框的"查找内容"文本框中输入要查找的信息，如图 2-60 所示。

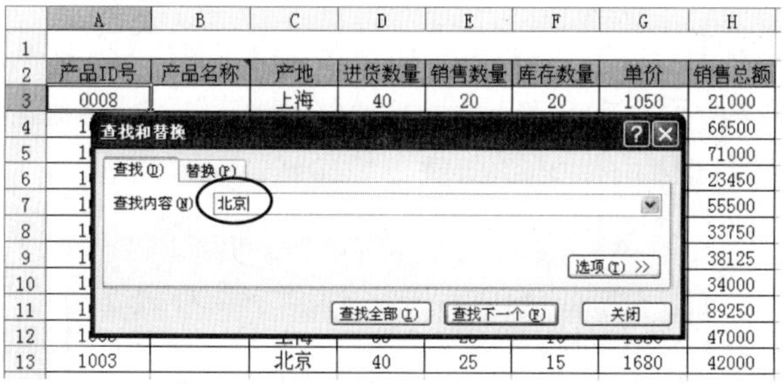

图 2-60　输入查找内容

　　步骤 3　单击"查找下一个"按钮，可找到第一个内容，继续单击该按钮，可以一次查找，单击"查找全部"按钮，可在对话框中显示所有查找到结果，如图 2-61 所示。

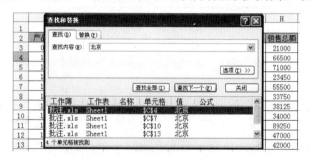

图 2-61　找到所有结果

步骤 4　单击搜索结果，可调整到相应的单元格。

（2）基本的替换

步骤 1　使用以下方法之一打开"查找和替换"对话框的"替换"选项卡，如图 2-62 所示。

图 2-62　输入"查找内容"和"替换为"

◆　选择"编辑"|"替换"命令。

◆　按快捷键 Ctrl+H。

步骤 2　在"查找内容"文本框中输入要被替换的内容，在"替换为"文本框中输入被替换成的内容。

步骤 3　单击"查找下一个"按钮，可找到第一个内容，如果要替换则单击"替换"按钮，可以将刚找到的内容进行替换；如果要全部替换所有"查找的内容"，那么单击"全部替换"按钮。

2．高级的查找和替换

使用高级的查找和替换，可以为查找和替换的文本设置一些条件，例如"区分大小写"、"区分全/半角"，设置查找内容和替换内容的格式等。

在"查找和替换"对话框中，单击"选项"按钮，如图 2-63 所示，在对话框中可以设置各种条件，具体如下。

图 2-63　高级的查找和替换

◆　"查找内容"和"替换为"：在这两个文本框中的操作与基本的查找和替换一样，输入需要查找和需要替换为的内容。

◆　格式 按钮："查找内容"和"替换为"的右侧均对应有该按钮，用来设置相应的格式，单击该按钮可打开"查找格式"或"替换格式"对话框，如图 2-64 所示，在其中可以设置要查找单元格或替换内容的各种格式。

提示：单击"格式"按钮右侧的下拉箭头，如图 2-65 所示，选择"清除查找格式"或"清除替换格式"命令，可以对已设置的查找或替换格式进行清除；选择"从单元格选择格式"命令，此时会隐藏对话框，鼠标指针变成┿❏形状，在工作表中拾取需要的单元格格式。

图 2-64　设置格式

图 2-65　"格式"下拉列表

◆　"范围"：在该下拉列表中可以选择查找的区域范围，可以选择"工作表"或"工作簿"项。

◆　"搜索"：在该下拉列表中可以选择"按行"或"按列"的方向进行查找。

◆　"查找范围"：在该下拉列表中可以选择需要查找单元格的"值"、"公式"、"批注"。

◆　"区分大小写"：选中该复选框，表示在查找过程中区分字母的大小写。

◆　"单元格匹配"：选中该复选框，表示查找与设置条件完全匹配的单元格。

◆　"区分全/半角"：选中该复选框，表示在查找过程中区分全角和半角字符。

2.2.7　自动更正

自动更正主要用来防止输入错误，以及高效地输入特指内容。

1. 添加自动更正

步骤 1　选择"工具"|"自动更正选项"命令，弹出"自动更正"对话框，选择"自动更正"选项卡。

提示：选择"工具"|"拼写检查"命令，可以在工作表中检查拼写错误。

步骤 2　在"替换"文本框中输入文本，表示需要被替换的文本，例如输入"计算机"；在"替换为"文本框中输入要替换为的文本，即当用户输入"替换"中的文本时将被替换成的文本，例如输入"计算机职称考试"，如图 2-66 所示。

步骤 3　单击"添加"按钮，将可以将其添加到列表框中，如图 2-67 所示。

步骤 4　添加完成后单击"确定"按钮，在工作表中输入"计算机"三个字，将会自动替换为"计算机职称考试"。

提示：若要删除添加的词条，可在列表框中选择该词条，然后单击"删除"按钮。

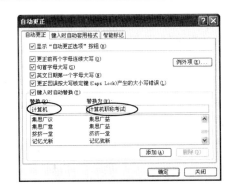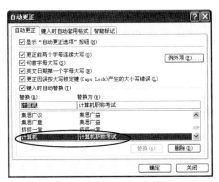

图 2-66　输入文本　　　　　　　　　　图 2-67　添加的词条

2. 设置自动更正

在"自动更正"选项卡中，通过选中一些复选框，可以启用相应的功能。例如选中"键入时自动替换"复选框，可以在输入定义了自动更正的文字时，会自动替换，取消选中则表示禁止自动替换；例如当不需要首个字母大写时，可以取消选中"句首字母大写"复选框。

3. 修改自动更正

当要修改添加的自动更正词条时，可进行如下操作。

步骤 1　打开"自动更正"对话框，在列表框中选择需要修改的词条，修改"替换"和"替换为"文本框中的文本。

步骤 2　修改完后单击"替换"按钮。

步骤 3　当要删除词条时，首先在列表中选中它，然后单击"删除"按钮。

📝**提示**：在"替换"中输入需要查找的首字或开始的几个字，此时会在列表框中列出与此相符的项，这样可以快速找到需要的词条。

2.2.8　设置编辑选项

在"选项"对话框的"编辑"选项中，可以设置在单元格中输入数据时的方式，具体如下。

步骤 1　选择"工具"|"选项"命令，弹出"选项"对话框，选择"编辑"选项卡，如图 2-68 所示。

步骤 2　在对话框中可以选中或取消选中各种选项，例如选中"按 Enter 键后移动方向"复选框，可在右侧下拉列表中选择方向；取消选中"单元格内部直接编辑"复选框，表示不允许在单元格内部直接编辑；选中"自动设置小数点位数"复选框，可在右侧的文本框中输入小数的位数；选中"单元格拖放功能"和"覆盖单元格内容前提出警告"复选框，表示单元格具有拖放功能，当要在已有数据的单元格中输入内容时，会提出警告。

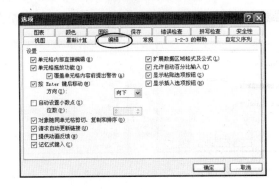

图 2-68　选择"编辑"选项卡

2.2.9　本节考点

本章内容的考点如下：清除单元格、删除和插入、移动和复制、查找和替换、自动更正、编辑选项设置。

◆ 清除单元格：考题包括清除格式、清除内容、清除全部。

◆ 删除和插入：考题包括删除和插入行或列、删除和插入指定的单元格、设置删除单元格后活动单元格的移位方式等。

◆ 移动和复制：考题包括用鼠标拖动的方式移动单元格、使用命令移动和复制单元格、使用选择性粘贴的三种方法、使用剪贴板、清空剪贴板等。

◆ 查找和替换：考题包括基本内容的查找和替换、查找过程中的选项设置、查找和替换的文字格式设置等。

◆ 自动更正：考题包括添加一个自动更新的词条、修改已有的词条、删除词条、自动更正的选项设置等。

◆ 编辑选项设置：考题包括打开"选项"对话框中的"编辑"选项卡、使用"编辑"选项卡中的各选项。

2.3　插入对象与超链接

在工作表中可以插入各种对象，例如图片、图表、Word 文档、视频、音效等，还可以在工作表中插入各种超级链接。

2.3.1　插入对象

使用"对象"对话框可以完成各种对象的插入，选择"插入"|"对象"命令，可打开"对象"对话框，如图 2-69 所示。

对话框中有两个选项卡，使用"新建"选项卡可以嵌入对象；使用"由文件创建"选项卡则可以从外部链接入文件，如图 2-70 所示。

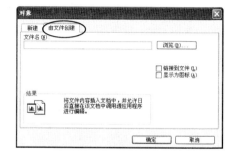

图 2-69　"新建"选项卡　　　　　图 2-70　"由文件创建"选项卡

◆ 嵌入对象：在"对象类型"列表框中选择需要插入的对象内容，例如选择"Microsoft Word 文档"项，单击"确定"按钮，即可在所选单元格处插入 Word 文档的对象，如图 2-71 所示，在其中可以输入文本，输入完后，单击其他位置处确认，当需要对其进行编辑时，可以用鼠标双击它，或者选中对象后选择"编辑"|"文档对象"|"编辑"或"打开"命令。

提示：如果只想让插入的对象以图标的形式显示，那么可以选中"显示为图表"复选框。

	A	B	C	D	E	F	G	H	I
1				产品销售情况表					
2							利润率：	20%	
3	序号	产品	11月			12月			总利润
4			单价	销量	销售额	单价	销量	销售额	
5	0101		35	20	700.00	30	10	300.00	200.00
6	0102		15	20	300.00	20	20	400.00	140.00
7	0103		25	30	750.00	25	20	500.00	250.00
8	0104		25	10	250.00	35	30	1050.00	260.00
9	0105		15	20	300.00	15	30	450.00	150.00
10									
11									
12	这是 2010 年 11 月份和 12 月份的销售数据								

图 2-71　插入的 Word 对象

◆ 链接对象：单击"浏览"按钮，在弹出的对话框中选择需要打开的文件；选中"链接到文件"复选框，表示所选的文件将以链接的方式插入到工作表中，取消该复选框的选中，表示以嵌入的方式插入文件；选中"显示为图标"复选框，表示在工作中将以图表的形式显示；编辑的方法与嵌入对象中的操作是一样的。

提示：如果选中"链接到文件"复选框，那么双击插入的文件时，将会启动该文件的应用程序，如插入的是一个 Word 文件，那么双击它后，将会启动 Word 程序，在其中可以对文件内容进行各种编辑，编辑完后保存，关闭即可。

2.3.2　插入超链接

超链接包括链接到其他文件、链接到当前文件的其他单元格、链接电子邮件、链接网页等。使用"插入超链接"对话框可以完整各种超链接的设置，打开该对话框的方法如下。

方法 1：单击"常用"工具栏上的"插入超链接"按钮。

方法 2：选择"插入"|"超链接"命令。

方法 3：用鼠标右击单元格，在弹出的快捷菜单中选择"超链接"命令。

方法 4：按快捷键 Ctrl+K。

打开的"插入超链接"对话框如图 2-72 所示。

图 2-72　"插入超链接"对话框

1．链接到其他文件

链接到其他文件是指当单击该超链接时，可以打开其他文件，操作如下。

步骤 1　在当前的工作簿中选中需要设置为超链接的单元格，打开"插入超链接"对话框。

步骤 2　在对话框左侧的"链接到"选项组中选择第一项"原有文件或网页"，在其中设置如下。

◆　在"查找范围"中选择需要链接的文件。

◆　单击"屏幕提示"按钮，可以输入超链接的提示文本，如图 2-73 所示。

◆　单击"书签"按钮，打开"在文档中选择位置"对话框，在其中可以选择需要链接的工作表名称，在"请键入单元格引用"文本框中可输入链接到所选工作表的单元格名称，如图 2-74 所示。

图 2-73　输入屏幕提示　　　　　　图 2-74　选择工作表和单元格名称

✍提示："屏幕提示"是指当把鼠标指针指向超链接时，会弹出的提示文本，常常用来描述该超链接的功能。

步骤 3　设置完后，如图 2-75 所示，在"地址"栏中将显示链接的信息，单击"确定"按钮。

步骤 4　设置了链接后，将鼠标指向超链接，鼠标指针变成手型，如图 2-76 所示，同时显示出屏幕提示，单击鼠标可打开链接的文件。

图 2-75　设置链接到文件

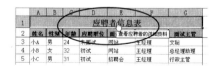

图 2-76　测试链接

✍提示：用鼠标右键单击设置了超链接的单元格，在弹出的快捷菜单中选择"打开超链接"命令，也可以将链接打开。

方法 4：按快捷键 Ctrl+K。

打开的"插入超链接"对话框如图 2-71 所示。

2．链接网页

步骤 1　选中需要链接的单元格，打开"插入超链接"对话框，在"链接到"选项组中选择"原有文件或网页"。

步骤 2　在"地址"文本框中输入网页的地址，如图 2-77 所示。

✍提示：对于设置过的网址会被 Excel 自动记住，可以"地址"下拉列表进行选择。

图 2-77　输入网址

3．本文档内的链接

通过设置，可以从一个单元格链接到当前工作簿的另一个单元格中，操作如下。

步骤 1　选择需要设置链接的单元格，打开"插入超链接"对话框，在"链接到"选项组中选择"本文档中的位置"。

步骤 2　在中间的列表框中选择工作表的名称，在"请键入单元格引用"中输入需要链接到所选工作表的单元格地址，如图 2-78 所示。

图 2-78　设置本文档内的链接

✍ 提示：如果在工作表中为单元格定义了名称，那么将会在列表框的"定义的名称"下显示这些名称，选择后可以链接到该名称的单元格中。

步骤 3　其他设置与上述链接的设置一样，单击"确定"按钮，完成操作。

4．链接新文件

链接新文件是指当单击超链接时，可新建一个指定格式的文件，操作如下。

步骤 1　选择需要设置链接的单元格，打开"插入超链接"对话框，在"链接到"选项组中选择"新建文档"，如图 2-79 所示。

图 2-79　设置链接到新文件

步骤 2　在"要显示的文字"文本框中可以输入被链接的文字；在"新建文档名称"中可以输入新建文档保存的位置和名称；单击"更改"按钮，可指定保存的目录和文件名；在"何时编辑"选项组中可选中"以后再编辑新文档"和"开始编辑新文档"单选按钮。

步骤 3　单击"确定"按钮，完成设置。

5．链接电子邮件

链接电子邮件是指当单击超链接时，将会开启新建邮件的窗口，在其中可以撰写邮件并发送，操作如下。

步骤 1　选择需要设置链接的单元格，打开"插入超链接"对话框，在"链接到"选项组中选择"电子邮件地址"，如图 2-80 所示。

步骤 2　在"电子邮件地址"中输入邮箱的地址，并输入邮件的"主题"，在"要显示的文字"中可以输入被设置为超链接的文字，设置完后单击"确定"按钮。

图 2-80　电子邮件超链接

2.3.3　编辑超链接

对于超链接，用户可以对其进行修改，或者将超链接设置删除。

选中超链接所在的单元格后，可以用如下方法修改超链接。

方法 1：单击"常用"工具栏上的"插入超链接"按钮 。

方法 2：选择"插入"|"超链接"命令。

方法 3：用鼠标右击单元格，在弹出的快捷菜单中选择"编辑超链接"命令。

方法 4：按快捷键 Ctrl+K。

使用以上方法均可打开的"编辑超链接"对话框，如图 2-81 所示，在其中可以对设置的链接进行各种修改，方法与插入超链接是一样的。

图 2-81　编辑超链接

删除超链接的方法如下。

方法 1：用鼠标右击超链接所在的单元格，在弹出的菜单中选择"取消超链接"命令。

方法 2：打开"编辑超链接"对话框，在其中单击"删除链接"按钮。

2.3.4　本节考点

本节内容的考点如下：插入嵌入对象的方法、插入链接对象的方法、插入超级链接的各种方法（包括链接网页、链接其他文件、链接本文件中的指定位置、链接电子邮件、设置屏幕提示等）、修改超链接和删除超链接等。

2.4　插入图形

在工作表中插入图形包括绘制图形、插入外部的图片文件、插入剪贴画、插入艺术字和文本框、插入图示等。

2.4.1　绘制图形

在 Excel 中，利用"绘图"工具栏，可以绘制出各种形状的图形，打开"绘图"工具栏的方法如下。

方法 1： 选择"视图"|"工具栏"|"绘图"命令。

方法 2： 在"常用"工具栏上单击"绘图"按钮 。

方法 3： 用鼠标右击工具栏，在弹出的快捷菜单中选择"绘图"命令。

打开的"绘图"工具栏如图 2-82 所示。

图 2-82　"绘图"工具栏

1．绘制基本图形

在"绘图"工具栏上，单击"直线"按钮、"箭头"按钮、"矩形"按钮或"椭圆"按钮，在工作表中按下鼠标并拖动，可绘制出相应的图形。

2．绘制自选图形

如果要绘制更多的图形，可以在"绘图"工具栏上单击 自选图形(U) 按钮，在弹出的列表中可以选择各种图形的类型，具体类型包括"线条"、"连接符"、"基本形状"、"箭头总汇"、"流程图"、"星与旗帜"、"标注"七大类，选中一类后都会弹出一个子菜单，在其中显示了所选类的所有图形按钮，如图 2-83 所示，选中按钮后，可在工作表中拖动鼠标进行绘制。

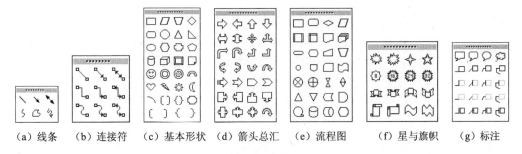

（a）线条　　（b）连接符　　（c）基本形状　　（d）箭头总汇　　（e）流程图　　（f）星与旗帜　　（g）标注

图 2-83　自选图形

图 2-84 所示是绘制出的各种图形效果。

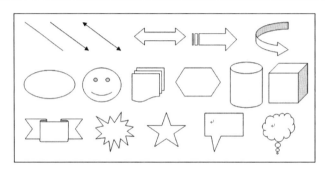

图 2-84　绘制的图形

3．绘制图形的技巧

在绘制图形过程中，有如下技巧需要掌握。

◆ 使用"矩形" □ 和"椭圆" ○ 按钮绘制图形过程中，在拖动鼠标的同时按下 Shift 键，可以绘制出正方形和正圆形。

◆ 在绘制直线或箭头过程中，拖动鼠标的同时按住 Shift 键，可以绘制出 15°、30°、45°、60°、75°等特殊角度方向的直线或箭头。

◆ 按下 Shift+Alt 键，可用指定的单元格为起点来绘制图形，例如要绘制一个八边形，起点为 C3 单元格，那么可以选择"八边形"按钮，然后按住 Shift+Alt 键的同时，在 C3 单元格中按下鼠标并拖动。

◆ 按住 Alt 键的同时绘制图形，可以约束图形，如要在"C3:C6"单元格区域中绘制一个约束的"上下箭头"，那么可以选择"上下箭头"按钮，按住 Alt 键的同时从 C3 拖动到 C6（约束指的是图形边界会吸附到网格线上）。

4．设置图形的格式

要对图形进行设置，可以利用"绘图"工具栏和"设置自选图形格式"对话框。

（1）利用"绘图"工具栏

◆ 打开"填充颜色"按钮 ◇ 的下拉列表，在其中可以选择图形的填充色。

◆ 打开"线条颜色"按钮 ∠ 的下拉列表，在其中可以选择图形边框的颜色。

◆ 打开"线型"按钮 ≡ 的下拉列表，在其中可以选择线型的宽度值。

◆ 打开"虚线线型"按钮 ▦ 的下拉列表，在其中可以选择线型。

◆ 打开"阴影样式"按钮 ▣ 的下拉列表，在其中可以选择阴影的样式，在列表中选择"阴影设置"命令，则可以阴影的偏移距离和阴影的颜色。

◆ 打开"三维效果样式"按钮 ▣ 的下拉列表，在其中可以选择三维样式，在列表中选择"阴影设置"命令，则可以设置三维效果的颜色，以及各种三维效果。

（2）利用"设置自选图形格式"对话框

打开"设置自选图形格式"对话框的方法如下。

方法 1：用鼠标双击图形。

方法 2：选中图形，选择"格式"|"自选图形"命令。

方法 3： 用鼠标右击图形，在弹出的快捷菜单中选择"设置自选图形格式"命令。

在对话框中可以设置图形的"颜色与线条"、"大小"、"旋转"等，如图 2-85 和图 2-86 所示。

图 2-85　"颜色与线条"选项卡　　　　　　图 2-86　"大小"选项卡

2.4.2　插入图片和剪贴画

在工作表中可以插入外部的图片文件，也可以插入 Word 自带的剪贴画。

1．插入图片

首先准备需要插入到工作表中的图片文件，然后使用以下操作来插入。

步骤 1　选中需要插入图片的单元格。

步骤 2　使用以下方法之一打开"插入图片"对话框。

◆　选择"插入"|"图片"|"来自文件"命令。

◆　打开"图片"工具栏，在其中单击"插入文件中的图片"按钮 📷 。

步骤 3　在对话框中选择需要插入的图片，单击"插入"按钮，可将所选图片插入，如图 2-87 所示。

图 2-87　插入图片

✍ **提示：** 在"插入图片"对话框中，可选中多个图片文件，将它们同时插入。

2．插入剪贴画

使用"剪贴画"任务窗格，可以完成 Excel 自带剪贴画的插入，方法如下。

（1）使用关键字搜索

步骤 1　选择需要插入剪贴画的单元格，使用以下方法之一打开"剪贴画"任务窗格。

◆　选择"插入"|"图片"|"剪贴画"命令。

◆　打开任务窗格，在其中切换到"剪贴画"任务窗格。

步骤 2　在任务窗格的"搜索文字"文本框中可输入需要搜索的关键字，如输入"汽车"；在"搜索范围"下拉列表中可以选择需要搜索的范围；在"结果类型"下拉列表中可以选中需要搜索的媒体类型。

步骤 3　设置完后单击 搜索 按钮，得到搜索结果，单击其中的剪贴画，可将其插入到当前光标的所在位置处，如图 2-88 所示。

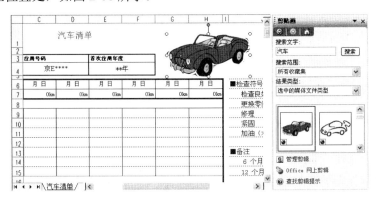

图 2-88　插入剪贴画

（2）使用剪辑管理器

步骤 1　在"剪贴画"任务窗格中，单击"管理剪辑"链接，打开剪辑管理器，如图 2-89 所示，在左侧栏中可以选择需要插入图片的类，在右侧可以选择需要插入的图片，使用以下方法之一复制图片。

图 2-89　剪辑管理器

◆　选择"编辑"|"复制"命令。

◆　用鼠标右击图片，在弹出的快捷菜单中选择"复制"命令。

◆　单击图片右侧的下拉箭头，在弹出的列表中选择"复制"命令。

步骤 2　最小化或者关闭剪辑管理器，然后在 Excel 工作表中选中需要插入图片的单元格，执行"粘贴"命令即可插入指定的图片。

✍提示：在剪辑管理器中，将选中的图片拖动到 Excel 工作表中，也可以完成图片的插入操作。

3．处理图片

使用"图片"工具栏可以对图片进行各种处理，如调整颜色、对比度、亮度，裁剪图片、压缩图片等。

打开"图片"工具栏的方法如下。

方法 1：选择"视图" | "工具栏" | "图片"命令。

方法 2：用鼠标右击图片，在弹出的快捷菜单中选择"显示'图片'工具栏"命令。

方法 3：用鼠标右击工具栏，在弹出的快捷菜单中选择"图片"命令。

打开的工具栏如图 2-90 所示，将鼠标指向各按钮，都将会显示按钮的名称。

图 2-90　"图片"工具栏

"图片"工具栏上各按钮的功能见表 2-1。

表 2-1　"图片"工具栏上的按钮

按钮形状	按钮名称	按钮功能
	插入图片	单击该按钮，可以插入来自文件的图片
	颜色	单击该按钮，可以在其中选择"自动"、"灰度"、"黑白"和"冲蚀"效果
	增加对比度	单击该按钮，可以增加图片的对比度
	降低对比度	单击该按钮，可以降低图片的对比度
	增加亮度	单击该按钮，可以增加图片的亮度
	降低亮度	单击该按钮，可以降低图片的亮度
	裁剪	用于裁剪图片中的多余部分
	向左旋转 90°	用于使图片向左旋转 90°
	线型	用于设置图片的边线（只有对处于浮动型的图片才有效）
	压缩图片	单击该按钮，可以打开"压缩图片"对话框
	设置图片格式	单击该按钮，可以打开"设置图片格式"对话框
	设置透明色	用于将图片中的背景色透明。
	重设图片	单击该按钮，可以将图片恢复到原始状态

✍提示：打开"设置图片格式"对话框，在其中可对图片的格式进行各种设置，具体打开和设置方法与"设置自选图形格式"对话框是一样的。

2.4.3　添加艺术字

艺术字具有图形的特性，用户可以为它设置边框、填充、阴影和三维效果等，设置方法与图形一样，可以在"绘图"工具栏或者"设置艺术字格式"对话框中设置。

添加艺术字的方法有如下三种。

方法 1：选择"插入"|"图片"|"艺术字"命令。

方法 2：在"绘图"工具栏上单击"插入艺术字"按钮 。

方法 3：在"艺术字"工具栏上单击"插入艺术字"按钮 。

1. 插入艺术字

步骤 1　使用以上方法之一打开"艺术字库"对话框，如图 2-91 所示，在对话框中选择一款艺术字样式，例如第 1 行的第 4 列，单击"确定"按钮。

步骤 2　弹出"编辑艺术字文字"对话框，如图 2-92 所示，输入文字，设置文字的格式。

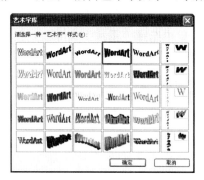
图 2-91　选择艺术字样式

图 2-92　输入文字

步骤 3　单击"确定"按钮，可插入艺术字，如图 2-93 所示。

图 2-93　添加的艺术字

2. 编辑艺术字

使用"艺术字"工具栏，可以对创建好的艺术字进行各种编辑，选中文档中的艺术字，打开"艺术字"工具栏，如图 2-94 所示。

图 2-94　"艺术字"工具栏

具体编辑如下。

◆ 编辑文字：单击 编辑文字(X)... 按钮，可打开"编辑'艺术字'文字"对话框，对其中可以修改文字，并重新设置文字的格式。

✍提示：用鼠标双击文档中的艺术字，也可以打开该对话框，对文字进行编辑。

◆ 修改艺术字样式：单击"艺术字库"按钮 ，可打开"艺术字库"对话框，在其中可以重新指定艺术字的样式。

◆ 设置艺术字格式：单击"设置艺术字格式"按钮 🖼，可打开"设置艺术字格式"对话框，在其中可对艺术字的填充、线条、大小和文字环绕进行设置，与"设置自选图形格式"对话框的操作一样。

✎ **提示**：用鼠标右击艺术字，在弹出的快捷菜单中选择"设置艺术字格式"命令，或者选中艺术字后，选择"格式"|"设置艺术字格式"命令，均可打开"设置艺术字格式"对话框。

◆ 选择艺术字的形状：单击"艺术字形状"按钮 🄰，在弹出的下拉列表选择艺术字的形状，如图 2-95 所示。
◆ 设置字符高度：单击"艺术字字母高度相同"按钮 🄰a，可设置艺术字中所含的字符高度为相同。
◆ 切换横排和竖排：单击"艺术字竖排文字"按钮 🄱，可将艺术字修改为横排方式或竖排方式。
◆ 设置对齐方式：单击"艺术字对齐方式"按钮 ▤，可在弹出的下拉列表中选择文字对齐方式。
◆ 设置字符间距：单击"艺术字字符间距"按钮 ⫰，可在弹出的列表中选择字符间距，如图 2-96 所示。

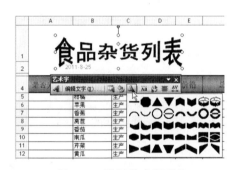
图 2-95　选择艺术字形状

图 2-96　设置字符间距

2.4.4　添加文本框

文本框具有图形的特性，用户可以为它设置边框、填充效果、阴影和三维效果等，设置方法与图形是一样的，可在"绘图"工具栏和"设置文本框格式"对话框中设置。

1．绘制文本框

文本框分为横排和竖排两种，绘制文本框的操作方法如下。

步骤 1　在"绘图"工具栏上单击"文本框"按钮 🄰 或"竖排文本框"按钮 🄰。

步骤 2　将鼠标指向需要添加文本框的位置，鼠标指针变成＋形状，按下鼠标并拖动，可以绘制出文本框。

步骤 3　在文本框中输入文本，如图 2-97 所示，使用"格式"工具栏和"字体"对话框设置文本的格式。

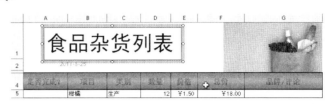

图 2-97　插入的文本框

2. 设置文本框格式

步骤 1　选中文本框后，与图形一样，利用"绘图"工具栏可以为它设置边框、填充、阴影和三维等效果。

步骤 2　使用以下方法之一打开"设置文本框格式"对话框，在其中可以设置"颜色与线条"、"大小"、"对齐"和"字体"、"页边距"等，如图 2-98 所示。

◆　用鼠标双击文本框的边框。

◆　选中文本框，选择"格式"|"文本框"命令。

◆　用鼠标右击文本框,在弹出的快捷菜单中选择"设置文本框格式"命令。

图 2-98　设置"文本框"选项卡

2.4.5　添加图示

在 Word 中可以插入组织结构图、循环图、维恩图、目标图等图示，选择"插入"|"图示"命令，可打开"图示库"对话框，如图 2-99 所示，在其中选择图示的类型后，单击"确定"按钮，即可插入指定类型的图示。

下面以插入组织结构图为例来介绍插入图示的方法。

步骤 1　打开"图示库"对话框，在其中选择第一种图示后单击"确定"按钮，或者选择"插入"|"图片"|"组织结构图"命令，可以插入一个组织结构图，如图 2-100 所示。

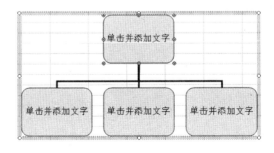

图 2-99　"图示库"对话框　　　　　　图 2-100　插入的组织结构图

步骤 2　在组织结构图的形状中，单击方框可输入所需的文字，如图 2-101 所示。

步骤 3　插入图示后，会自动弹出"组织结构图"工具栏，如图 2-102 所示。

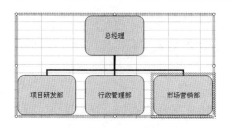

图 2-101　输入文字

图 2-102　"组织结构图"工具栏

✍️提示：如果没有弹出该工具栏，可以用鼠标右键单击图示，在弹出的快捷菜单中选择"显示组织结构图工具栏"命令。

工具栏上的各按钮功能如下。

◆ 插入形状(N)：在图示中选择一个图文框，打开该按钮的下拉列表，如图 2-103 所示，在其中可以选择"下属"、"同事"、"助手"3 个选项，用来插入各种形状，图 2-104 所示是为"总经理"图文框添加了一个"助手"，图 2-105 所示为"项目研发部"添加了一个"同事"。

图 2-103　插入形状

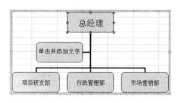

图 2-104　插入助手图文框

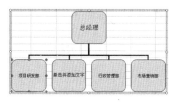

图 2-105　插入同事图文框

◆ 版式(L)：打开该按钮的下拉列表，在其中可以选择组织结构图的 4 种版式和自动版式，如图 2-106 所示。

◆ 选择(C)：打开该按钮的下拉列表，在其中可以选择组织结构图中的"级别"、"分支"、"所有助手"和"所有连接线"，如图 2-107 所示。

图 2-106　选择版式

图 2-107　"选择"下拉列表

◆ 🔄：单击该按钮后打开"组织结构图样式库"对话框，在其中可以选择各种套用的格式。

◆ "显示比例"100%：在其中可以选择显示比例，也可以自己输入显示比例的数值。

2.4.6　本节考点

本节内容的考点如下：绘制图形和插入图片、添加艺术字和文本框、添加图示。

◆ 绘制图形和插入图片：考题包括绘制各种基本图形、"2.4.1 绘制图形"中介绍的"3．绘制图形的技巧"、使用"设置自选图形格式"对话框、插入外部图片、利用关键字插入剪贴画、利用剪辑管理器插入剪贴画、使用"图片"工具栏处理图片等。

◆ 添加艺术字和文本框：考题包括艺术字和文本框的添加方法、利用"艺术字"工具栏修改艺术字、应用"设置艺术字格式"对话框、为艺术字和文本框添加阴影或三维效果等。

◆ 添加图示：考题包括添加组织结构图、为指定的图文框添加形状、修改图示的版式等。

2.5　本章试题解析

试　　题	解　　析
一、输入数据	
试题 1　在当前工作表的 B2 单元格中，输入小数"–12.26"	选中单元格后直接输入
试题 2　在当前工作表的 C2 单元格中，输入"百分之六十"	选中单元格后输入"60%"
试题 3　在当前工作表的 D2 单元格中，输入分数"五又三分之二"	选中单元格后输入"5 2/3"
试题 4　将当前单元格中的文本设置为自动换行	打开"单元格格式"对话框的"对齐"选项卡，选中"自动换行"复选框
试题 5　将当前单元格中的文本设置为缩小字体填充	打开"单元格格式"对话框的"对齐"选项卡，选中"缩小字体填充"复选框
试题 6　在当前单元格中输入编号"0101"	输入"0101"
试题 7　在单元格 A2 中，使用"年／月／日"的格式输入"2011 年 8 月 1 日"；在 B2 单元格中输入当前系统的日期	输入"2011/8/1"，选中 B2 单元格，按快捷键 Ctrl+;
试题 8　在单元格 B2 中插入一个书本的符号，在单元格 C2 中插入"①"	参见"2.1.4 插入符号"
试题 9　已知在单元格 A5 中输入了编号，要求用鼠标拖动的方式，填充到单元格 A9	拖动单元格 A5 填充柄到单元格 A9
试题 10　延续上题进行操作，要求填充方式为复制单元格	单击"自动填充选项"按钮后选择
试题 11　要求从 B2 单元格开始进行等差数列的填充，已知 B2 单元格数值为"1"，设置步长为"2"，终值为"15"	选择"编辑"｜"填充"｜"序列"命令，打开"序列"对话框，在其中进行设置
试题 12　使用菜单命令，按"月"为日期单位填充所选单元格中的日期	打开"序列"对话框，在其中选择
试题 13　对当前所选的单元格设置日期填充，已知初始值为周六，要求后面填充的日期都为周六	打开"序列"对话框，选择"类型"为"日期"，设置步长值为"7"
试题 14　对当前填充好的日期序列，采用工作日的方式	单击"自动填充选项"按钮后选择

试　题	解　析
试题 15　自定义一个序列，要求输入"购进入仓、销货出仓、批发出仓"	选择"工具"｜"选项"命令，选择"自定义序列"选项卡，在其中输入后单击"添加"按钮
试题 16　将上题中添加的序列删除	在"自定义序列"中选择序列，单击 删除(D) 按钮
试题 17　自定义一个序列，要求选择单元格区域"B2:B4"为序列的内容	在"从单元格中导入序列"中，单击 按钮，拾取"B2:B4"，完成后单击 导入(M) 按钮
试题 18　使用菜单命令，在当前单元格区域中的每个单元格，用第一个单元格的内容填充	选择"编辑"｜"填充"｜"向下填充"命令
试题 19　使用下拉列表的方式，在当前单元格中输入"销售收入"	输入"销"或"销售"后，右击单元格，选择"从下拉列表中选择"命令，然后选择
试题 20　在当前所选的单元格中添加批注，批注内容为"请输入产品的型号。"	参见"2.1.7 添加批注"
试题 21　将当前工作表中的所有批注都不显示	参见"2.1.7 添加批注"
试题 22　使用菜单命令，设置批注框的背景色为蓝色，字体为隶书，方向为竖排文本	参见"2.1.7 添加批注"
试题 23　使用菜单命令，将当前选中的批注删除	选择"编辑"｜"清除"｜"删除批注"命令
试题 24　要求对当前所选单元格的可输入范围进行设置，只允许输入大于等于 10，小于等于 30 的整数	参见"2.1.8 设置数据的有效性"，设置时选择逻辑参数为"介于"
试题 25　对当前单元格区域设置有效性，要求只能输入的文本长度为 3～6 之间，当超出范围时，弹出警告框，设置标题为"对不起"，出错信息为"您输入的内容超出了范围！"，设置完后在第一个单元格输入"12"	参见"2.1.8 设置数据的有效性"中的"3. 设置警告"
试题 26　对当前所选的单元格设置有效性，要求只能输入大于"2011-8-1"的日期，超出范围时弹出警告框，标题为"对不起"，出错信息为"请重新输入"，最后验证输入"2011-3-10"	参见"2.1.8 设置数据的有效性"中的"3. 设置警告"
试题 27　对当前所选的单元格进行有效性设置，要求只能选择单元格区域"D2:D6"中的值，忽略空值，提供下拉箭头	参见"2.1.8 设置数据的有效性"，拾取单元格区域的值，然后选中"忽略空值"和"提供下拉箭头"复选框
试题 28　对当前所选的单元格进行有效性设置，要求用拾取的方法，只允许输入 D4 单元格中日期之前的日期，忽略空值	在"数据有效性"对话框中，选择"允许"为"日期"，"数据"为"小于"，在"结束日期"中拾取单元格 D4
试题 29　要求将所选单元格区域中的限制设置，全部删除	打开"数据有效性"对话框，单击"全部清除"按钮
试题 30　要求对有效性进行设置，当测试时，设置"输入法模式"为"关闭"	打开"数据有效性"对话框，选择"输入法模式"选项卡，选择"模式"为"关闭"
二、编辑工作表	
试题 1　使用菜单命令，将当前所选单元格的格式清除	选择"编辑"｜"清除"｜"格式"命令
试题 2　使用菜单命令，将当前所选单元格的格式、内容等全部清除	选择"编辑"｜"清除"｜"全部"命令
试题 3　对当前选中的单元格区域进行操作，要求使用填充柄删除其中的所有内容	拖动最后一个单元格的填充柄到第一个单元格
试题 4　选中第 3 行单元格，要求使用填充柄，将行中的所有单元格中的内容全部删除	向上拖动第一个单元格的填充柄到第 3 行的上边线上

试　题	解　析
试题 5　利用右键菜单，将当前所选的行删除	右击行号，在弹出的快捷菜单中选择"删除"命令
试题 6　利用右键菜单，将当前所选的列删除	右击列标，在弹出的快捷菜单中选择"删除"命令
试题 7　使用菜单命令，将当前所选的单元格删除，使下方单元格上移	选择"编辑"|"删除"命令进行删除
试题 8　选中名称为"应聘职位"的单元格，然后使用菜单命令将它删除，使右侧单元格左移	使用"定位"命令选中单元格，然后选择"编辑"|"删除"命令进行删除
试题 9　要求使用菜单命令，在当前单元格的前面，插入一列	选择"插入"|"列"命令
试题 10　在当前工作表中，要求使用菜单命令，在第 4 行之前同时插入两行单元格	选中第 4 行和第 5 行单元格，然后选择"插入"|"行"命令
试题 11　要求使用菜单命令，在当前单元格处插入一个单元格，使当前单元格下移	选择"插入"|"单元格"命令
试题 12　要求使用右键菜单命令，在当前单元格处插入一个单元格，使当前单元格右移	参见"2.4.3 插入单元格、行或列"
试题 13　使用鼠标拖动的方法，将所选单元格区域的内容拖动到"C4:E6"	拖动边框到目标位置
试题 14　使用菜单命令，将当前单元格区域的内容移动到 C3 开始的单元格中	选择"编辑"|"剪切"命令，选择单元格 C3，选择"编辑"|"粘贴"命令
试题 15　使用菜单命令，将当前选中的单元格区域，复制到工作表"Sheet2"中相同的区域中	选择"编辑"|"复制"命令，定位单元格，选择"编辑"|"粘贴"命令
试题 16　使用"粘贴选项"按钮，将当前单元格的格式复制到 F2 中	参见"2.2.4 选择性粘贴"
试题 17　使用菜单命令，将单元格区域的内容复制到 E2 单元格开始的单元格区域中（要求设置为转置）	参见"2.2.4 选择性粘贴"
试题 18　使用菜单命令，将当前单元格区域的格式，复制到"D2:F2"中	参见"2.2.4 选择性粘贴"
试题 19　使用菜单命令，打开"剪贴板"任务窗格	选择"编辑"|"Office 剪贴板"命令
试题 20　在任务窗格中打开剪贴板，然后将其中的内容全部清除	打开"剪贴板"任务窗格，单击"全部清空"按钮
试题 21　利用剪贴板，使用工具栏复制当前所选单元格中的内容，然后利用剪切板粘贴到 F5 单元格中	单击"常用"工具栏上的"复制"按钮，选中 F5 单元格，在"剪贴板"任务窗格单击需要粘贴的内容
试题 22　查找文字为"上海"的单元格，要求按列查找	打开"查找和替换"对话框，输入"查找内容"，单击"选项"按钮，选择"搜索"为"按列"，选中"单元格匹配"复选框，单击"查找全部"按钮
试题 22　查找"值"为"30"的单元格	输入"查找内容"为"30"，选择"查找范围"为"值"，单击"查找全部"按钮
试题 24　在当前工作表中，将单元格内容"上海"替换为"北京"	参见"2.2.6 查找和替换"
试题 25　使用查找和替换，将工作表中的所有值为"40"的单元格全部删除	输入"查找内容"为"40"，"替换为"为空，单击"全部替换"按钮
试题 26　在当前工作簿中，要求将所有"产品名称"替换为"产品型号"	使用"查找和替换"对话框，选择"范围"为"工作簿"

试　　题	解　　析
试题 27　在工作表中，将字号为 12 号、字体为黑体的"产品名称"内容，替换为"产品型号"，其中颜色为红色，字体为隶书	参见"2.2.6　查找和替换"
试题 28　添加自动更正词条，要求在输入"计算机"时，自动替换为"计算机职称考试"，然后在单元格 B2 中测试	参见"2.2.7　自动更正"
试题 29　对自动更正进行设置，要求前两个字母连续大写	打开"自动更正选项"对话框，选中"更正前两个字母连续大写"复选框
试题 30　要求修改自动更正词条"计算机"，修改为输入"计"时，自动替换为"职称考试"	选择词条"计算机"，然后进行修改，最后单击"替换"按钮
试题 31　要求在工作表中检查拼写，全部忽略检查结果中的错误	选择"工具"|"拼写检查"命令后开始检查，然后单击"全部忽略"按钮
试题 32　要求在工作表中检查拼写，全部修改所有检查出来的错误	选择"工具"|"拼写检查"命令后开始检查，然后单击"全部更改"按钮
试题 33　通过对选项的设置，要求自动设置小数点位数为 6 位	参见"2.2.8　设置编辑选项"
试题 34　通过对选项的设置，要求不允许在单元格内部直接编辑	参见"2.2.8　设置编辑选项"
试题 35　通过对选项的设置，要求可以拖放单元格，当覆盖单元格内容时提出警告	参见"2.2.8　设置编辑选项"
试题 36　通过对选项的设置，要求在单元格中输入完数据后按 Enter 键，当前活动单元格移动到上方	参见"2.2.8　设置编辑选项"
三、插入对象与超链接	
试题 1　要求在当前所选单元格的位置处，插入一个嵌入式的 Word 文档	参见"2.3.1　插入对象"
试题 2　要求使用菜单命令，将当前所选的单元格，链接到"应聘者信息表.xls"文件，设置屏幕提示为"查看信息"	参见"2.3.2　插入超链接"中的"1. 链接到其他文件"
试题 3　要求使用菜单命令，将当前所选的单元格，链接到百度网页，网址为"http://www.baidu.com"	参见"2.3.2　插入超链接"中的"2. 链接网页"
试题 4　要求为当前所选的单元格设置链接，当单击链接时链接到本文件中"应聘者信息"工作表的 A2 单元格（用右键菜单）	参见"2.3.2　插入超链接"中的"3. 本文档内的链接"
试题 5　要求使用工具栏上的按钮，将当前所选的单元格链接到"lhliu2011@126.com"	单击"常用"工具栏上的"插入超链接"按钮，参见"2.3.2　插入超链接"中的"5. 链接电子邮件"
试题 6　使用右键菜单，将单元格中的超链接删除	用鼠标右击超链接，选择"取消超链接"命令
试题 7　使用右键菜单，修改当前所选单元格的超链接，要求链接到"应聘者信息表.xls"中的"应聘者信息"工作表	参见"2.3.3　编辑超链接"
四、插入图形	
试题 1　绘制一个正八边形，要求起点为单元格 B2，终点为单元格 D13	选择○工具，按住 Shift+Alt 键的同时，从单元格 B2 拖动到单元格 D13
试题 2　要求在"C3:C6"单元格区域中绘制一个约束的"上下箭头"（约束指的是图形边界会吸附到网格线上）	选择↕工具，按住 Alt 键的同时从单元格 C3 拖动到单元格 C6

试　题	解　析
试题 3　使用菜单命令，将当前所选的图形设置填充颜色为红色，线条为黄色	打开"设置自选图形格式"对话框，在其中设置
试题 4　使用菜单命令，将当前所选图形的颜色设置为无填充颜色，线条为红色方点线	打开"设置自选图形格式"对话框，在其中设置
试题 5　使用菜单命令，在当前单元格位置处插入一幅图片，该图片为"桌面\pic.jpg"	参见"2.4.2 插入图片和剪贴画"中的"1. 插入图片"
试题 6　要求对当前所选图片的对比度增加 3 次，亮度增加 2 次	参见"2.4.2 插入图片和剪贴画"中的"3. 处理图片"
试题 7　要求使用搜索关键字的方法，插入一幅汽车图片（搜索结果中的第 2 幅图片）	参见"2.4.2 插入图片和剪贴画"中的"2. 插入剪贴画"
试题 8　使用剪贴画功能，插入"Office 收藏集" | "标志"中的第 2 张图片到 B2 单元格中（要求粘贴时最小化剪辑管理器窗口）	参见"2.4.2 插入图片和剪贴画"中的"2. 插入剪贴画"
试题 9　使用菜单命令，添加一款艺术字，选择样式为第 1 行第 4 列样式，文本为"食品杂货列表"，选择字体为黑体，字号为 36	参见"2.4.3 添加艺术字"中的"1. 插入艺术字"
试题 10　修改当前所选艺术字的样式为第 1 行第 5 列样式	参见"2.4.3 添加艺术字"中的"2. 编辑艺术字"
试题 11　修改当前所选艺术字的字体为隶书	参见"2.4.3 添加艺术字"中的"2. 编辑艺术字"
试题 12　修改当前所选艺术字的形状为第 1 行第 5 列形状	参见"2.4.3 添加艺术字"中的"2. 编辑艺术字"
试题 13　使用菜单命令，将当前艺术字填充为"预设"中的"雨后初晴"	选中艺术字，选择"格式" | "艺术字"命令，在"颜色与线条"选项卡中，在"填充"选项组的"颜色"中选择"填充效果"项，在"渐变"选项卡中选中"预设"单选按钮，在右侧的下拉列表中选择"雨后初晴"
试题 14　插入一个横排文本框，输入文本为"食品杂货列表"	参见"2.4.4 添加文本框"
试题 15　为当前所选的文本框设置阴影效果，要求选择阴影样式为"阴影样式 14"，设置阴影颜色为红色	单击"绘图"工具栏上的▣按钮，选择阴影样式，再次单击该按钮，选择"阴影设置"，在弹出工具栏上选择颜色
试题 16　在组织结构图中，要求为"总经理"图文框添加一个"助手"，为"项目研发部"图文框添加一个"同事"	参见"2.4.5 添加图示"
试题 17　使用菜单命令，插入一幅组织结构图，选择"版式"为"两边悬挂"	参见"2.4.5 添加图示"

第 3 章　公式与函数的应用

考试基本要求

掌握的内容：

◆ 公式的输入方法；

◆ 在公式中引用单元格，包括单元格的相对引用、绝对引用和混合引用；

◆ 从其他工作表引用数据；

◆ 使用"常用"工具栏和状态栏自动计算；

◆ 函数的输入方法；

◆ 函数 SUM、AVERAGE、COUNT、MAX、MIN 的使用。

熟悉的内容：

◆ 文本的运算；

◆ 日期和时间的运算；

◆ 函数的嵌套；

◆ 函数 IF、COUNTIF、INT、ROUND、ABS 和 TODAY 的使用。

了解的内容：

◆ 从其他工作簿引用数据；

◆ LOOKUP 的使用。

　　本章讲述了使用公式的方法、调用函数，以及应用常用函数三大方面的知识，具体包括公式和函数的基本组成与输入、单元格的引用、日期和时间的运算、使用"常用"工具栏和状态栏进行简单的计算、常用函数的应用。

3.1　使用公式

公式是用来计算的算式，在算式中除了可以使用各种运算符和引用的数值之外，还可以嵌入各类函数，从而完成各种简易的或复杂的数据运算。

3.1.1　输入公式

在单元格中输入公式的方法与输入数据几乎是一样的，唯一的区别是在输入算式之前需要首先输入"="符号，下面举例来说明。

方法 1：用键盘输入。

用户可以使用键盘，在单元格中输入完整的算式，来求得需要的数值，操作如下。

步骤 1　选中需要输入公式的单元格，例如这里要计算工作表中的"金额"值，如图 3-1 所示，首先选中单元格 F6。

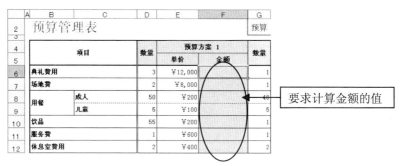

图 3-1　选中单元格

步骤 2　使用以下方法之一输入算式，如图 3-2 所示。

◆　在单元格中输入"="，再输入算式。

◆　在编辑栏中输入"="，再输入算式。

步骤 3　输入完后，使用以下方法之一进行确认，计算得到的数值如图 3-3 所示，此时在单元格中会显示计算得到的数值，而在编辑栏中依旧会显示输入的公式，因此当要查看某单元格中的公式时，只需要选中该单元格，然后在编辑栏中查看即可。

图 3-2　输入公式

图 3-3　得到公式计算后的值

◆　按 Enter 键，或者按 Ctrl+Enter 键。

◆ 在编辑栏上单击"输入"按钮☑。

✍提示：按 Enter 键后，活动单元格将会移动到下一单元格，而按 Ctrl + Enter 键或者单击"输入"按钮☑，活动单元格依然在当前输入公式的单元格中。

方法 2：使用单击引用单元格。

当在公式中需要输入单元格或单元格区域的地址时，可以使用鼠标单击的方式来引用，这样可以省去手动输入的麻烦。

下面，使用前文中的例子来介绍具体的方法，操作如下。

步骤 1 在单元格中输入"="，单击单元格 D6，如图 3-4 所示。

✍提示：单击单元格后，将会在输入公式的光标位置处显示该单元格的地址，如果将单击操作改为拖动鼠标选中单元格区域的操作，那么在光标处将显示所选单元格区域的地址。

步骤 2 接着输入"*"符号，再单击单元格 E6，即可得到公式，如图 3-5 所示。

图 3-4 引用单元格 D6

图 3-5 引用单元格 E6

步骤 3 确认后即可在单元格中得到计算的数值。

✍提示：在输入公式过程中要取消输入，或者输入公式后要修改公式，具体操作方法与输入普通数据是一样的，详见第 2 章中的"2.1 输入数据"。

3.1.2 使用运算符

在算式中主要可以使用如下 4 种运算符，其计算过程中的优先级别与数学算式是一样的，例如在公式"=E3–(E1+E2)/2"中，首先计算表达式"E1+E2"的和，记为 A，然后再计算 A 除以 2 的值，记为 B，最后计算"E3–B"的值。

◆ 算术运算符

算式运算符，包括+（加）、–（减）、*（乘）、/（除）、^（乘方）等符号。

◆ 逻辑比较运算符

逻辑比较运算符，包括=（等号）、>（大于号）、>=（大于等于号）、<（小于号）、<=（小于等于号）、<>（不等于），比较结果返回逻辑值 TRUE 或 FALSE。

◆ 文本运算符

文本运算符为"&"，用于连接一个或多个字符串，例如，如图 3-6 所示，在 D6 单元格中输入了公式"="共参加了"&B14&"人"",表示将字符"共参加了"与单元格 B14 中的数值,以及字符"人"相连接,显示在 D6 单元格中。

图 3-6　用文字连接符统计人员数

◆ 引用运算符

引用运算符包括":(区域运算符)"和",(联合操作符)",":"可以对两个引用之间,包括两个引用在内的所有段远隔进行引用,如引用单元格区域"B2:E8";","可以联合多个引用合并为一个引用,如 SUM(B2:B8,E2:E8)。

3.1.3　选择引用的方式

在公式中使用的单元格地址就是引用,引用的方式有三种,分别为相对引用、绝对引用和混合引用,用户可以视实际情况对引用方式进行选择。

1. 相对引用

在默认情况下使用的引用方式为相对引用,例如前面应用到的例子中,输入的公式"=D6*E6",采用的就是相对引用。

将这种引用的公式复制到新位置时,公式中的单元格地址会发生有规律的变化,具体如下。

(1)当在"列"方向复制公式时,所引用单元格的行号会发生变化,而列标不变。

举个例子,如图 3-7 所示,在单元格 G5 中的公式使用了相对应用的"=E5*F5",向下拖动该单元格的填充柄,可以得到其他的销售额数据,选中被复制出的任意单元格,如选中单元格 G6,可以看到其中的公式为"=E6*F6",如图 3-8 所示,行号发生递增变化,列标保持不变。

图 3-7　G5 单元格中的公式

图 3-8　复制得到的公式

（2）当在"行"方向复制公式时，所引用单元格的列标识发生变化，而行号不发生变化。

举个例子，如图 3-9 所示，单元格 B9 中的公式为"=B7*B8"，向右拖动该单元格的填充柄，可以得到其他月份的销售额，选择任意一个复制的单元格，如选中单元格 C9，其中的公式为"=C7*C8"，如图 3-10 所示，单元格的列标发生了变化，而行号没有变化。

　　　　图 3-9　单元格 B9 中的公式

　　　　图 3-10　复制得到的公式

2．绝对引用

当在复制公式时，希望某单元格的引用固定不变（即行号和列标都不会随着复制而发生改变），那么可以使用绝对引用的方式来引用该单元格。

绝对引用的方式，是在相对引用的列标识和行号之前添加符号"$"，下面举例来说明如图 3-11 所示，单元格 H5 中的值的计算，公式为"=(D5+G5)*H2"，向下拖动该单元格的填充柄，会发现得到了错误数值，如图 3-12 所示。

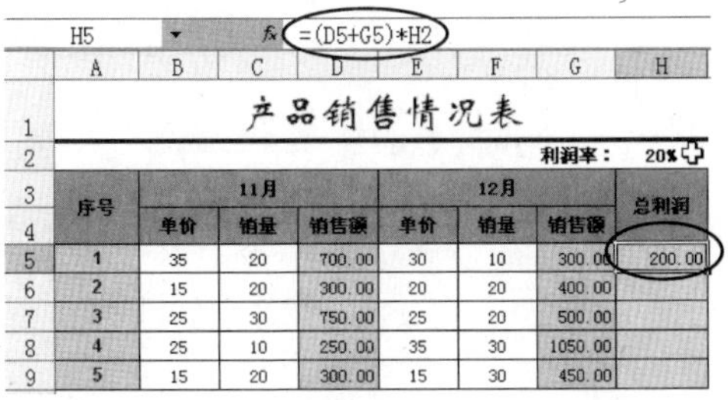

　　　　图 3-11　单元格 H5 的公式 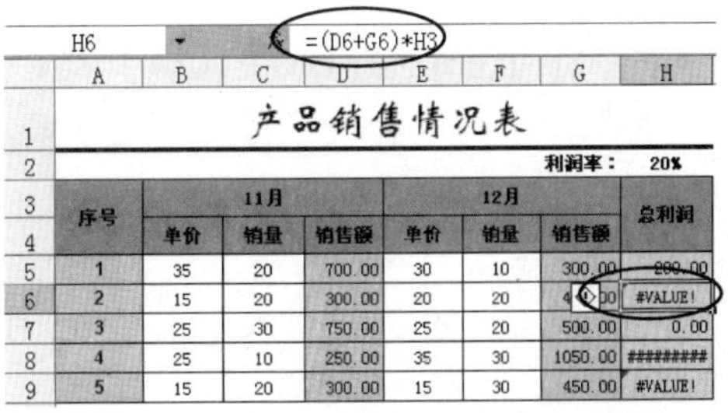　　　　　　图 3-12　复制得到错误的数值

这是因为在复制公式过程中，由于采用了相对引用，单元格 H2 的引用发生了变化，但实际上，单元格 H2 是一个固定不变的"利润率"数据，所以需要对它实施绝对引用，即输入公式"=(D5+G5)*$H$2"，如图 3-13 所示，确认后向下拖动填充柄，可以得到正确的数值，如图 3-14 所示。

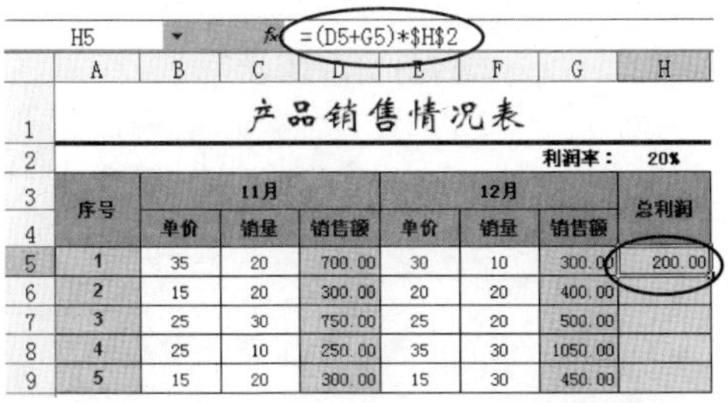

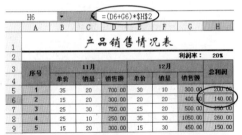

　　　　图 3-13　将单元格 H2 改成绝对引用　　　　图 3-14　得到正确的数值

3．混合引用

混合引用是指在引用一个单元格的时候，其中既有绝对引用，又有相对引用，具体有两种形式，即"列标为相对引用、行号为绝对引用"和"列标为绝对引用、行号为相对引用"。例如，"H\$2"表示列标为相对引用，行号为绝对引用，而"\$H2"表示列标为绝对引用，行号为相对引用。

✍ **提示**：在输入公式过程中，当输入单元格地址后，按 F4 键，可以使该地址在相对引用、绝对引用和混合引用之间切换。

3.1.4　引用工作表和工作簿中的数据

在公式中，可以引用其他工作表中的单元格数据，也可以引用其他工作簿中的单元格数据。

1．引用工作表中的数据

引用其他工作表中的单元格数据，其格式为"工作表名!单元格地址"，例如，在当前单元格中要引用"一月"工作表中单元格 D3 中的数据，可以输入"=一月!D3"。

下面举例来进行说明，如图 3-15 所示，在工作表"一季度费用统计"的 D3 单元格中需要统计工作表"一月"、"二月"和"三月"中的数值，操作方法有如下两种。

图 3-15　要求计算季度费用统计

方法 1：手动输入公式。

选中单元格，在其中输入公式"=一月!D3+二月!D3+三月!D3"，确认后即可得到统计数值。

方法 2：使用鼠标。

步骤 1　选中需要输入公式的单元格。

步骤 2　用鼠标单击"一月"工作表标签，选择其中的单元格 D3，如图 3-16 所示。

步骤 3　输入运算符"+"，单击"二月"工作表标签，选择其中的单元格 D3，如图 3-17 所示。

图 3-16　引用"一月"工作表中 D3　　　图 3-17　引用"二月"工作表中 D3

步骤 4　再输入运算符"+"，单击"三月"工作表标签，选择其中的单元格 D3，如图

3-18 所示。

步骤 5 按 Enter 键回到"一季度费用统计"工作表，得到计算的结果，如图 3-19 所示。

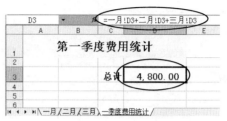

图 3-18 引用"三月"工作表中 D3   图 3-19 得到计算结果

2．引用工作簿中的数据

引用其他工作簿的单元格数据，其格式为"[工作簿名称]工作表名! 单元格地址"。例如，求出下面两个数据之和：工作簿"一月"中"Sheet1"工作表中的 D3 单元格中的值、工作簿"二月"中"Sheet1"工作表中 D3 单元格中的值。

可以输入公式"=[一月.xls]Sheet1!D3+[二月.xls]Sheet1!D3"，如图 3-20 所示。

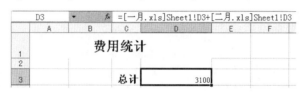

图 3-20 引用工作簿中的数据

3.1.5 日期和时间的运算

日期和时间格式的数值可以参与运算，例如可以计算两个日期之间间隔多少天、两个时间点之间的时间数等。

例如，要计算"2011 年 8 月 1 日"与"2012 年 12 月 20 日"两日期之间的间隔天数，可以输入"="2012–12–20"-"2011–8–1""，如图 3-21 所示。

例如，要计算 C3 单元格中的时间与 B3 单元格中时间的差值，可以输入公式"=C3–B3"，如图 3-22 所示。

图 3-21 日期运算   图 3-22 时间运算

✍️ 提示：用户可以在单元格中显示公式而不显示公式结果，选择"工具"|"选项"

命令，打开"选项"对话框，选择"视图"选项卡，在"窗口选项"选项组中选中"公式"复选框。

3.1.6　本节考点

本节内容的考点如下：输入公式的方法（包括直接输入和用鼠标引用单元格）、运算符的使用（包括算术运算符、逻辑运算符、文本运算符）、相对引用和绝对引用、引用工作表和工作簿中的单元格数据、计算两日期之间的间隔天数、计算两时间的差值等。

3.2　使用函数

使用函数可以简化许多复杂的运算，例如要计算单元格区域"B7:M7"的数值之和，如果不用函数，那么需要输入公式"=B7+C7+D7+E7+F7+G7+H7+I7+J7+K7+L7+M7"，而使用函数则只需要输入"=SUM(B7:M7)"即可，另外，使用函数还可以解决许多用公式算式无法计算的难题。

3.2.1　认识函数

函数是公式中的重要组成对象，合理地应用它，可以简化那些复杂冗长的公式。

每一个函数都有其特有的语法结构，例如，求和函数 SUM 的语法格式为"SUM(number1,number2,…)"，SUM 是函数名称，函数名称后紧跟括号，括号中输入一些参数，参数之间用英文输入状态下的逗号分隔。

可见，使用函数的一般格式为：函数名（参数 1，参数 2，参数 3，…），有的函数也可以没有参数，例如函数"Today()"，该函数没有参数，利用它可以获得当前系统的日期。

✍️提示：参数可以是数字、文本、逻辑值、单元格引用、数组等，也可以是一个表达式或其他函数。

3.2.2　自动计算功能

使用自动计算，在不需要输入函数的情况之下就可以获得一些简单计算的数值。自动计算适用于一些简单的函数计算，如自动求和、平均值、最大值等。

自动计算的方法有两种：使用"常用"工具栏、使用状态栏。

方法 1：使用"常用"工具栏。

如图 3-23 所示，例如要在单元格 G7 中求得单元格区域"B7:F7"数值之和，那么可以进行如下操作。

步骤 1　选中需要计算的单元格区域，最后一个单元格为存放计算结果的单元格。本例中，选中单元格区域"B7:G7"。

	A	B	C	D	E	F	G
1		销　售　预　测　表					
3	财年始于：	2011年6月					
6		2011-06	2011-07	2011-08	2011-09	2011-10	年合计
7	货A销量	1200	1500	1400	1200	1800	
8	价格	1.20	1.40	1.20	1.30	1.40	
9	货A销售额	1,440	2,100	1,680	1,560	2,520	
10							
11	货B销量	1200	1500	1400	1200	1800	
12	价格	1.20	1.40	1.20	1.30	1.40	
13	货B销售额	1,440	2,100	1,680	1,560	2,520	

图 3-23　要求计算总和

提示：使用这种方法自动计算时，除了要选中要求计算的单元格之外，还需要选中一个存放计算结果的单元格，该单元格一般位于单元格区域的最后，也可以在其他位置。

步骤 2　在"常用"工具栏上打开 Σ· 按钮的下拉列表，如图 3-24 所示，在其中可供选择的有"求和"、"平均值"、"计数"、"最大值"和"最小值"项。

步骤 3　选择需要计算的项后，即可在所选单元格的最后单元格中得到计算结果，本例选择的是"求和"，得到的计算结果如图 3-25 所示。选中计算结果的单元格，可以在编辑栏上看到其中使用了求和函数 SUM，具体为"=SUM(B7:F7)"。

图 3-24　自动计算的列表

图 3-25　得到求和结果

提示：选中单元格后，按快捷键 Alt+=，可以快速使用 SUM 函数求和，此时输入参数或者定位需要引用的单元格区域即可。

方法 2：使用状态栏。

选中单元格区域后，通过查看状态栏可以获取一些计算结果，例如求和、平均值、计数、最大值、最小值等，操作如下。

步骤 1　选中需要获得计算结果的单元格区域，默认情况下，在状态栏中显示了对所选单元格区域求和的结果。

步骤 2　如果想要获取更多的计算结果，可以用鼠标右击状态栏，在弹出的快捷菜单中选择相应的命令，如图 3-26 所示，例如选择平均值，即可显示计算平均值的数值，如图 3-27 所示。

提示：在"状态栏"的右键菜单中，选中的命令表示在状态栏上显示该计算方式的数值，被选中命令的左侧会显示 ✓ 标记。

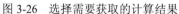

图 3-26　选择需要获取的计算结果

图 3-27　显示平均值

3.2.3　函数的输入

使用以上自动计算的功能，只能获取一些简单的计算结果，要想使用更多的函数，需要用户来输入。

输入函数的方法有两种：手动输入、使用"插入函数"对话框。

方法 1：手动输入。

直接在单元格或编辑栏中输入，包括函数的名称、函数的参数等，输入的方法与输入公式完全一样。

方法 2：使用"插入函数"对话框。

使用以下方法之一可以打开"插入函数"对话框。

◆　选择"插入"|"函数"命令。

◆　单击编辑栏上的"插入函数"按钮 f_x。

◆　按快捷键 Shift+F3。

✎ 提示：手动输入函数时，用户需要完全了解函数名称和参数的使用方法；使用"插入函数"对话框，则只需要选择函数后，填写参数即可，对于不是十分了解函数的用户，或者不想手动输入时，非常适用。

下面利用前文中的例子，在单元格 G7 中调用 SUM 函数来求和，以说明插入函数的方法，操作如下。

步骤 1　选中需要获得运算数值的单元格，本例为单元格 G7，然后打开"插入函数"对话框，如图 3-28 所示。

步骤 2　在对话框中可以进行如下操作。

◆　"搜索函数"：在该文本框中可以输入需要搜索的关键字，例如输入"求和"，然后单击右侧的 转到(G) 按钮，可以在下方的列表框中列出搜索到的相应的函数。

◆　"或选择类别"：打开该下拉列表，在列表中选择函数的类别，如图 3-29 所示。

◆　"选择函数"：选择一种类别后，在该列表框中会显示所选类别中的所有函数，用户可以从中选择需要使用的函数。

步骤 3　本例中选择"SUM"函数，单击"确定"按钮，弹出"函数参数"对话框，如图 3-30 所示。

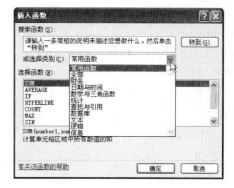

图 3-28　"插入函数"对话框　　　　　　　图 3-29　选择函数类型

步骤 4　在对话框中显示了参数"Number1"、"Number2"，在参数的下方显示了使用参数的说明，在参数右侧的文本框中可以输入参数值，单击右侧的 ▦ 按钮，可以拾取需要求和的单元格区域，如图 3-31 所示，拾取完成后单击 ▦ 按钮，或者按 Enter 键回到"函数参数"对话框，如图 3-32 所示。

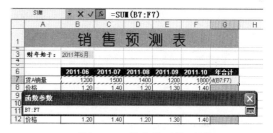

图 3-30　"函数参数"对话框　　　　　　图 3-31　拾取单元格区域

✍ 提示：用户也可以在参数中输入单元格区域的地址，如在"Number1"中输入"B7:F7"；在操作时为了防止输入错误，建议使用 ▦ 按钮进行拾取。

步骤 5　拾取的单元格区域地址会显示在对话框的参数文本框中，如果有错误，那么可以对其进行修改或删除，单击"确定"按钮，可以计算得到需要的数值，如图 3-33 所示。

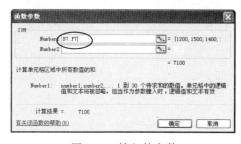

图 3-32　输入的参数　　　　　　　　　图 3-33　得到计算结果

3.2.4　函数的嵌套

函数的嵌套是指将一个函数作为另一个函数的参数，在实际运算过程中，这是十分常见的方式，甚至还可以嵌套多级别的函数。

下面举例来说明，如图 3-34 所示，在单元格 I4 中的公式为 "=IF(SUM(C4:H4)<=0,"",SUM(C4:H4))"，这是一个在函数 IF 中嵌套了函数 SUM 的公式，表示当单元格区域 "C4:H4" 中的数值之和小于等于 0 时，在当前单元格显示为 "空"，否则显示为单元格区域 "C4:H4" 的数值之和。

使用嵌套函数的方法与输入函数是一样的，可以直接在单元格中输入嵌套有函数的公式，也可以使用 "插入函数" 对话框来完成，例如使用插入函数的方法完成以上例子的计算，可以进行如下操作。

步骤1　选中需要计算数值的单元格，然后打开 "插入函数" 对话框，选择 "IF" 函数，单击 "确定" 按钮。

步骤 2　此时弹出 "函数参数" 对话框，在其中输入包含有函数的参数，如图 3-35 所示，设置完后单击 "确定" 按钮。

图 3-34　函数的嵌套　　　　　　　图 3-35　输入包含有函数的参数

✍ **提示**：选择 "工具" | "选项" 命令，打开 "选项" 对话框，选择 "常规" 选项卡，在 "设置" 选项组中选中 "函数工具提示" 复选框，可显示函数工具的文本提示。

3.2.5　本节考点

本节内容的考点如下：使用 "常用" 工具栏完成自动计算、使用状态栏查看计算数值、在单元格中手动输入函数、使用 "插入函数" 对话框等。

3.3　常用函数的应用

Excel 2003 中的函数有 9 大类，分别为 "财务"、"日期与时间"、"数学与三角函数"、"统计"、"查找与引用"、"数据库"、"文本"、"逻辑" 和 "信息"。下面来介绍一些常用函数的应用方法。

✍ **提示**：在 "插入函数" 对话框的 "或选择类别" 下拉列表中，可以选择各种函数的类型。

3.3.1 SUM 函数（求和）

SUM 函数用来计算指定单元格区域或系列数值的和，具体应用可参见"3.2.3 函数的输入"。该函数属于"数学与三角函数"类函数。

语法：SUM（Number1, Number2, …）

参数说明："Number1, Number2, …"为 1～30 个需要求和的数值（包括逻辑值及文本表达式）、区域或引用。

3.3.2 AVERAGE 函数（求平均值）

AVERAGE 函数用来计算指定单元格区域或系列数值的算术平均值。该函数属于"统计"类函数。

语法：AVERAGE(Number1, Number2, …)

参数说明："Number1, Number2,…"为需要计算平均值的 1～30 个参数，参数可以是数字，或者是包含数字的名称、数组或引用。

✍提示：如果被引用的参数为文本、逻辑值或空白单元格，则这些值将被忽略；但包含零值的单元格将计算在内。

例如，如图 3-36 所示，要在单元格 C7 中计算"1 月"、"2 月"、"3 月"的月平均值，可以用如下方法进行操作。

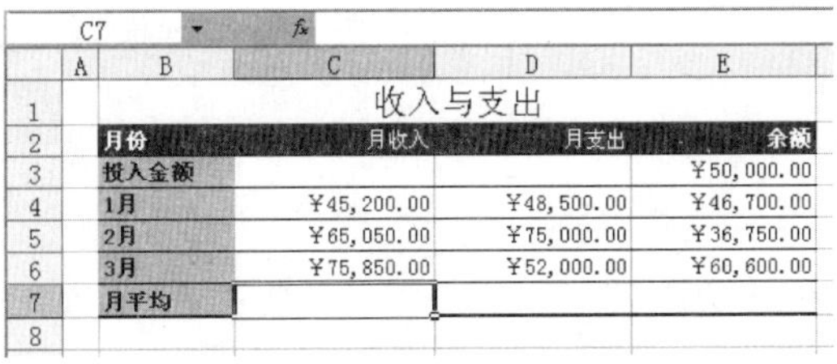

图 3-36 要求计算月平均值

方法 1：直接输入公式。

选中单元格 C7，然后输入公式"=AVERAGE(C4:C6)"后确认。

✍提示：如果需要输入多个单元格或单元格区域的平均值，可以输入多个参数，每个参数用","隔开，例如要在当前单元格中计算单元格区域"C4:C6"和"D4:D6"的平均值，那么输入公式"=AVERAGE(C4:C6, D4:D6)"。

方法 2：插入函数。

步骤 1 选中单元格 C7，打开"插入函数"对话框，如图 3-37 所示，选中函数"AVERAGE"，如图 3-37 所示，单击"确定"按钮。

步骤 2 此时弹出"函数参数"对话框，在"Number1"中输入需要计算的单元格区域地址，如图 3-38 所示，也可以单击右侧的 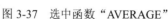 按钮，在工作表中拾取需要计算的单元格区域，按 Enter 键回到"函数参数"对话框。

图 3-37　选中函数"AVERAGE"

图 3-38　输入"Number1"的值

✍提示：如果要计算多个单元格或单元格区域的平均值，可以继续输入参数，例如，要同时计算单元格区域"C4:C6"和"D4:D6"中的平均值，那么可以在"Number2"中输入"D4:D6"，此时会自动显示参数"Number3"，按照同样的方法可以继续输入参数，如图 3-39 所示。

步骤 3　单击"确定"按钮后得到计算结果，如图 3-40 所示。

图 3-39　继续输入参数值

图 3-40　计算得到的平均值

3.3.3　COUNT 函数（计数）

COUNT 函数用来计算包含数字的单元格的个数。该函数属于"统计"类函数。

语法：COUNT(Value1,Value2,…)

参数说明："Value1，Value2，…"为包含或引用各种类型数据的参数（1～30 个），但只有数字类型的数据才被计算。

✍提示：函数 COUNT 在计数时，将把数字、日期或以文本代表的数字计算在内，但是错误值或其他无法转换成数字的文字将被忽略；如果参数是一个引用，那么只统计引用中的数字，引用中的空白单元格、逻辑值、文字或错误值都将被忽略。

下面举例来说明，如图 3-41 所示，要在单元格 B14 中计算当前表格中的产品总数，经过分析，只需统计单元格区域“A2:A12”的单元格个数即为产品数目，操作如下。

步骤1　选中单元格 B14。

步骤 2　在其中输入公式“=COUNT(A2:A12)”，确认后得到产品的数目，如图 3-42 所示。

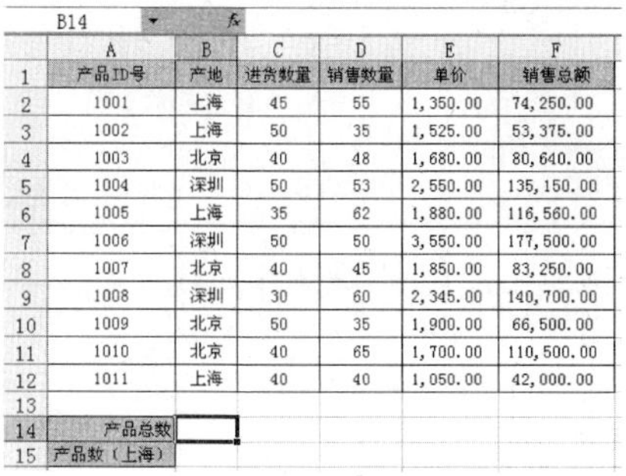

	A	B	C	D	E	F
1	产品ID号	产地	进货数量	销售数量	单价	销售总额
2	1001	上海	45	55	1,350.00	74,250.00
3	1002	上海	50	35	1,525.00	53,375.00
4	1003	北京	40	48	1,680.00	80,640.00
5	1004	深圳	50	53	2,550.00	135,150.00
6	1005	上海	35	62	1,880.00	116,560.00
7	1006	深圳	50	50	3,550.00	177,500.00
8	1007	北京	40	45	1,850.00	83,250.00
9	1008	深圳	30	60	2,345.00	140,700.00
10	1009	北京	50	35	1,900.00	66,500.00
11	1010	北京	40	65	1,700.00	110,500.00
12	1011	上海	40	40	1,050.00	42,000.00
13						
14	产品总数					
15	产品数（上海）					

图 3-41　要求计算产品数目

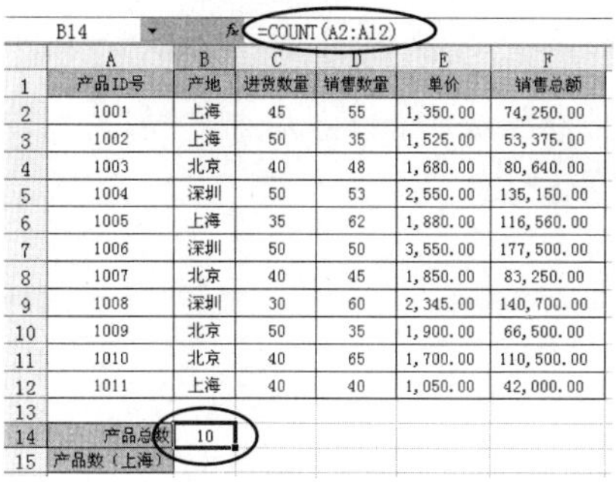

	A	B	C	D	E	F
1	产品ID号	产地	进货数量	销售数量	单价	销售总额
2	1001	上海	45	55	1,350.00	74,250.00
3	1002	上海	50	35	1,525.00	53,375.00
4	1003	北京	40	48	1,680.00	80,640.00
5	1004	深圳	50	53	2,550.00	135,150.00
6	1005	上海	35	62	1,880.00	116,560.00
7	1006	深圳	50	50	3,550.00	177,500.00
8	1007	北京	40	45	1,850.00	83,250.00
9	1008	深圳	30	60	2,345.00	140,700.00
10	1009	北京	50	35	1,900.00	66,500.00
11	1010	北京	40	65	1,700.00	110,500.00
12	1011	上海	40	40	1,050.00	42,000.00
13						
14	产品总数	10				
15	产品数（上海）					

图 3-42　输入公式得到产品数目

提示：也可以用“插入函数”的方法输入公式，其中 COUNT 函数为“统计”类的函数，插入与设置方法与前面介绍的 SUM 函数和 AVERAGE 函数是一样的。

3.3.4　COUNTIF 函数（条件计数）

COUNTIF 函数用来计算单元格区域中满足给定条件的单元格的个数。该函数属于“统计”类函数。

语法：COUNTIF(Range,Criteria)

参数说明：“Range”为需要计算其中满足条件的单元格数目的单元格区域；“Criteria”为确定哪些单元格将被计算在内的条件，其形式可以为数字、表达式或文本。例如，条件可以表示为 32、"32"、">32" 或 "apples"。

下面举例来说明，延续上面的例子，要求在单元格 B15 中计算“上海”产地的产品数目，经分析后，只需统计单元格区域“B2:B12”中文本为“上海”的单元格个数，即可得到上海产地的产品数量，操作如下。

步骤 1　选中单元格 B15。

步骤 2　在单元格中输入公式“=COUNTIF(B2:B12,"上海")”，确认后得到数值，如图 3-43 所示。

提示：如果采用“插入函数”对话框的方法，那么可以在对话框中设置参数，如图 3-44 所示。

3.3.5　MAX 和 MIN 函数（求最大、最小值）

MAX 和 MIN 函数用来统计一组值中的最大值、最小值。这两个函数同属“统计”类函数。

图 3-43   统计产地为"上海"的产品数目   图 3-44   设置 COUNTIF 的参数

语法：MAX(Number1,Number2,…)，MIN(Number1,Number2,…)

参数说明："Number1, Number2,…"是需要统计最大值或最小值的 1～30 个数字参数。

📝提示：如果参数为引用，则只有引用中的数字将被计算在内，引用中的空白单元格、逻辑值或文本将被忽略。

下面举例来说明，如图 3-45 所示，要在单元格 G9 中计算各月的销售额最大值，可以选中单元格，然后输入公式"=MAX(B9:F9)"，如图 3-46 所示；如果要求计算最小值那么输入公式"=MIN(B9:F9)"。

图 3-45   选中单元格

图 3-46   输入求最大值的公式

📝提示：如果逻辑值和文本不能忽略，请使用函数 MAXA 和 MINA 来代替，语法为"MAXA(Value1,Value2,…)"和"MINA(Value1,Value2,…)"。

3.3.6   IF 函数（条件判断）

IF 函数用来执行真假值判断，根据逻辑计算的真假值，返回不同结果。该函数属于"逻辑"类函数。

语法：IF(Logical_test,Value_if_true,Value_if_false)

参数说明："Logical_test"表示计算结果为 TRUE 或 FALSE 的任意值或表达式。例如，A2=15 是一个逻辑表达式，如果单元格 A2 中的值等于 15，那么表达式的结果为 TRUE，否则为 FALSE；"Value_if_true"是"Logical_test"为 TRUE 时返回的值，如果"Logical_test"为 TRUE 而"Value_if_true"为空，则此参数返回 0；"Value_if_false"是"Logical_test"为 FALSE 时返回的值。

✍**提示**：函数 IF 可以嵌套 7 层，用"Value_if_false"及"Value_if_true"参数可以构造复杂的检测条件。

下面举例来进行说明，如图 3-47 所示，要求在 G 列中根据 D 列中的"销售数量"评价产品的销售情况，当"销售数量"大于等于 50 时，评价为"合格"，否则评价为"不合格"。

	A	B	C	D	E	F	G
1	产品ID号	产地	进货数量	销售数量	单价	销售总额	评价
2	1001	上海	45	55	1,350.00	74,250.00	
3	1002	上海	50	35	1,525.00	53,375.00	
4	1003	北京	40	48	1,680.00	80,640.00	
5	1004	深圳	50	53	2,550.00	135,150.00	
6	1005	上海	35	62	1,880.00	116,560.00	
7	1006	深圳	50	50	3,550.00	177,500.00	
8	1007	北京	40	45	1,850.00	83,250.00	
9	1008	深圳	30	60	2,345.00	140,700.00	
10	1009	北京	50	35	1,900.00	66,500.00	
11	1010	北京	40	65	1,700.00	110,500.00	
12	1011	上海	40	40	1,050.00	42,000.00	

图 3-47 要求根据销售量作出评价

操作如下。

步骤 1 选中单元格 G2。

步骤 2 输入公式"=IF(D2>=50,"合格","不合格")"，确认后得到结果，如图 3-48 所示。

✍**提示**：如果使用"插入函数"对话框的方式来进行公式的输入，那么具体参数设置如图 3-49 所示。

图 3-48 输入公式

图 3-49 设置 IF 函数的参数

步骤 3 拖动单元格 G2 的填充柄，得到其他产品的"评价"，如图 3-50 所示。

	A	B	C	D	E	F	G
1	产品ID号	产地	进货数量	销售数量	单价	销售总额	评价
2	1001	上海	45	55	1,350.00	74,250.00	合格
3	1002	上海	50	35	1,525.00	53,375.00	不合格
4	1003	北京	40	48	1,680.00	80,640.00	不合格
5	1004	深圳	50	53	2,550.00	135,150.00	合格
6	1005	上海	35	62	1,880.00	116,560.00	合格
7	1006	深圳	50	50	3,550.00	177,500.00	合格
8	1007	北京	40	45	1,850.00	83,250.00	不合格
9	1008	深圳	30	60	2,345.00	140,700.00	合格
10	1009	北京	50	35	1,900.00	66,500.00	不合格
11	1010	北京	40	65	1,700.00	110,500.00	合格
12	1011	上海	40	40	1,050.00	42,000.00	不合格

图 3-50 得到其他产品的"评价"

3.3.7 INT 函数（取整）

INT 函数用来将数字向下舍入到最接近的整数。该函数属于"数学与三角函数"类函数。

语法：INT(Number)

参数说明："Number"为需要进行向下舍入取整的实数。

例如，输入"=INT(8.9)"，返回的值为 8；输入"=INT(–8.9)"，返回的值为–9。

下面再举个例子来说明，要求在单元格 C7 中计算平均值并取整，可以选中单元格 C7 后，输入公式"=INT(AVERAGE(C4:C6))"，如图 3-51 所示。

✍ 提示：如果使用插入函数的方法来输入公式，那么在"数学与三角函数"类函数中选择"INT"函数后确定，具体参数设置如图 3-52 所示。

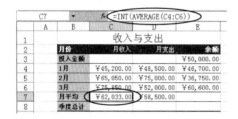

图 3-51　输入 INT 函数　　　　　　　　图 3-52　设置 INT 函数的参数

3.3.8 ROUND 函数（四舍五入）

ROUND 函数用来返回某个数字按指定位数取整后的数字。该函数属于"数学与三角函数"类函数。

语法：ROUND(Number, Num_digits)

参数说明："Number"是需要四舍五入的数字；"Num_digits"为指定的位数，按此位数进行四舍五入。

✍ 提示：如果"Num_digits"大于 0，则四舍五入到指定的小数位；如果"Num_digits"等于 0，则四舍五入到最接近的整数；如果"Num_digits"小于 0，则在小数点左侧按指定位数四舍五入。

例如，输入公式"=ROUND(2.15, 1)"，将返回 2.2；输入公式"=ROUND(2.149, 1)"，将返回 2.1；输入公式"=ROUND(–1.475, 2)"，将返回–1.48；输入公式"=ROUND(21.5, –1)"，将返回 20。

3.3.9 ABS 函数（求绝对值）

ABS 函数用来返回数字的绝对值。该函数属于"数学与三角函数"类函数。

语法：ABS(Number)

参数说明："Number"为需要计算其绝对值的实数。

例如输入公式"=ABS(–3.5)"，返回值为 3.5；输入公式"=ABS(3.5)"，返回值为 3.5。已知单元格 A2 中的数值为"–3.5"，B2 中的数值为 1.2，输入公式"=ABS(A2)"，返回值为 3.5；输入公式"=ABS(A2–B2)"，返回值为 4.7。

3.3.10　TODAY 函数（获得当前日期）

TODAY 函数用来返回当前日期的序列号。序列号是 Microsoft Excel 日期和时间计算使用的日期-时间代码。如果在输入函数前，单元格的格式为"常规"，则结果将设为日期格式。该函数属于"日期和时间"类函数。

✎提示：Microsoft Excel 可将日期存储为可用于计算的序列号。默认情况下，1900 年 1 月 1 日的序列号是 1，而 2008 年 1 月 1 日的序列号是 39448，这是因为 2008 年 1 月 1 日距 1900 年 1 月 1 日有 39448 天。

语法：TODAY( )

该函数没有参数。

例如，在单元格 D3 中要计算现在的日期与单元格 C3 中日期的相隔天数，可以输入公式"=C3–TODAY()"，如图 3-53 所示。

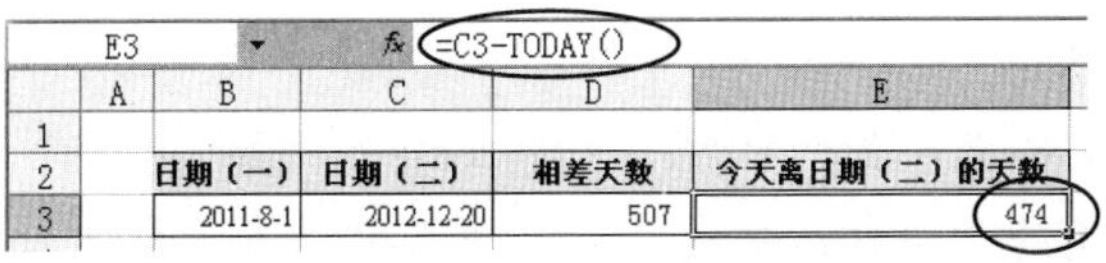

图 3-53　利用 TODAY 函数

3.3.11　LOOKUP 函数（查找）

LOOKUP 函数用来查找需要的数据，它有两种语法形式：向量形式和数组形式，一般使用的是向量语法形式，该函数属于"查找与引用"类函数。

向量形式是指在单行区域或单列区域中查找值，返回第二个单行区域或单列区域中相同位置的值。

✎提示：数组形式是指在数组的第一行或第一列中查找值，返回数组的最后一行或最后一列中相同位置的值。

语法：LOOKUP(Lookup_value,Lookup_vector,Result_vector)

参数说明："Lookup_value"为函数 LOOKUP 在第一个向量中所要查找的数值，可以为数字、文本、逻辑值或包含数值的名称或引用；"Lookup_vector"为只包含一行或一列的区域，"Lookup_vector"的数值可以为文本、数字或逻辑值；"Result_vector"为只包含一行或一列的区域，其大小必须与"Lookup_vector"相同。

✎提示："Lookup_vector"的数值必须按升序排序，否则，函数 LOOKUP 不能返回正确的结果。文本不区分大小写；如果函数 LOOKUP 找不到“Lookup_value”，则查找“Lookup_vector”中小于或等于“Lookup_value”的最大数值；如果“Lookup_value”小于“Lookup_vector”中的最小值，函数 LOOKUP 返回错误值“#N/A”。

下面来举例说明，如图 3-54 所示，要求在 E14 单元格中获得“产品编号”为“1008”的“销售数量”，已知“产品编号”存放于单元格区域“A2:A12”，“销售数量”存放于单元格区域“D2:D12”。

操作如下：选中单元格 E14，然后输入公式“=LOOKUP("1008",A2:A12,D2:D12)”，如图 3-55 所示。

	A	B	C	D	E	F	G
1	产品编号	产地	进货数量	销售数量	单价	销售总额	评价
2	1001	上海	45	55	1,350.00	74,250.00	合格
3	1002	上海	50	35	1,525.00	53,375.00	不合格
4	1003	北京	40	48	1,680.00	80,640.00	合格
5	1004	深圳	50	53	2,550.00	135,150.00	合格
6	1005	上海	35	62	1,880.00	116,560.00	优秀
7	1006	深圳	50	50	3,550.00	177,500.00	合格
8	1007	北京	40	45	1,850.00	83,250.00	合格
9	1008	深圳	30	60	2,345.00	140,700.00	优秀
10	1009	北京	50	35	1,900.00	66,500.00	不合格
11	1010	北京	40	65	1,700.00	110,500.00	优秀
12	1011	上海	40	40	1,050.00	42,000.00	合格
13							
14	查找“产品编号”为1008的“销售数量”						

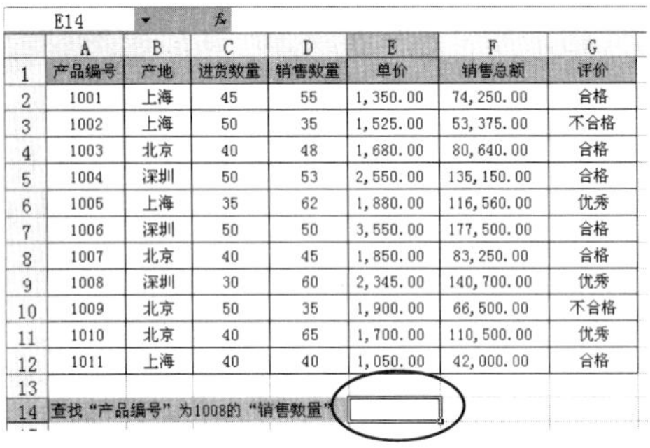

图 3-54　要求计算指定编号的销售数量

	A	B	C	D	E	F	G
1	产品编号	产地	进货数量	销售数量	单价	销售总额	评价
2	1001	上海	45	55	1,350.00	74,250.00	合格
3	1002	上海	50	35	1,525.00	53,375.00	不合格
4	1003	北京	40	48	1,680.00	80,640.00	合格
5	1004	深圳	50	53	2,550.00	135,150.00	合格
6	1005	上海	35	62	1,880.00	116,560.00	优秀
7	1006	深圳	50	50	3,550.00	177,500.00	合格
8	1007	北京	40	45	1,850.00	83,250.00	合格
9	1008	深圳	30	60	2,345.00	140,700.00	优秀
10	1009	北京	50	35	1,900.00	66,500.00	不合格
11	1010	北京	40	65	1,700.00	110,500.00	优秀
12	1011	上海	40	40	1,050.00	42,000.00	合格
13							
14	查找“产品编号”为1008的“销售数量”				60		

图 3-55　找到指定编号的销售数量

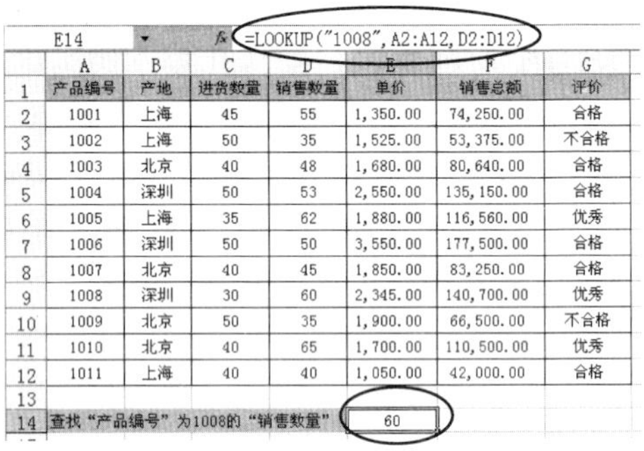

提示： 如果采用插入函数的方法，那么打开“插入函数”对话框，在“查找与引用”类中选择“LOOKUP”函数，确定后，具体参数设置如图 3-56 所示。

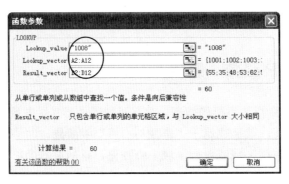

图 3-56　设置“LOOKUP”函数的参数

3.3.12 本节考点

本节内容的考点如下：使用手动输入的方式应用本节介绍的所有函数、利用“插入函数”对话框应用本节介绍的所有函数。

3.4 本章试题解析

试　题	解　析
一、使用公式	
试题 1 使用在"编辑栏"输入公式的方法，在当前单元格中计算单元格"D6"与"E6"的积	输入"=D6*E6"后按 Enter 键
试题 2 要求使用鼠标单击的方法引用单元格，计算 D6 和 E6 单元格之和，再乘以 2	先输入"=("，用鼠标单击 D6，输入运算符"+"，再用鼠标单击 E6，输入")*2"后确认
试题 3 在当前工作表中，判断单元格 H5 中的数值是否大于 H6 中的数值,返回一个逻辑值（使用在编辑栏输入公式的方法）	输入公式"=H5<H6"
试题 4 在当前单元格中，要求存放以下连接的字符：单元格 B3 内的字符与单元格 C3 内的字符（在编辑栏中输入公式）	输入公式"=B3&C3"后确认
试题 5 在当前工作表中，要求使用相对引用和绝对引用的方法，在单元格 H5 中计算总利润，该值的计算方法为：单元格 D5 与单元格 G5 中的数值之和，再乘以 H2 单元格中的数值（要求使用在编辑栏中输入公式的方法）	参见"3.1.3 选择引用的方式"中的"2. 绝对引用"
试题 6 要求将工作表"一月"中 D3 单元格中的数据引用到当前单元格中（在编辑栏中输入公式）	输入"=一月!D3"
试题 7 在当前工作簿中，要求在当前单元格中计算"一月"、"二月"和"三月"工作表中单元格 D3 中的数值之和	参见"3.1.4 引用工作表和工作簿中的数据"中的"1. 引用工作表中的数据"
试题 8 在当前单元格中，要求使用在编辑栏中手动输入公式的方法，计算第一季度的费用，要求其值为以下之和：工作表"一月"中 D3 单元格中的值、工作表"二月"中 D3 单元格中的值、工作表"三月"中 D3 单元格中的值	输入"=一月!D3+二月!D3+三月!D3"
试题 9 要求在当前单元格中计算以下两个数据之和：工作簿"一月"中"Sheet1"工作表中 D3 单元格中的值、工作簿"二月"中"Sheet1"工作表中 D3 单元格中的值	参见"3.1.4 引用工作表和工作簿中的数据"中的"2. 引用工作簿中的数据"
试题 10 要求计算"2011 年 8 月 1 日"与"2012 年 12 月 20 日"两日期之间的间隔天数（在编辑栏中输入公式）	输入"="2012-12-20"-"2011-8-1""后确认
试题 11 已知某物品的生产日期为 2011 年 8 月 1 日，使用寿命为 360 天，要求计算报废的日期（在编辑栏中输入公式）	输入公式"="2011 年 8 月 1 日"+"360""后确认

试　题	解　析
试题 12　已知"张三"的上班时间为"8:30"（存放于 B3 单元格），下班时间为"15:30"（存放于 C3 单元格），要求在当前单元格中计算"张三"的工时（在编辑栏中输入公式）	输入"=C3–B3"后确认
试题 13　在当前工作表中，要求在单元格中显示公式，而不是默认情况下的公式数值	打开"选项"对话框，选择"视图"选项卡，在"窗口选项"选项组中选中"公式"复选框
二、使用函数	
试题 1　要求自动计算单元格区域"C4:C6"中数值的和，计算结果存放于 C7 中	参见"3.2.2 自动计算功能"
试题 2　已知"1 月"、"2 月"和"3 月"的月收入（分别存放于单元格 C4、C5、C6 中），要求使用工具栏，在单元格 C7 中计算月平均收入	参见"3.2.2 自动计算功能"
试题 3　要求在当前单元格中自动计算产品的数目	参见"3.2.2 自动计算功能"
试题 4　利用"常用"工具栏，在单元格 G9 中计算单元格区域"B9:F9"的最大值，再在单元格 H9 中计算该单元格区域的数值之和	参见"3.2.2 自动计算功能"。注意，在计算单元格 H9 中的值时，需要重新指定单元格区域
试题 5　在状态栏上查看所选单元格区域的平均值	参见"3.2.2 自动计算功能"
试题 6　在状态栏上查看所选单元格区域的最大值	参见"3.2.2 自动计算功能"
试题 7　利用插入函数的方法，在当前单元格中计算单元格区域"B7:F7"中的数值之和	参见"3.2.3 函数的输入"
试题 8　要求显示函数工具的文本提示	选择"工具"|"选项"命令，打开"选项"对话框，选择"常规"选项卡，在"设置"选项组中选中"函数工具提示"复选框
三、常用函数的应用	
试题 1　已知 1 月份的收入存放于 C4 单元格，2 月份的收入存放于 C5 单元格，3 月份的收入存放于 C6 单元格中，要求使用在编辑栏中输入公式的方法，在单元格 C7 中计算总收入，然后使用相对应用的方法得到其他的总计值	输入"=SUM（C4:C6）"，得到计算结果后，拖动该单元格的填充柄，复制公式，可获得其他单元格中的数值
试题 2　已知货 A 销售额存放于 B9 单元格中，货 B 销售额存放于 B13 单元格中，货 C 销售额存放于 B17 单元格中，要求使用在编辑栏中输入公式的方法，在单元格 B19 中计算以上 3 个数值	输入"=SUM（B9,B13,B17）"
试题 3　已知产品的单价存放于 E2 单元格中，销量为单元格区域"B4:G4"之和，要求在单元格 G2 中计算总销售额（使用插入函数的方法）	选中单元格 G2，输入"=E2*"，打开"插入函数对话框"，选择"SUM"函数，输入参数为"B4:G4"后确定
试题 4　使用在编辑栏中输入公式的方法，在单元格 C8 中求单元格区域"C4:C6"的平均值	输入"=AVERAGE（C4:C6）"

试　　题	解　　析
三、常用函数的应用	
试题 5　使用插入函数的方法，在单元格 C8 中求单元格区域"C4:C6"的平均值，使用填充柄获得其他的平均值	选中单元格 C8，打开"插入函数"对话框，选择"AVERAGE"函数后确定，输入"Number1"为"C4:C6"，确定后拖动填充柄到其他单元格
试题 6　在当前单元格中统计单元格区域"A2:A12"的数目（使用插入函数的方式）	参见"3.3.3 COUNT 函数（计数）"
试题 7　在单元格 B15 中计算"上海"产地的产品数目，已知产地的数据存放于单元格区域"B2:B12"中（使用插入函数的方式）	参见"3.3.4 COUNTIF 函数（条件计数）"
试题 8　已知"销售数量"的数据存放于单元格区域"D2:D12"中，要求在单元格 A16 中计算"销售数量"大于等于 45 的产品数占所有产品数的比例（使用在编辑栏中输入公式的方法）	输入"=COUNTIF（D2:D12,">=45"）/11"
试题 9　在单元格 G9 中，计算单元格区域"B9:F9"的最大值（利用在编辑栏中输入的方法）	输入"=MAX（B9:F9）"
试题 10　在单元格 G9 中，计算单元格区域"B9:F9"的最小值（利用在编辑栏中输入公式的方法）	输入"=MIN（B9:F9）"
试题 11　已知"销售数量"的数据存放于单元格区域"D2:D12"中，要求在单元格 A16 中判断，当所有销售量超过 45 的产品数大于 6 时，显示"合格"，否则显示"不合格"（使用在编辑栏中输入公式的方法）	输入"=IF(COUNTIF(D2:D12,">45")>6,"合格","不合格")"
试题 12　在单元格 G2 中进行计算：当"销售数量"单元格 D2 的值大于等于 50 时，评价为"合格"，否则评价为"不合格"（使用插入函数的方法）	参见"3.3.6 IF 函数（条件判断）"
试题 13　要求在单元格 C3 中进行计算，当单元格 B3 中的数值小于等于 2000 时，计算"B3*3%"的值，当大于 2000 时，计算"(B3–1000)*15%"的值（使用插入函数的方式）	选中单元格后打开"插入函数"对话框，选择"IF"函数后确定，输入"Logical_test"参数为 B3<=2000，输入"Value_if_true"为"B3*3%"，输入"Value_if_false"为"(B3–1000)*15%"
试题 14　在单元格 G2 中进行计算：当销售数量单元格 D2 的值大于等于 60 时，评价为"优秀"，当大于等于 40 且小于 60 时，评价为"合格"，当小于 40 时，评价为"不合格"（使用在编辑栏中输入公式的方法），利用复制公式的方法得到单元格区域"G3:G12"的值	输入"=IF(D2>=60,"优秀",IF(D2>=40,"合格","不合格"))"，确认后拖动单元格的填充柄到单元格 G12
试题 15　在单元格 G2 中进行计算：当"销售数量"单元格 D2 的值为单元格区域"D2:D12"的最大值时，显示字符"最多"，否则显示"不是最多"（使用插入函数的方法）	选中单元格后打开"插入函数"对话框，选择 IF 函数后确定，在"Logical_test"中输入"D2=MAX(D2:D12)"，在"Value_if_true"中输入""最多""，在"Value_if_false"中输入""不是最多""
试题 16　在单元格 C7 中，要求为单元格区域"C4:C6"的平均值取整（使用在编辑栏中输入公式）	输入公式"=INT(AVERAGE(C4:C6))"

试　　题	解　　析
试题 17　在单元格 C2 中，要求将单元格 B2 中的数值四舍五入到百位数（使用插入函数的方法）	选中单元格后，打开"插入函数"对话框，选择"ROUND"函数后确定，输入"Number"为"B2"，输入"Num_digits"为"–2"
试题 18　在单元格 C2 中，要求将 B2 单元格的数值四舍五入后，保留 3 位小数	与上题一样插入"ROUND"函数，输入"Number"为"B2"，输入"Num_digits"为"3"
试题 19　已知单元格 C7 为月收入（单元格区域"C4:C6"）的平均值，要求将其四舍五入到分（使用在编辑栏输入公式的方法）	输入"= ROUND (AVERAGE(C4:C6),2)"
试题 20　要求：先求出单元格 B2 中的值与单元格 C2 中的值之比，然后对其进行四舍五入，要求保留小数点后 4 位，存放到单元格 D2 中（使用在编辑栏输入公式的方法）	选中单元格 D2，输入"=ROUND(B2/C2,4)"
试题 21　要求对单元格 B2 中的数值求绝对值（使用在编辑栏输入公式的方法），存放于单元格 C2 中	选中单元格 C2，输入公式"=ABS(B2)"
试题 22　要求在单元格 D2 中获取当前日期（使用在编辑栏输入公式的方法）	选中单元格 D2，输入公式"=TODAY()"
试题 23　要求在单元格 E14 中获得"产品编号"为"1008"的"销售数量"，已知"产品编号"存放于单元格区域"A2:A12"，"销售数量"存放于单元格区域"D2:D12"	参见"3.3.11 LOOKUP 函数（查找）"

第 4 章　工作表的修饰与打印

考试基本要求

掌握的内容：
- 单元格中数字格式的设置、单元格的合并和对齐方式的设置；
- 单元格的边框、底纹和图案的添加；
- 行高和列宽的控制、行和列的隐藏和取消；
- 为单元格套用格式；
- 用"格式刷"复制单元格格式；
- 页面设置、分页预览和打印设置。

熟悉的内容：
- 条件格式的设置；
- 打印预览。

了解的内容：
- 为工作表添加背景；
- 使用样式。

　　本章讲述了设置单元格格式、为单元格套用格式和样式、页面设置、打印设置四大方面的内容，具体包括设置单元格中的数字格式、合并和对齐单元格、设置单元格的边框和背景、调整行和列、套用格式和样式、复制格式、页面设置和打印设置等。

4.1   单元格的格式设置

单元格的格式主要包括存放数据的类型（例如可以将单元格设置为存放文本、数值、货币、日期等格式数据的类型）、单元格的对齐和合并、单元格的填充和边框设置等。

以上这些格式主要通过"单元格格式"对话框来设置，打开该对话框的方法如下。

方法 1：选择"格式" | "单元格"命令。

方法 2：用鼠标右击单元格，在弹出的快捷菜单中选择"设置单元格格式"命令。

方法 3：按快捷键 Ctrl+1。

4.1.1   设置文本格式

当要输入文本型的数字时，可以先输入"'"符号，然后再输入数字，除此之外，用户可以使用"设置单元格格式"对话框来设置。

1．设置格式为文本

步骤 1   选中需要输入文本型数据的单元格，然后打开"设置单元格格式"对话框。

步骤 2   在对话框中选择"数字"选项卡，在"分类"列表框中选择"文本"项，如图 4-1 所示。

步骤 3   单击"确定"按钮，这样就可以在单元格中输入文本型数据了，如图 4-2 所示。

图 4-1   选择"文本"项   图 4-2   输入文本型数据

2．设置文本格式

设置文本格式的方法有两种：使用"格式"工具栏、使用"设置单元格格式"对话框。

方法 1：使用"格式"工具栏。

步骤 1   在"格式"工具栏上，打开"字体"和"字号"下拉列表，在其中选择需要的字体和字号，如图 4-3 所示。

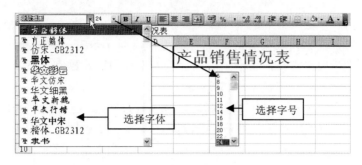

图 4-3 选择字体和字号

步骤 2 单击 B 或 I 按钮，可以使文字加粗或倾斜显示，再按一下，可以恢复正常；单击 U 按钮，可以为文字添加下划线，再次单击可以取消下划线。

方法 2：使用"单元格格式"对话框。

打开"单元格格式"对话框，选择"字体"选项卡，如图 4-4 所示，在其中可以设置文字的格式。

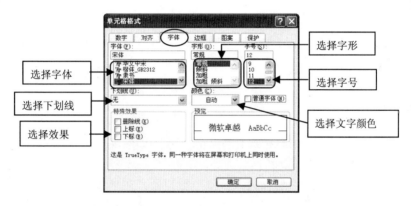

图 4-4 "字体"对话框

✍️提示：在"下划线"下拉列表中，可以选择"单下划线"、"双下划线"等；选中"删除线"复选框，可以为文本添加一条删除线；选中"上标"和"下标"复选框，可以设置诸如数学公式中的一些上下标，例如 "$Y^2 = X_1^2 + X_2^2$"。

4.1.2 设置常用的数值格式

打开"单元格格式"对话框的"数字"选项卡，在左侧的"分类"列表框中可以选择各种数据的类型，常用的包括"数值"、"货币"、"日期"、"时间"、"百分比"和"分数"等。

1. 设置数值

在对话框的"分类"中选择"数值"项，如图 4-5 所示，在其中可以设置数值的小数位数、是否使用千位分隔符，以及负数的显示格式。

- ◆ "小数位数"：在该文本框中可以设置小数点后面的数字位数，当小数位数不够时，用 0 补齐，例如输入数值"45"，当设置了 2 位小数时，将显示为"45.00"；当小数位数超出要求数目，将会采取四舍五入，例如输入数值"45.45456"，设置"小数位数"为 4 位，将显示"45.4546"。
- ◆ "使用千位分隔符"：选中该复选框，可以为数字添加千位分隔符，可增强数值的易读性，图 4-6 所示为使用千位分隔符并设置小数位数为 2 位的效果。
- ◆ "负数"：在该列表框中可以选择一种格式，作为在单元格中出现负值时的表现形式，例如可以将工作表中的所有负值用"括号+红色"显示。

图 4-5　设置"数值"　　　图 4-6　使用千位分隔符和设置小数位数为 2 位的效果

2．设置货币

在对话框的"分类"列表框中选择"货币"项，如图 4-7 所示，可以在右侧为所选单元格设置各种类型的货币格式。

在"小数位数"文本框中可以输入数值小数位数；在"负数"列表框中可以选择表现负值的格式；在"货币符号（国家/地区）"下拉列表中可选择货币的符号，图 4-8 所示为添加人民币符号"¥"后的效果。

图 4-7　设置"货币"　　　图 4-8　设置的货币符号效果

3．设置百分比和分数

在第 2 章中介绍了输入百分数和分数的方法，也可以通过设置格式来输入这两种数值。

（1）设置百分比

步骤 1　在对话框的"分类"列表框中选择"百分比"项，如图 4-9 所示。

步骤 2　在"小数位数"文本框中可以为数值设置小数位数。设置了百分比格式后，当输入数值时会自动在其后面添加"%"符号，例如输入数值"25.25"，设置"小数位数"为 1 位，那么将显示"25.3%"。

✎**提示**：如果要将已有的数值转化为百分比格式，那么将为数值添加"%"符号，例如单元格的数值为"25.25"，将该单元格设置为"百分比"格式，并设置"小数位数"为 1 位，将显示"2525.0%"。

（2）设置分数

步骤 1　在对话框的"分类"列表框中选择"分数"项，如图 4-10 所示。

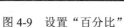

图 4-9　设置"百分比"　　　　图 4-10　设置"分数"

步骤 2　在"类型"列表框中可以选择分数的形式，常常可以用此选项将当前的数值转化为指定的分数格式，如将单元格中的分数转化为百分数，可以在其中选择"百分之几"项。

4．设置日期和时间

在第 2 章中介绍了输入日期和时间的方法，而运用"单元格格式"对话框可以选择更多的日期格式。

（1）设置日期

在对话框的"分类"列表框中选择"日期"项，在"类型"列表框中可以选择日期的格式，如图 4-11 所示。

（2）输入时间

在对话框的"分类"列表框中选择"时间"项，在"类型"列表框中可以选择显示时间的格式，如图 4-12 所示，图 4-13 所示为设置的一种时间效果。

4.1.3　合并单元格

合并单元格是指将多个单元格合并为一个单元格，适用于显示工作表的标题，或者是在一个单元格中无法将数据全部显示的情况。

图 4-11   设置"日期"

图 4-12   设置"时间"

下面举例来说明，如图 4-14 所示，将工作表中的标题居中显示，可以使用合并功能来处理。

图 4-13   设置的时间格式

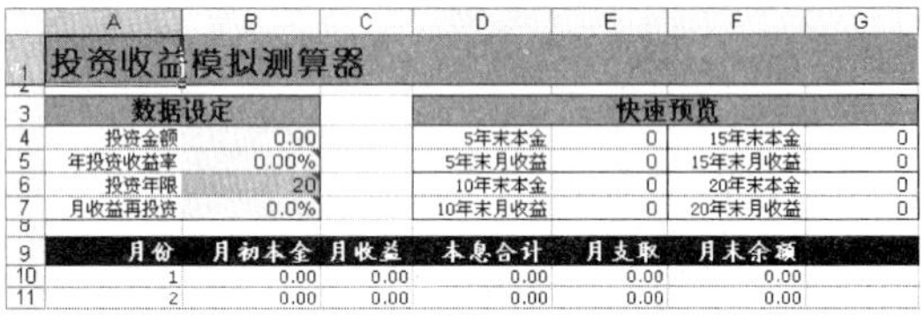

图 4-14   设置工作表的标题

方法 1：使用"格式"工具栏。

选中需要合并的单元格区域，本例为单元格区域"A1:G1"，单击"格式"工具栏上的"合并及居中"按钮，可以将所选单元格合并，并使其中的内容居中显示，如图 4-15 所示。

✍提示：选中合并后的单元格，然后在"格式"工具栏上单击"合并及居中"按钮，可以取消合并。

方法 2：使用"单元格格式"对话框。

步骤 1   选中需要合并的单元格区域，打开"单元格格式"对话框，选择"对齐"选项卡。

步骤 2   在"文本控制"选项组中选中"合并单元格"复选框，如图 4-16 所示，单击"确定"按钮。

图 4-15   合并单元格并居中显示

图 4-16   选中"合并单元格"复选框

提示：取消选中"合并单元格"复选框，可以取消单元格的合并；取消单元格的合并只针对经过多个单元格合并的单元格。

4.1.4　设置对齐方式

设置单元格的对齐是指设置单元格中的内容相对于单元格边框的对齐方式，包括水平对齐和垂直对齐。

方法 1：使用"格式"工具栏。

在"格式"工具栏上可以设置的对齐方式的按钮包括"左对齐"按钮、"居中"按钮和"右对齐"按钮，选中需要对齐的单元格或单元格区域后，单击相应的按钮即可得到相应的水平对齐效果。

方法 2：使用"单元格格式"对话框。

选中需要对齐的单元格或单元格区域后，打开"单元格格式"对话框，选择"对齐"选项卡，如图 4-17 所示。

在"对齐"选项卡中可以进行以下设置。

◆ "水平对齐"：在该下拉列表中可以选择的对齐方式包括"常规"、"靠左（缩进）"、"居中"、"靠右（缩进）"、"填充"、"两端对齐"、"跨列居中"、"分散对齐（缩进）"；当选择了"靠左（缩进）"、"靠右（缩进）"、"分散对齐（缩进）"时，可以在下拉列表右侧的"缩进"文本框中输入具体缩进的数值。

◆ "垂直对齐"：在该下拉列表中可以选择的对齐方式包括"靠上"、"居中"、"靠下"、"两端对齐"、"分散对齐"。

提示：利用"水平对齐"下拉列表中的"跨列居中"，可以实现在不合并单元格的情况之下，将数据在所选的多个单元格中居中显示，如图 4-18 所示。

图 4-17　对齐方式

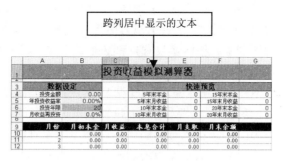

图 4-18　跨列居中

4.1.5　设置边框和背景

使用"单元格格式"对话框中的"边框"选项卡，可以为所选的单元格或单元格区域设置内外边框的效果；使用"图案"选项卡，可以为单元格设置背景色、底纹效果；另外，用户还可以为整个工作表添加背景效果。

1. 设置边框

在默认情况下，用 Excel 制作的表格是不带边框的，显示的单元格格子是显示的网格线，并不是表格的边框，设置边框的方法如下。

方法1：使用"格式"工具栏。

选中单元格区域，在"格式"工具栏上打开"边框"按钮的下拉列表，在其中可以选择边框的方式，如图 4-19 所示。

✍ **提示：** 在下拉列表中，粗实线显示位置的表示具有边框，虚线位置则表示没有边框，图 4-20 所示为选择"所有框线"后的效果。

图 4-19　选择边框线

	A	B	C	D	E	F	G	H
1	产品ID号	产地	进货数量	销售数量	库存数量	单价	销售总额	
2	0008	上海	40	40	0	1,050.00	42,000.00	
3	1010	北京	50	35	15	1,900.00	66,500.00	
4	1006	深圳	50	50	0	3,550.00	177,500.00	
5	1009	深圳	30	60	-30	2,345.00	140,700.00	
6	1007	北京	40	45	-5	1,850.00	83,250.00	
7	1001	上海	45	55	-10	1,350.00	74,250.00	
8	1002	上海	50	35	15	1,525.00	53,375.00	
9	1011	北京	40	65	-25	1,700.00	110,500.00	
10	1004	深圳	50	53	-3	2,550.00	135,150.00	
11	1005	上海	35	62	-27	1,880.00	116,560.00	
12	1003	北京	40	48	-8	1,680.00	80,640.00	
13								

图 4-20　选择"所有框线"后的效果

✍ **提示：** 在图 4-19 所示的下拉列表中选择"绘图边框"命令，可打开"边框"工具栏，利用它可以设置边框线的线型和颜色，并绘制或擦除工作表的边框线。

方法2：使用"单元格格式"对话框。

步骤1 选中单元格区域后，打开"单元格格式"对话框，选择"边框"选项卡，在其中可以进行如下操作。

◆ "预置"：在该选项组中可以选择边框的方式，单击"无"，表示不设置边框线；单击"外边框"，表示只为所选单元格区域设置外边框线；单击"内部"，表示只为所选单元格区域设置内部边框线；单击"外边框"和"内部"，表示为所选单元格既设置外边框线，又设置内边框线。

◆ "线条"：在该选项组中可以设置边框的属性，在"样式"列表框中可以选择边框的线型；在"颜色"下拉列表中可以选择边框线的颜色。

◆ "边框"：在该选项组中可以预览所设置的效果，还可以通过单击边框设置相应的边框线或取消相应的边框线，单击左侧和下侧的按钮，可以设置对应的边框线，如图 4-21 所示。

步骤2 例如，为所选单元格区域设置红色、双线型的外边框，设置蓝色、虚线型的内边框，那么可以在"样式"列表框中选择"双线"，在"颜色"下拉列表中选择"红色"，在"预置"选项组中单击"外边框"；再在"样式"列表框中选择"虚线"，在"颜色"下拉列表中选择"蓝色"，在"预置"选项组中单击"内部"，单击"确定"按钮，效果如图4-22 所示。

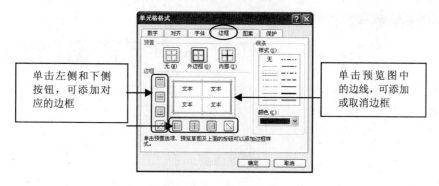

图 4-21 选择框线的颜色

	A	B	C	D	E	F	G
1	产品ID号	产地	进货数量	销售数量	库存数量	单价	销售总额
2	0008	上海	40	40	0	1,050.00	42,000.00
3	1010	北京	50	35	15	1,900.00	66,500.00
4	1006	深圳	50	50	0	3,550.00	177,500.00
5	1009	深圳	30	60	-30	2,345.00	140,700.00
6	1007	北京	40	45	-5	1,850.00	83,250.00
7	1001	上海	45	55	-10	1,350.00	74,250.00
8	1002	上海	50	35	15	1,525.00	53,375.00
9	1011	北京	40	65	-25	1,700.00	110,500.00
10	1004	深圳	50	53	-3	2,550.00	135,150.00
11	1005	上海	35	62	-27	1,880.00	116,560.00
12	1003	北京	40	48	-8	1,680.00	80,640.00

图 4-22 设置边框的效果

2．设置背景

用户可以为所选的单元格区域设置背景色或纹理效果，也可以为整个工作表设置背景。

（1）设置单元格区域的背景

方法 1：使用"格式"工具栏。

选中单元格区域后，在"格式"工具栏上打开"填充颜色"按钮的下拉列表，在其中可以选择背景色。

方法 2：使用"单元格格式"对话框。

步骤 1 选中单元格区域后，打开"单元格格式"对话框，选择"图案"选项卡。

步骤 2 在"颜色"中可为所选单元格选择一种背景色；在"图案"下拉列表可以选择一种纹理作为单元格的背景，如图 4-23 所示，再次打开"图案"下拉列表，在其中可以为所选图案选择颜色。

步骤 3 设置完后单击"确定"按钮，图 4-24 所示为选择"25%灰色"图案、颜色为红色的填充效果。

（2）设置工作表的背景。

步骤 1 在当前工作表中，选择任意一个单元格，选择"格式"|"工作表"|"背景"命令，弹出"工作表背景"对话框。

步骤 2 在对话框中选择图片，单击"插入"按钮，可将所选图片作为当前工作表的背景，如图 4-25 所示。

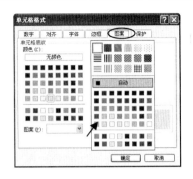

图 4-23　设置图案

种类	物品名	需要数量	补充标准值	当前数目	是否补充?
	圆珠笔（黑）	12	6	4	需要
	圆珠笔（红）	12	6	8	
	铅笔（HB）	12	6	3	需要
	铅笔（2B）	12	6	5	需要
	尼龙芯笔（红）	12	6	1	需要
	尼龙芯笔（黑）	12	6	6	需要
	橡皮	12	6	0	需要
	夹子（箱）	12	6	12	
	双层夹（大 箱）	6	3	6	
	双层夹（中 箱）	6	3	6	

图 4-24　填充的效果

	A	B	C	D	E	F	G
1	备 品 管 理 表				最终检查日期:		2011年6月30日
2							
3	种类	物品名	需要数量	补充标准值	当前数目	是否补充?	备注
4		圆珠笔（黑）	12	6	4	需要	
5		圆珠笔（红）	12	6	8		
6		铅笔（HB）	12	6	3	需要	
7		铅笔（2B）	12	6	5	需要	
8		尼龙芯笔（红）	12	6	1	需要	
9		尼龙芯笔（黑）	12	6	1	需要	
10		橡皮	12	6	0	需要	
11		夹子（箱）	12	6	12		
12		双层夹（大 箱）	6	3	6		
13		双层夹（中 箱）	6	3	6		
14	文	双层夹（小 箱）	6	3			
15		透明文件夹（A4）	20	10	12		
16		纸文件夹（A4 纵向）	20	10	5	需要	
17	具	纸文件夹（A4 横向）	20	10	1	需要	
18		纸文件夹（B4 纵向）	20	10	1	需要	
19		纸文件夹（B4 横向）	20	10	20		
20		信封（长 3 型）	100	50	80		
21		信封（长 3 型）	100	50	39		
22		信封（A4）	100	50	70		

图 4-25　为工作表设置背景

提示：选择"格式" | "工作表" | "删除背景"命令，可以删除工作表中的背景图片。

4.1.6　调整行高和列宽

使用鼠标双击或拖动单元格的分隔线，可以调整行高和列宽；使用菜单命令则可以精确调整行高和列宽。

方法 1：使用鼠标。

步骤1　将鼠标指向"列标"或"行号"的分隔线上，鼠标指针会变成✛或╋形状，双击鼠标，单元格的宽度或高度会根据单元格中的内容自动调整，图 4-26 所示为调整列宽，图 4-27 所示为调整行高。

步骤2　将鼠标指向"列标"或"行号"的分隔线上，鼠标指针会变成✛或╋形状，拖动鼠标，可调整列宽或行高。

提示：当要调整多列的列宽或多行的行高时，可以选中需要调整的多列或多行，然后用鼠标拖动"列标"或"行号"的分隔线，可一起调整所选的列或行。

图 4-26　调整列宽　　　　　　　　　　　图 4-27　调整行高

方法 2：使用菜单命令。

步骤 1　选中需要调整的行或列。

步骤 2　选择"格式"|"行"|"行高"或"格式"|"列"|"列宽"命令，弹出"行高"或"列宽"对话框，如图 4-28 和图 4-29 所示。

图 4-28　"行高"对话框　　　　　　　图 4-29　"列宽"对话框

提示：用鼠标右击选中的行或列，在弹出的快捷菜单选择"行高"或"列宽"命令，也可以打开设置行高或列宽的对话框。

步骤 3　在对话框中输入数值后单击"确定"按钮。

提示：选中单元格区域后，选择"格式"|"列"|"最适合的列宽"命令，以及选择"格式"|"行"|"最适合的行高"命令，可以自动调整单元格大小。

4.1.7　隐藏和显示行或列

在工作表中，可以将整行或整列数据隐藏起来，当要查看的时候可以再次将其显示。

1．隐藏行或列

方法 1：选中要隐藏的行或列，选择"格式"|"行"|"隐藏行"命令或"格式"|"列"|"隐藏列"命令。

方法 2：选中需要隐藏的列或行，用鼠标右击"列标"或"行号"，在弹出的快捷菜单中选择"隐藏"命令，如图 4-30 所示。

2．显示隐藏的行或列

方法 1：选择"格式"|"行"|"取消隐藏"命令或"格式"|"列"|"取消隐藏"命令。

提示：选中隐藏行的左右两列，或隐藏列的左右两行，用鼠标右击"行号"或"列标"，在弹出的快捷菜单中选择"取消隐藏"命令，也可以显示隐藏的行或列。

方法 2：鼠标指针指向隐藏列的"列标"的右侧或隐藏行的"行号"的下侧，鼠标指针变为╫或╪形状，拖动鼠标，可显示隐藏的列或行，图 4-31 所示为显示隐藏的列。

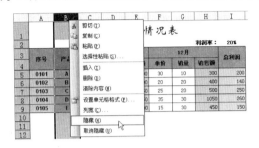

图 4-30　隐藏列

图 4-31　显示隐藏的列

4.1.8　设置条件格式

设置条件格式是指当单元格满足设定的条件时，让其显示指定的格式效果。

1. 设置条件格式

下面举例来进行说明，如图 4-32 所示，在单元格区域"I5:I9"中，要求当数值大于 230 时，设置为红色、加粗和倾斜显示；当数值在 200～230 之间时，设置为蓝色、加粗显示；当数值小于 200 时，设置为绿色显示。

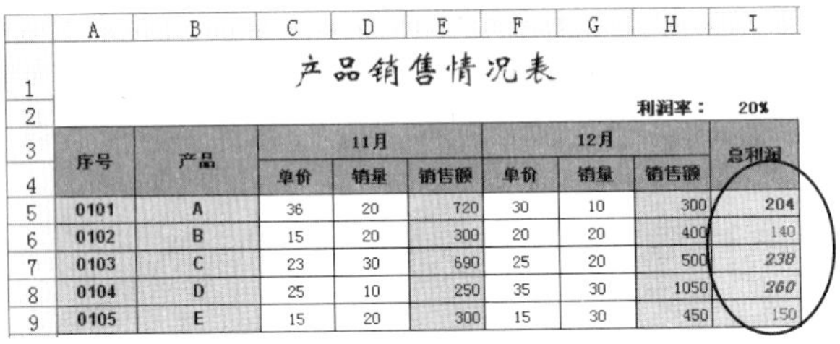

图 4-32　条件格式显示效果

设置步骤如下。

步骤 1　选中单元格区域"I5:I9"，选择"格式"|"条件格式"命令，打开"条件格式"对话框。

步骤 2　在"条件 1"中，在左边下拉列表中选择"单元格数值"项，在中间选择逻辑参数为"大于"，在右侧文本框中输入"230"，如图 4-33 所示。

图 4-33　设置"条件 1"

提示：在右侧文本框中，单击■按钮，可以通过在工作表中拾取单元格的方法指定数值。

　　步骤 3　单击"格式"按钮，设置满足"条件 1"时显示的格式，如图 4-34 所示，设置完后单击"确定"按钮。

　　提示：在弹出的"单元格格式"对话框中，可以设置"字体"、"边框"和"图案"格式，具体设置方法与之前介绍的一样。

　　步骤 4　单击"添加"按钮，可以添加"条件 2"，用同样的方法设置条件和格式，设置完后再添加"条件 3"，如图 4-35 所示。

图 4-34　设置格式

图 4-35　设置"条件 2"和"条件 3"

　　提示：在设置条件格式时，最多只能设置 3 个条件格式。

　　步骤 5　完成设置后单击"确定"按钮。

2．修改和删除条件

　　当要修改或删除条件时，可以选中被设置了条件格式的单元格区域，然后打开"条件格式"对话框，在其中操作。

　　步骤 1　在对话框中，可以像设置条件格式一样修改每个条件及其格式，修改后单击"确定"按钮。

　　步骤 2　单击"删除"按钮，弹出"删除条件格式"对话框，如图 4-36 所示，在其中选中需要删除的条件复选框，单击"确定"按钮，可将其删除。

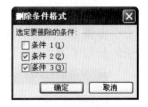

图 4-36　删除条件格式

4.1.9　本节考点

　　本节内容的考点如下：设置文本和数值格式、合并和对齐、设置边框和背景、调整和隐藏行与列、设置条件格式。

　　◆　设置文本和数值格式：考题包括设置单元格中文字的字体属性、设置小数位数和负数格式、使用千位分隔符、设置货币格式、设置百分比格式、设置分数格式、设置日期和时间格式等。

◆ 合并和对齐：考题包括使用"格式"工具栏合并所选单元格、使用"单元格格式"对话框合并单元格、选择水平对齐方式、选择垂直对齐方式等。

◆ 设置边框和背景：考题包括设置外边框、设置内边框、设置边框的线型和颜色、设置所选单元格区域的底纹颜色、填充指定颜色的图案、为工作表设置背景图片等。

◆ 调整和隐藏行与列：考题包括用鼠标拖动的方法调整行高和列宽、用鼠标双击的方法调整行高和列宽、将单元格区域调整到最适合的列宽和最适合的行高、设置行高值和列宽值、隐藏指定的行或列、将隐藏的行或列显示出来等。

◆ 设置条件格式：考题包括设置条件、添加和删除条件、修改条件、设置条件的格式等。

4.2　快速设置格式

本节从三个方面来介绍如何快速设置工作表格式的方法，分别为套用 Excel 内置的格式、使用格式刷复制格式和设置样式效果。

4.2.1　套用内置的格式

在 Excel 中内置了一些格式效果，利用它们可以快速地为工作表设置满意的格式效果。

1. 套用格式

下面举例来说明，操作如下。

步骤 1　选中需要套用格式的单元格区域，本例为"A1:G12"。

步骤 2　选择"格式"|"自动套用格式"命令，弹出"自动套用格式"对话框，如图 4-37 所示。

步骤 3　在对话框中通过拖动滚动条选择需要的格式，单击"确定"按钮，图 4-38 所示为套用了"彩色 1"格式后的效果。

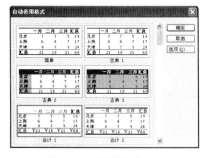

图 4-37　选择格式　　　　　　　　图 4-38　套用了"彩色 1"格式后的效果

2. 设置套用的格式

对所应用的格式中的具体格式项目可以进行适当的删减，操作如下。

步骤 1　选中需要套用格式的单元格区域，打开"自动套用格式"对话框，在其中选择需要应用的格式。

步骤 2　在对话框中单击"选项"按钮，此时会在对话框的靠下方出现"要应用的格式"选项组，如图 4-39 所示，在其中可以取消选中不需要的格式选项复选框。

3．取消套用的格式

当不再需要套用的格式时，可以进行如下操作。

步骤 1　选中被套用格式的单元格区域，打开"自动套用格式"对话框。

步骤 2　在对话框中拖动右侧的滚动条到最下面，选择"无"项，如图 4-40 所示，单击"确定"按钮。

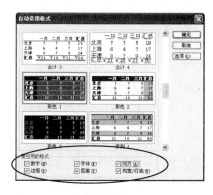
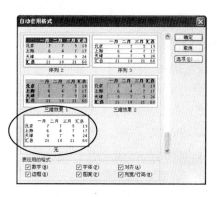

图 4-39　删减格式选项　　　　　　　　图 4-40　选择"无"项

4.2.2　使用格式刷复制

使用"常用"工具栏上的"格式刷"按钮 ，可以将指定单元格的格式复制到其他单元格中，复制的格式包括字体、字号、对齐方式、底纹等，操作如下。

步骤 1　选中需要复制格式的单元格或单元格区域。

步骤 2　在"常用"工具栏上按下"格式刷"按钮 ，如图 4-41 所示，此时所选单元格区域将出现虚框，表示此时已经复制了所选单元格的格式。

步骤 3　将鼠标指针指向目标单元格，然后单击单元格或者用鼠标拖动的方式选中目标单元格区域，如图 4-42 所示，即可将复制的格式应用到目标单元格中，如图 4-43 所示。

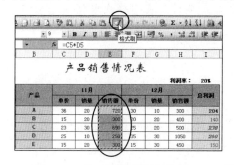
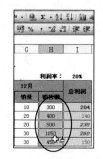

图 4-41　按下"格式刷"按钮　　　图 4-42　选中目标单元格区域　　图 4-43　复制得到的格式

✍ 提示：如果要连续使用"格式刷"按钮（例如要将格式复制到多处目标单元格），那么可以用鼠标双击"格式刷"按钮🖌；当要终止使用时，再次单击"格式刷"按钮，或者按 Esc 键。

4.2.3　使用样式

用户可以使用样式为单元格区域快速设置格式；为了以后方便使用某些格式，还可以添加自己的样式效果。

1．应用和修改样式

（1）使用样式

步骤 1　选中需要设置格式的单元格或单元格区域。

步骤 2　选择"格式"|"样式"命令，弹出"样式"对话框，打开"样式名"下拉列表，在其中可以选择一种样式，如图 4-44 所示。

步骤 3　单击"确定"按钮，可以为所选的单元格区域应用该样式效果，图 4-45 所示为应用了"40%-强调文字颜色 1"样式后的效果。

图 4-44　选择样式名　　　　图 4-45　应用的样式效果

（2）修改样式

如果对所选样式不满意，可以对其进行修改。

步骤 1　打开"样式"对话框后，在"样式名"下拉列表中选择样式。

步骤 2　单击"修改"按钮，弹出"单元格格式"对话框，如图 4-46 所示，在其中可以设置"数字"、"对齐"、"字体"、"边框"、"图案"等效果，修改完后单击"确定"按钮。

✍ 提示：在"样式"对话框中，选择了一种样式名后，在"样式包括"选项组中可以通过选中或取消选中复选框，来修改该样式效果。

2．添加和删除样式

（1）添加样式

步骤 1　打开"样式"对话框，在"样式名"文本框中输入样式的名称，如图 4-47 所示。

图 4-46　"单元格格式"对话框

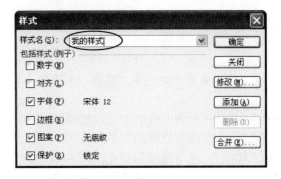

图 4-47　输入样式名称

　　步骤 2　通过单击"修改"按钮，设置样式的各种格式效果，完成后单击"确定"按钮。

　　步骤 3　在"样式"对话框中单击"添加"按钮，可将所设置好的样式添加到"样式名"列表中，单击"确定"按钮，以后就可以像使用内置样式一样使用自己的样式了。

　　（2）删除样式

　　步骤 1　打开"样式"对话框，在"样式名"文本框中选择需要删除的样式。

　　步骤 2　单击"删除"按钮。

4.2.4　本节考点

　　本节内容的考点如下：自动套用指定的格式、修改和删除套用的格式、将指定单元格的格式复制到其他单元格中（使用"格式刷"）、应用指定的样式、修改样式、添加和删除样式等。

4.3　设置页面

　　在"页面设置"对话框中，可以完成有关页面方面的设置，包括设置纸张大小、纸张方向、页边距、页眉和页脚等。

　　选择"文件"|"页面设置"命令，可打开"页面设置"对话框，如图 4-48 所示。

图 4-48　"页面设置"对话框

4.3.1　设置"页面"

打开"页面设置"对话框，选择"页面"选项卡，如图 4-48 所示，在其中可以设置如下参数。

◆ "方向"：在该选项组中可以选择页面的方向，包括"纵向"和"横向"单选按钮，默认选中的是"纵向"单选按钮。

◆ "缩放"：在该选项组中选中"缩放比例"单选按钮，可以在文本框中输入缩放的比例数值；选中"调整为"单选按钮，可以在右侧的文本框中设置宽度和高度方向上缩放的页数。

◆ "纸张大小"：打开该下拉列表，在其中可以选择各种规格的纸张，包括"A3"、"A4"、"A5"、"B5"等。

◆ "打印质量"：打开该下拉列表，在其中可以选择打印质量的参数，单位为"点/英寸"。

◆ "起始页码"：在该文本框中可以输入起始的页码。

4.3.2　设置"页边距"

在"页面设置"对话框中选择"页边距"选项卡，如图 4-49 所示，在其中可以用设置页边距的数值，具体如下。

◆ 在"上"、"下"、"左"、"右"文本框中，可以输入工作表的边缘与打印纸边缘之间的距离数值。

◆ 在"页眉"和"页脚"文本框中，可以输入"页眉"和"页脚"与纸张边缘之间的距离数值。

◆ 在"居中方式"中可以选择在水平方向上居中或者在垂直方向上居中。

4.3.3　设置页眉和页脚

页眉和页脚通常用来设置文档的附加信息，如插入单位名称、日期和时间、页码等，页眉位于页面的顶部，而页脚位于页面的底部。

在"页面设置"对话框的"页眉/页脚"选项卡中可以设置页眉和页脚，如图 4-50 所示，打开该对话框的方法如下。

方法 1：打开"页面设置"对话框，选择"页眉/页脚"选项卡。

方法 2：选择"视图"|"页眉页脚"命令。

方法 3：在打印预览的窗口中，单击工具栏上的"设置"按钮，再选择"页眉/页脚"选项卡。

1．选择内置的页眉和页脚

步骤 1　打开"页面设置"对话框的"页眉/页脚"选项卡，如图 4-50 所示。

步骤 2　在"页眉"下拉列表中可选择一种内置的页眉；在"页脚"下拉列表中可选择一种内置的页脚。

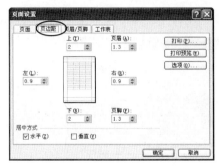 

图 4-49　设置"页边距"　　　　　　　　图 4-50　"页眉/页脚"选项卡

2．自定义页眉和页脚

步骤 1　打开"页面设置"对话框的"页眉/页脚"选项卡。

步骤 2　单击  按钮，可打开"页眉"对话框，如图 4-51 所示，将光标定位到"左"、"中"、"右"文本框中，可以输入文字，如在"中"文本框中输入"投资收益模拟测算"。

步骤 3　选中输入的文字，单击对话框中的 A 按钮，可打开"字体"对话框，在其中可以设置所选文字的格式，例如选择"字体"为"隶书"，"字形"为"加粗 倾斜"，"大小"为"12"，添加"单下划线"，如图 4-52 所示，设置完后单击"确定"按钮。

图 4-51　"页眉"对话框　　　　　　　　　图 4-52　设置字体

步骤 4　将光标定位到"左"、"中"、"右"文本框中，利用 、 、 、 、 、 、 、 、 按钮，可以插入各种信息，具体功能见表 4-1。

表 4-1　按钮的功能

按　钮	功　　　能
	在当前光标处插入页码
	在当前光标处插入总页数
	在当前光标处插入当前系统的日期
	在当前光标处插入当前系统的时间
	在当前光标处插入当前工作簿的路径和文件名
	在当前光标处插入工作簿名称
	在当前光标处插入工作表名称
	在当前光标处插入外部的图片
	该按钮对插入图片的图片有效，可设置插入图片的格式

图 4-53 所示为在页眉的"左"文本框中插入页码、在"右"文本框中插入日期的效果。

图 4-53　插入"左"、"右"信息

步骤 5　单击"确定"按钮，完成页眉的设置，回到"页面设置"对话框。

步骤 6　单击 [自定义页脚(U)...] 按钮，弹出"页脚"对话框，用同样的方法可以设置页脚效果，单击"确定"按钮完成设置。

✍ 提示：设置完页眉和页脚后，回到"页面设置"对话框，可以在其中预览效果，单击"打印预览"按钮，可查看页眉和页脚的打印预览效果。

4.3.4　设置工作表

在"页面设置"对话框中，选择"工作表"选项卡，在其中可以对"打印区域"、"打印标题"、"打印顺序"等进行设置，操作如下。

步骤 1　在"页面设置"对话框中选择"工作表"选项卡，如图 4-54 所示。

图 4-54　"工作表"选项卡

步骤 2　在对话框中可以进行如下操作。

◆ "打印区域"：在该文本框可以输入工作表中需要打印的单元格区域地质。单击右侧的 ■ 按钮，可以回到工作表中拾取单元格区域。

✍ 提示：在输入打印区域的地址时，允许输入多个不连续的地址，各地址之间用","隔开；除了以上方法可以设置打印区域之外，用户还可以选中单元格区域，选择"文件" | "打印区域" | "设置打印区域"命令，将其设置为打印区域，当要取消时，可以选择单元格区域，然后选择"文件" | "打印区域" | "取消打印区域"命令。

◆ "打印标题"：在该选项组中可以指定打印的标题，设置后，每一页中都将打印指定的行标题或列标题。在"顶端标题行"中可以指定每页中都需要打印的行标题，单击右侧的按钮，可以在工作表中拾取行，按 Enter 键，返回"页面设置"对话框，用同样的方法在"左端标题列"中可以设置每一页都需要打印的列。

◆ "打印"：在该选项组中可以设置是否打印网格线、单色打印、按草稿方式打印、行号和列标，以及在"批注"下拉列表中可以选择打印批注的方式。

◆ "打印顺序"：在该选项组中可以设置打印顺序，可以选中"先列后行"或"先行后列"单选按钮。

步骤 3 设置完后单击"确定"按钮。

4.3.5　本节考点

本节内容的考点如下：设置页面的纸张方向、纸张大小、缩放比例、打印质量、起始页码；设置工作表的页边距、页眉和页脚的页边距、居中对齐的方式；自定义页眉和页脚，取消页眉和页脚；设置打印区域、打印标题、需要打印的元素和方式、打印顺序等。

4.4　预览与打印

在打印之前，首先可以对工作表进行分页预览和打印预览，满意后将其打印输出。

4.4.1　设置分页预览

对于具有多页的工作表，用户可以对其进行分页预览，对于不合适的地方，可以插入分页符来重新调整分页。

使用以下方法可以进入分页预览视图。

◆ 打开工作表后，选择"视图"|"分页预览"命令。

◆ 在打印预览窗口中，单击工具栏上的 分页预览(V) 按钮。

操作如下。

步骤 1 使用以上方法之一进入分页预览视图，如图 4-55 所示。

✍ 提示：进入分页预览视图后，如果要回到普通视图模式，可选择"视图"|"普通"命令。

步骤 2 当要在某单元格开始一个新的页，可以选中该单元格，例如这里选中单元格 G22，选择"插入"|"分页符"命令，分页后的效果如图 4-56 所示，工作表中蓝色的分隔线表示分页符。

✍ 提示：插入的分页符位置是由当前所选的单元格决定的；水平分页符位于所选单元格的上边线上，垂直分页符位于所选单元格的左边线上。

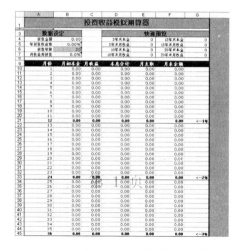

图 4-55　进入分页预览视图

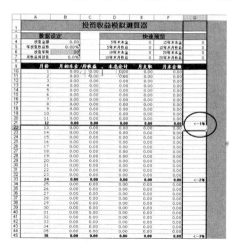

图 4-56　插入分页符

步骤 3　将鼠标指针指向分页符，指针将变成◄►或↕形状，拖动鼠标到目标位置处，可以调整分页符的位置，如图 4-57 和图 4-58 所示。

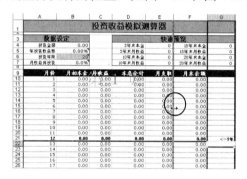

图 4-57　调整垂直分页符的位置

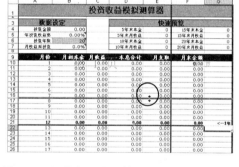

图 4-58　调整水平分页符的位置

步骤 4　当要删除水平分页符时，可选择水平分页符下方的单元格，然后选择"删除分页符"命令；当要删除垂直分页符时，可以选择垂直分页符右侧的单元格，然后选择"插入"|"删除分页符"命令即可。

　提示：当选择的单元格为当前水平分页符和垂直分页符交叉处的右下角单元格，那么选择"删除分页符"命令后，将可以同时删除水平分页符和垂直分页符；另外需要提醒的是，对于自动插入的分页符将无法被删除。

步骤 5　当要删除整个工作表的所有分页符时，可以选中整个工作表，然后选择"插入"|"重置所有分页符"命令，或者在分页预览视图中，用鼠标右击任意单元格，在弹出的快捷菜单中选择"重置所有分页符"命令。

4.4.2　打印预览

在打印之前，为了使效果符合需求，有必要对其进行打印预览，满意后再来打印，方法如下。

　　方法 1：打开工作表后，选择"文件"|"打印预览" 命令。

　　方法 2：在"常规"工具栏中单击"打印预览"按钮 。

　　方法 3：在"页面设置"对话框中单击 打印预览(W) 按钮。

进入打印预览窗口的效果如图 4-59 所示

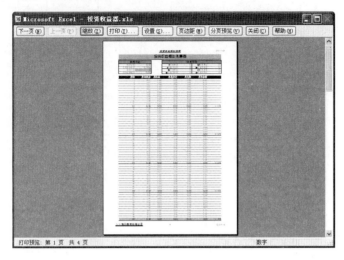

图 4-59　打印预览

利用打印预览窗口上的工具栏按钮，可以进行各种操作，具体如下。

◆　"下一页"：单击该按钮，可以预览工作表中下一页的预览效果。

◆　"上一页"：单击该按钮，可以预览工作表中上一页的预览效果。

◆　"缩放"：单击该按钮，可以在放大或缩小工作表之间进行切换，以方便查看效果。

◆　"打印"：单击该按钮，可以开始打印。

◆　"设置"：单击该按钮，可打开"页面设置"对话框，在其中对页面设置进行调整。

◆　"页边距"：单击该按钮，可以在工作表上显示出页边线，用鼠标拖拉的方式可以
　　调整页边线的位置，从而改变页边距。

◆　"分页预览"：单击该按钮，可以切换到分页预览的视图模式；此时打印预览时，
　　该按钮将变成"普通视图"按钮，单击它，又可以切换到普通视图模式。

◆　"关闭"：单击该按钮，将会退出打印预览窗口。

4.4.3　打印设置

对打印预览效果满意后，就可以开始来打印工作表了，打印工作表的方法如下。

　　方法 1：选择"文件"|"打印"命令，打开"打印内容"对话框，设置打印选项，打
印输出文档。

　　方法 2：按快捷键 Ctrl+P。

　　方法 3：使用"常用"工具栏中的"打印"按钮 。

提示：使用方法 1 和方法 2 将可以打开"打印内容"对话框，在其中可以进行一些打印选项的设置，使用方法 3 可以直接按照默认的打印方式进行打印。

打开的"打印内容"对话框如图 4-60 所示。

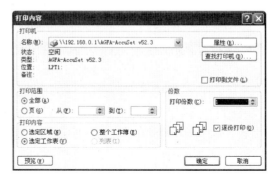

图 4-60　"打印内容"对话框

在对话框中可以进行如下操作。

◆ "打印机"选项组：在"名称"下拉列表中可以选择需要使用的打印机名称。
◆ "打印范围"选项组：在其中选中"全部"单选按钮，表示打印工作表的全部内容；选中"页"单选按钮，可在右侧的文本框中输入需要打印的起始页码到终止页码，例如依次输入"2"和"4"，表示打印工作表的第 2～4 页的内容。
◆ "打印内容"选项组：选中"选定区域"单选按钮，表示可以打印当前所选的单元格区域内容；选中"整个工作簿"单选按钮，表示可以打印当前打开的工作簿文件中的所有内容；选中"选定工作表"，则可以打印当前工作簿中选中的工作表。
◆ "打印到文件"复选框：选中该复选框，将可以输出成文件，以便以后打印。
◆ "份数"选项组：在"打印份数"文本框中可以输入需要打印的份数；当要打印多份的时候，选中"逐份打印"复选框，可以一份一份地打印。

4.4.4　本节考点

本节内容的考点如下：在指定位置插入分页符、删除分页符、调整分页符的位置；打印预览、缩放打印预览、在打印预览中翻页；"打印内容"对话框的各选项设置。

4.5　本章试题解析

试　　　题	解　　　析
一、单元格的格式设置	
试题 1　使用菜单命令，设置当前所选单元格中的文字格式，要求字体为黑体，加粗倾斜，字号为 20，添加单下划线，颜色为红色	打开"单元格格式"对话框的"字体"选项卡，在其中设置
试题 2　要求将所选文本设置为上标效果	打开"单元格格式"对话框的"字体"选项卡，在其中选中"上标"复选框

试　题	解　析
试题 3 要求设置所选单元格的格式，小数位数为 4 位，使用千位分隔符	参见"4.1.2 设置常用的数值格式"中的"1. 设置数值"
试题 4 要求设置所选单元格的格式为货币，小数位数为 3 位，货币符号为"￥"，负数格式为红色显示	参见"4.1.2 设置常用的数值格式"中的"2. 设置货币"
试题 5 要求在单元格 C2 中输入百分数"123.4560%"	参见"4.1.2 设置常用的数值格式"中的"3. 设置百分比和分数"
试题 6 将当前单元格中的分数转换为百分之几类型	参见"4.1.2 设置常用的数值格式"中的"3. 设置百分比和分数"
试题 7 将当前单元格中的分数转换为分母为两位数的类型	参见"4.1.2 设置常用的数值格式"中的"3. 设置百分比和分数"
试题 8 将单元格 C2 中的日期格式设置为"2001年 3 月 14 日的格式	参见"4.1.2 设置常用的数值格式"中的"4. 设置日期和时间"
试题 9 将当前所选的单元格区域的时间格式修改为"下午 1 时 30 分"的格式	参见"4.1.2 设置常用的数值格式"中的"4. 设置日期和时间"
试题 10 将当前选中的单元格区域合并	参见"4.1.3 合并单元格"
试题 11 要求在当前工作簿中，使用右键菜单选中所有工作表，将该选中的单元格区域合并	右击工作表标签，选择"选定全部工作表"命令，然后参见"4.1.3 合并单元格"进行合并
试题 12 已知当前选中了单元格区域"A1:G1"，要求使用对话框设置水平对齐为"跨列居中"	参见"4.1.4 设置对齐方式"
试题 13 对当前所选的单元格进行对齐设置，要求在水平方向上选择"居中"，在垂直方向上选择"靠下"	参见"4.1.4 设置对齐方式"
试题 14 使用对话框设置当前所选单元格区域的边框线，要求外边框为红色的双线	参见"4.1.5 设置边框和背景"
试题 15 使用对话框设置当前所选单元格区域的边框线，要求外边框的线型为第 3 行第 1 列的样式，颜色为红色，内边框的线型为双线，颜色为蓝色	参见"4.1.5 设置边框和背景"
试题 16 将当前所选单元格区域的边框线删除	打开"单元格格式"对话框，选择"边框"选项卡，选择"预置"为"无"
试题 17 使用对话框为当前所选的单元格区域设置背景，要求底纹为黄色，图案为"50%灰色"，颜色为红色	参见"4.1.5 设置边框和背景"
试题 18 使用菜单命令，为当前工作表添加背景图片为保存在桌面上的"pic.jpg"	参见"4.1.5 设置边框和背景"
试题 19 将上题中设置的工作表背景图片删除	选择"格式"|"工作表"|"删除背景"命令
试题 20 用鼠标自动调整 B 列的列宽	用鼠标双击 B 列列标的右边界
试题 21 用鼠标拖动的方法，将 B 列中的内容完全显示	拖动列标的边界线
试题 22 要求使用菜单命令，将当前所选的单元格区域调整到最适合的列宽和行高	选择"格式"|"列"|"最适合的列宽"命令，再选择"格式"|"行"|"最适合的行高"命令
试题 23 要求使用菜单命令，设置第 1 行的"行高"为"30"	参见"4.1.6 调整行高和列宽"
试题 24 使用菜单命令，将 B 列隐藏起来	参见"4.1.7 隐藏和显示行或列"

试　题	解　析
试题 25　使用菜单命令，将当前位置处隐藏的行显示出来	选择"格式"|"行"|"取消隐藏"命令
试题 26　在已选中的单元格区域"I5:I9"中，要求数值大于 230 时，设置为红色、加粗和倾斜显示；当数值在 200～230 之间时，设置为蓝色、加粗显示；当数值小于 200 时，以绿色显示	参见"4.1.8 设置条件格式"
试题 27　要求对已选单元格区域的条件格式进行修改，修改"条件 1"为大于等于 200，格式为添加双下划线，其他不变，将"条件 2"删除	参见"4.1.8 设置条件格式"
二、快速设置格式	
试题 1　将当前所选的单元格区域，自动套用格式为"彩色 1"	参见"4.2.1 套用内置的格式"
试题 2　为当前选中的单元格区域套用"彩色"格式，要求对其进行修改，取消"字体"和"图案"格式	参见"4.2.1 套用内置的格式"
试题 3　已经在当前选中的单元格区域套用了格式，要求将该格式清除	参见"4.2.1 套用内置的格式"
试题 4　将当前选中的单元格区域"E5:E9"的格式复制到单元格区域"H5:H9"中（要求使用"格式刷"）	按下"格式刷"按钮，再选择单元格区域"H5:H9"
试题 5　使用"格式刷"按钮，将当前选中的单元格区域"E5:E9"的格式复制到"Sheet2"工作表的单元格区域"H5:H9"中	按下"格式刷"按钮，切换到"Sheet2"工作表，再选择目标单元格
试题 6　要求为当前所选的单元格区域，应用"40% - 强调文字颜色 1"样式	参见"4.2.3 使用样式"
试题 7　对以上应用的样式进行修改，要求去掉"字体"，选择"对齐"和"边框"	打开"样式"对话框后，取消选中"字体"复选框，选中"对齐"和"边框"复选框
试题 8　要求对当前所选单元格区域应用的样式进行修改，设置字体为黑体，倾斜显示，设置双线外边框	打开"样式"对话框，单击"修改"按钮进行设置
三、设置页面	
试题 1　通过页面设置，要求纸张方向为横向，纸张大小为 B5	参见"4.3.1"设置"页面"
试题 2　通过页面设置，要求调整缩放为"3 页宽"、"2 页高"	参见"4.3.1"设置"页面"
试题 3　通过页面设置，要求缩放比例为 60%，打印质量为 1200 点/英寸，起始页码为 2	参见"4.3.1"设置"页面"
试题 4　通过页面设置，要求左、右页边距为都为 1.5	参见"4.3.2"设置"页边距"
试题 5　通过页面设置，要求上下页边距均为 3，设置居中方式为水平和垂直方向居中对齐	参见"4.3.2"设置"页边距"
试题 6　通过页面设置，要求页眉和页脚的页边距都为 2	参见"4.3.2"设置"页边距"

试　题	解　析
试题 7　设置页眉，要求"左"文本框中为"投资收益模拟测算"，字体为隶书，加粗倾斜，12号，加单下划线；"中"文本框中为页码；"右"文本框中为日期，最后打印预览	参见"4.3.3 设置页眉和页脚"中的"2. 自定义页眉和页脚"
试题 8　设置页脚，"左"文本框中为"××信息技术有限公司"，字体为黑体，加粗，12号，加双下划线，"中"文本框中为总页数，"右"文本框中为标签名	参见"4.3.3 设置页眉和页脚"中的"2. 自定义页眉和页脚"
试题 9　要求将已设置的页眉和页脚删除	打开"页面设置"对话框，选择"页眉/页脚"选项卡，打开"页眉"下拉列表，选择"无"，打开"页脚"下拉列表，选择"无"
试题 10　将当前选中的单元格区域设置为打印区域	选择"文件"|"打印区域"|"设置打印区域"命令
试题 11　已知当前选中的单元格区域被设置成了打印区域，要求将其取消	选择"文件"|"打印区域"|"取消打印区域"命令
试题 12　在打印时要求每页打印标题，"顶端标题行"为第一行，"左端标题列"为第一列	参见"4.3.4 设置工作表"
试题 13　在打印时，要求打印"网格线"、"行号列标"，并按草稿打印	参见"4.3.4 设置工作表"
试题 14　在打印时，要求单色打印，并打印批注，方式为"如同工作表上的显示"	参见"4.3.4 设置工作表"
试题 15　设置打印的顺序，要求为"先行后列"	参见"4.3.4 设置工作表"
<center>四、预览与打印</center>	
试题 1　使用菜单命令，进入分页预览的视图	选择"视图"|"分页预览"命令
试题 2　通过对分页预览的设置，要求在第 22 行处开始分页	选中单元格 A22，选择"插入"|"分页符"命令
试题 3　对分页预览进行设置，要求在单元格 G22 的位置处开始分页	选中单元格 G22，选择"插入"|"分页符"命令
试题 4　要求删除单元格 G22 处的水平分页符和垂直分页符	选中单元格 G22，选择"插入"|"删除分页符"命令
试题 5　调整当前分页符的位置，使垂直分页符调整到 E 列的右侧	用鼠标拖动垂直分页符到目标位置
试题 6　使用菜单命令，对当前文件进行打印预览，然后预览所有的页	选择"文件"|"打印预览"命令，连续单击"下一页"按钮
试题 7　使用按钮，对工作表打印预览，然后缩放预览	在"常规"工具栏中单击"打印预览"按钮🔍，再单击"缩放"按钮
试题 8　在工作表中，将当前选中的单元格区域内容打印 3 份	在"打印"对话框的"打印内容"中选中"选定区域"单选按钮，在"打印份数"中输入"3"
试题 9　要求打印当前工作表的第 2～4 页	参见"4.4.3 打印设置"
试题 10　要求打印当前打开的工作簿文件，打印 3 份，逐份打印	参见"4.4.3 打印设置"
试题 11　要求将当前工作簿打印到文件，其他设置为默认，文件名为"投资收益"	在"打印内容"对话框中，选中"打印到文件"复选框，在"打印内容"中选中"整个工作簿"单选按钮

第5章 图表的操作

考试基本要求

掌握的内容：

◆ 使用图表向导的使用方法；

◆ 图表的编辑（包括更新图表类型、改变数据系列、数据的增加与删除，以及图表标题、坐标轴、网格线、图例、数据标志和数据表）方法。

熟悉的内容：

◆ 设置图表中各组成元素（图表的标题、坐标轴、图表区、数据系列、图例）格式的方法。

了解的内容：

◆ 在图表中添加误差线和趋势线的方法；

◆ 打印图表的设置。

图表是一种图形化的数据，它不同于二维的表格数据，具有更强的直观性，在数据管理和分析领域中常常被采用。

本章将介绍创建图表、编辑图表、修饰图表、打印图表和利用图表分析数据的一些常用操作。

5.1　图表的创建

Excel 提供了柱状图、饼图、条形图、曲面图等 14 种图表类型，每一种类型中又有几个子类型，可以满足数据分析的不同需要。

除此以外，用户还可以自定义图表类型，具体参见"5.2.4 图表类型操作"中"3.自定义图表类型"中的内容。

5.1.1　确定分析目的和图表类型

不同类型的图表可以显示数据间的不同关系，如差异、预测趋势等。

1．用直方图比较数据

常用的直方图包括柱形图和条形图，它们都可以用于对数据进行比较，描述数据之间的差异。图 5-1 所示的柱形图比较了血压的各项指标数据，而图 5-2 所示的条形图描述了某厂 2000 年各产品产值的情况。

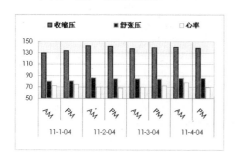
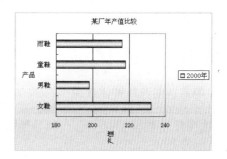

图 5-1　柱形图　　　　　　　　　　图 5-2　条形图

柱形图与条形图的区别：柱形图的 X 轴为分类轴，Y 轴为数值轴；而条形图的 X 轴为数值轴，Y 轴为分类轴。

✍️ 提示：其他可用于比较数据差异的图表有圆锥图、圆柱图、棱锥图等。

2．用线性图比较趋势

折线图、面积图、XY 散点图都属于线性图表，都可用于分析数据随时间的变化趋势。

如图 5-3、图 5-4 和图 5-5 所示的图表是对大户型和小户型商品房的销售情况进行比较，这对于房地产开发者来说，更有利于分析出当前哪种户型的需求趋势大。

3．用饼图分析比例构成

饼图通常用于描述比例、构成等信息，表现数据序列项目相对于项目总和的比例大小。图 5-6 和图 5-7 所示的饼图显示了各地销量在总销量中的比重情况。

提示：饼图只能表现一个数据系列。而堆积饼图与圆环图则可以使用多个数据系列。用于描述多个数据系列的比例和构成等信息。

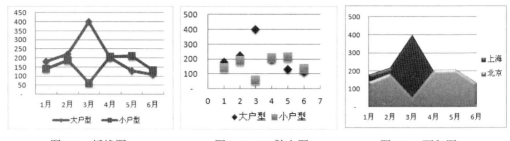

图 5-3　折线图　　　　　　图 5-4　XY 散点图　　　　　　图 5-5　面积图

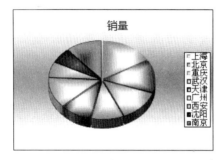

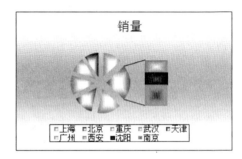

图 5-6　三维饼图　　　　　　　　　　图 5-7　复合条饼图

提示：饼图可以变形应用为圆环图。

4．用雷达图分析整体状况

雷达图反映数据相对中心点和其他数据点的变化情况，可以清晰反映系列的整体情况。

例如，现有的 4 种产品包含相同的性能指标，用雷达图就可以很清晰地描绘出每种产品的性能指标情况，如图 5-8 所示。

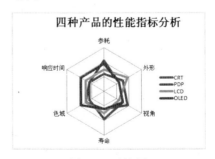

图 5-8　雷达图

5.1.2　开始创建图表

创建图表之前应先整理好基础数据，使之符合图表的创建要求。表格中需要包含列标志和行标志，列标志或行标志必须是文本型数据，图 5-9 所示是某工厂连续 6 个月记录的各台机器故障时间表，其中包含了列标志为月份，行标志则为机器代码。

	A	B	C	D
1	设备故障时间分析表			
2		一月	二月	三月
3	M1	203.45	129.3	308.25
4	M2	35.5	33.75	44.25
5	M3	108.25	123.25	192

图 5-9　基本数据表

1. 使用图表向导

现在需要对这些故障时间进行分析，以综合了解设备的性能指标，根据分析目标，选择用柱形图比较一下各设备在故障时间上存在的差异。

创建图表的步骤描述如下。

步骤 1　选中需要创建图表的单元格区域。这里为单元格区域"A2:D5"，该区域中要包括行标志和列标志。

步骤 2　用下面方法之一启动图表向导。

◆ 单击"常用"工具栏中的"图表向导"按钮 ▥。

◆ 单击"插入"|"图表"命令。

步骤 3　在"图表向导-4 步骤之 1-图表类型"对话框的"标准类型"选项卡中，可以选择需要的图表类型，如图 5-10 所示，单击"下一步"按钮。

步骤 4　在"图表向导-4 步骤之 2-图表源数据"对话框的"数据区域"选项卡中，在"数据区域"中显示了先前选择的单元格区域，在"系列产生在"选项组中选择图表系列数据产生在"行"或"列"，如图 5-11 所示，单击"下一步"按钮。

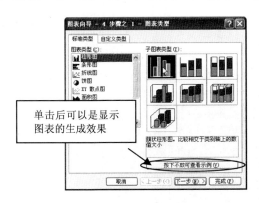

图 5-10　选择图表类型

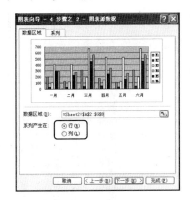

图 5-11　图表源数据设置

✍ **提示**：单击"数据区域"按钮 ▤ 后，可以重新在工作表中选择单元格区域，也可以直接输入具体的引用地址。

步骤 5　弹出"图表向导-4 步骤之 3-图表选项"对话框，如图 5-12 所示，在"标题"

选项卡中输入图表标题、数值轴标题，单击"下一步"按钮。

　　✍提示：关于其他选项卡中的设置内容可以参见"5.2.7 设置图表选项"。

　　步骤6　在"图表向导-4 步骤之4-图表位置"对话框中，选中"作为其中的对象插入"单选按钮，如图 5-13 所示。

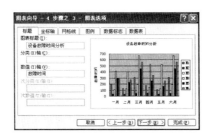 

　　　　图 5-12　输入标题文本　　　　　　　　　图 5-13　选择图表放置的位置

　　步骤7　单击"完成"按钮，图表以对象的形式插入到当前工作表中，如图 5-14 所示。

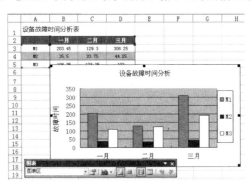

图 5-14　完成创建的图表

　　✍提示：如果选择图表的位置为"作为新工作表插入"，则会为创建的图表单独生成一张名为"Chart1"的工作表，如图 5-15 所示。

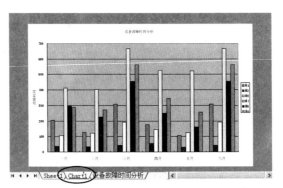

图 5-15　生成的图表工作表

　　图表与源数据之前为链接关系，当工作表数据被修改时，这些修改会反映到图表中。

2．使用"图表"工具栏

如果不希望使用向导方式创建图表，则可以选择使用"图表"工具栏上的按钮完成操作。例如，希望了解在整个销售额中各种产品所占的比例关系，为此可以选择饼图图表。创建的方法如下。

步骤 1　选择单元格区域"B1:B6"，按住 Ctrl 键后，再选择单元格区域"D1:D6"，如图 5-16 所示。

✍注意：饼图只能表现一个系列，根据分析的要求，选择销售额所在的单元格区域"D1:D6"。

步骤 2　在"图表"工具栏中，单击"图表类型"按钮 📊 右侧的下拉按钮，在图 5-16 所示的下拉列表中选择"饼图"，如图 5-17 所示，在工作表中生成了饼图图表。

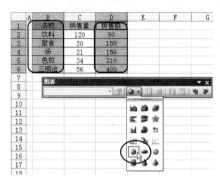

图 5-16　选择图表类型

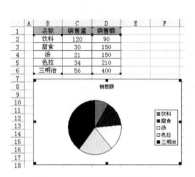

图 5-17　创建好的图表

5.1.3　本节考点

本节内容的考点主要包括使用图表向导和使用"图表"工具栏创建图表，应该在了解各种图表类型特点的基础上能够正确选择图表类型。

5.2　图表的编辑

创建完的图表必须要进行相关的编辑才能满足数据分析的需要，本节介绍编辑图表的相关操作。

5.2.1　图表组成元素的选择

下面以柱形图为例说明图表中的各个组成元素，如图 5-18 所示。图表中包含了图表区、图例、标题、分类轴、数值轴等多个对象，系列展现了具体的数据，并用不同的颜色标识。

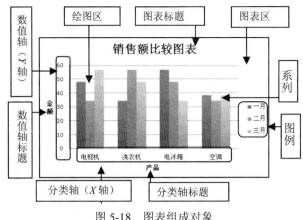

图 5-18　图表组成对象

对图表进行编辑前要先选择图表对象，以下两种方法都可以选择图表中的各个对象。

方法 1：鼠标指向某个组成元素时，系统会显示该组成元素的名称，单击即可选中。

方法 2：单击选中图表后，在"图表"工具栏中，单击"图表对象"列表框，在图 5-19 所示的下拉列表中进行选择。

如果在指向图表的某个组成部分时，没有显示该对象的名称，可以选择"工具"|"选项"命令，在"选项"对话框中选择"图表"选项卡，如图 5-20 所示，选中"显示名称"复选框，单击"确定"按钮即可。

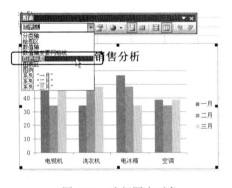
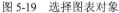

图 5-19　选择图表对象

图 5-20　显示名称

5.2.2　调整图表大小和位置

改变图表框的大小，可以适应版面的编排要求。具体操作如下。

步骤 1　单击图表区，选中图表。

步骤 2　将鼠标移动到图表框右下角尺寸控点上，鼠标指针显示为"↖↘"形状。

步骤 3　按住鼠标左键并拖拉，如图 5-21 所示，指针显示为十字形状，同时显示虚线框，拖至合适的尺寸后，可松开鼠标左键，完成框大小的控制操作。

步骤 4　鼠标指针为"↖"形状时，按住鼠标左键拖动，此时指针显示为✛形状，如

图 5-22 所示，拖动到合适位置时松开鼠标完成图表的移动。

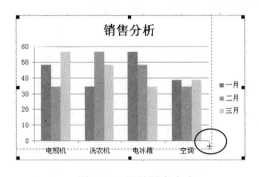

图 5-21　调整图表大小

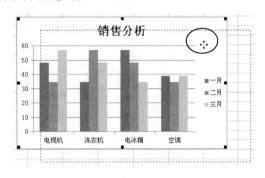

图 5-22　移动图表位置

　　提示：调整大小时，按住 Alt 键拖动，可以实现精确调整。

5.2.3　删除图表元素

图表中的每个组成元素都可以删除，具体操作如下。

步骤 1　选中需要删除的图表元素。

步骤 2　用以下方法之一将其删除。

◆　按快捷键 Delete 键；

◆　单击鼠标右键后，在弹出的快捷菜单中选择"清除"命令；

◆　选择"编辑"|"清除"|"全部"命令。

删除的图表元素可以重新被显示，具体操作方法参见"5.2.7 设置图表选项"。

5.2.4　图表类型操作

1．更改图表类型

在图表创建完成以后，可以重新指定图表类型，具体方法如下。

方法 1：使用"图表类型"对话框。

步骤 1　单击图表区，选中图表。

步骤 2　用以下方法之一打开"图表类型"对话框。

◆　选择"图表"|"图表类型"命令。

◆　右击图表，在弹出的快捷菜单中选择"图表类型"命令，如图 5-23 所示。

步骤 3　在打开的"图表类型"对话框中重新指定图表类型。

图 5-24 所示的折线图是由图 5-22 所示的柱形图更改而来的。

方法 2：使用工具栏按钮。

在"图表"工具栏中单击"图表类型"按钮![图表类型]右侧的下拉箭头，在列表中可以选择需要更改的图表类型。

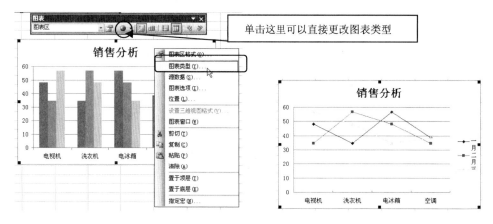

图 5-23　选择"图表类型"命令　　　　　　图 5-24　更改图表类型后的效果

2．更改单个系列的图表类型

将图表中的某个系列的图表类型进行更改，可以实现复合图表，即在同一图表中使用多种图表类型。具体操作如下。

步骤 1　选择需要更改图表类型的图表系列，例如，选择"收缩压"图表系列，如图 5-25 所示，选中的图表系列都显示了一个黑点。

步骤 2　在"图表"工具栏中，单击"图表类型"按钮右侧的三角，在列表中选择"折线图"，图 5-26 所示是将"收缩压"系列的图表类型更改为"折线图"的效果。

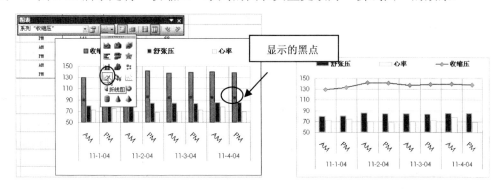

图 5-25　选中图表系列　　　　　　图 5-26　更改图表类型的数据系列

✍提示：如果要将三维条形图、三维柱形图中的数据系列更改为圆锥、圆柱或棱锥等图表类型，则必须要在"图表类型"对话框中，选中"应用到选定区域"复选框。

3．自定义图表类型

用户可以把制作好的图表保存为自定义的图表类型，具体的操作如下。

步骤 1　选中图表。

步骤 2　打开"图表类型"对话框，在"自定义类型"选项卡中，选中"自定义"单选按钮，如图 5-27 所示，单击"添加"按钮。

　　步骤 3　在弹出的"添加自定义图表类型"对话框中的"名称"和"说明"文本框中可输入相应的内容，如图 5-28 所示。

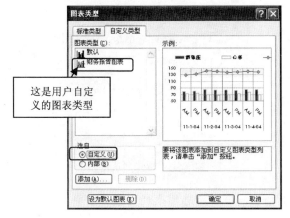

图 5-27　"图表类型"对话框

图 5-28　输入图表说明文字

　　步骤 4　依次单击"确定"按钮，完成设置。

　　✎**提示**：在图 5-27 所示的"图表类型"列表框中选定一种自定义类型，单击"删除"按钮，可将其删除。但内置的图表类型不能删除。

4．设置默认图表类型

　　系统中最初默认的图表类型是"柱形图"中的"簇状柱形图"，因此，Excel 默认的图表类型是柱形图。如果经常使用某种图表类型分析数据，可以将其设置为默认图表类型，具体操作如下。

　　步骤 1　选中图表。

　　步骤 2　打开"图表类型"对话框，在其中可以指定默认的图表类型。

◆　在"标准类型"选项卡中，选择一种图表类型，例如"折线图"，如图 5-29 所示，
　　单击"设为默认图表"按钮，在弹出的提示框中，单击"是"按钮，即可将折线
　　图指定为默认的图表类型。

◆　在"自定义类型"选项卡中，选中"内部"单选按钮后，可以在"图表类型"列
　　表框中选择一种内置的自定义图表类型，例如"蜡笔图"，如图 5-30 所示，单击
　　"设置为默认图表"按钮，在弹出的提示框中单击"是"按钮，将其指定为自定义
　　图表类型。

◆　如果需要将用户自定义的图表类型指定为默认的图表类型，则可以在图 5-27 所示
　　的对话框中，选择自定义的图表类型后，单击"设置为默认图表"按钮，在提示
　　框中单击"是"按钮，完成设置。

　　步骤 3　单击"确定"按钮，关闭"图表类型"对话框。

　　如果需要恢复系统默认的图表类型，则需要重新在图 5-27 所示的对话框中选择"图表类型"列表框中的"默认"项，再单击"删除"按钮。

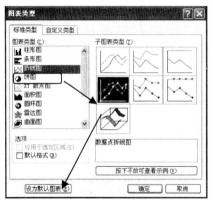

图 5-29　设为默认图表　　　　　　　图 5-30　设置默认图表

✍️提示：删除用户定义的默认图表类型后，当前所选图表的图表类型会自动更改为"簇状柱形图"。

5.2.5　图表数据操作

下面介绍图表数据源的更改、添加和删除操作。

1．向图表中添加数据

向图表中添加数据的操作方法如下。

方法 1：使用"添加数据"命令。

步骤 1　选中图表。

步骤 2　选择"图表"|"添加数据"命令。

步骤 3　在"添加数据"对话框中，在"选定区域"文本框中指定添加的数据所在的单元格区域，如图 5-31 所示。

图 5-31　添加数据

步骤 4　单击"确定"按钮，完成数据的添加。

方法 2：利用复制和粘贴操作。

步骤 1　选择需添加的数据所在的单元格区域，执行"复制"命令。

步骤 2　选择图表以下方法之一将数据粘贴到图表中。

◆　执行"粘贴"命令，将数据添加到图表中。

◆　选择"编辑"|"选择性粘贴"命令，或者在"常用"工具栏中单击"粘贴"按钮右侧的下拉按钮，选择"选择性粘贴"命令，在"选择性粘贴"对话框中选择需

要的项，如图 5-32 所示，设置完后单击"确定"按钮。

　　方法 3：选中需要添加的数据的单元格区域，鼠标移到其边框处，当变为 形状，按住鼠标左键将其拖向图表区，如图 5-33 所示，指针变为 时松开鼠标，完成数据的添加。

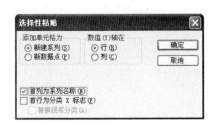

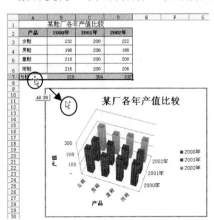

图 5-32　"选择性粘贴"对话框　　　　　图 5-33　将数据拖动到图表中

　　方法 4：使用"源数据"对话框。

　　步骤 1　选择图表。

　　步骤 2　用以下方法打开"源数据"对话框。

◆　选择"图表"|"源数据"命令。

◆　在图表上单击鼠标右键，在弹出的快捷菜单中选择"源数据"命令。

　　步骤 3　在"数据区域"选项卡中，重新指定数据区域，设置方法与创建图表时指定数据源的操作方法相同。

　　步骤 4　设置完后单击"确定"按钮。

2．从图表中删除数据

从图表中删除数据的操作方法如下。

　　步骤 1　在图表中选中需要删除的数据系列。

　　步骤 2　用以下方法之一可以将其从图表中删除。

◆　打开"源数据"对话框，在"系列"选项卡中的"系列"列表框中选择系列，如图 5-34 所示，单击"删除"按钮可将其删除。

◆　右击选中的数据系列，在弹出的快捷菜单中选择"清除"命令。

◆　选择"编辑"|"清除"|"系列"命令。

◆　按 Delete 键。

5.2.6　设置图表转置

　　图表中的图形部分就是数据系列，它源于行或列中的数据，是数值大小的图形化显示，每个数据列用图例进行标识。

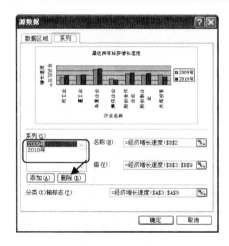

图 5-34 删除系列

如果按行来定义数据系列，那么每一行上的数据就构成一个数据系列。

如果按列来定义数据系列，那么每一列上的数据就构成一个数据系列。

图 5-35 所示为按行定义系列的图表，而图 5-36 所示为按列定义系列的图表。

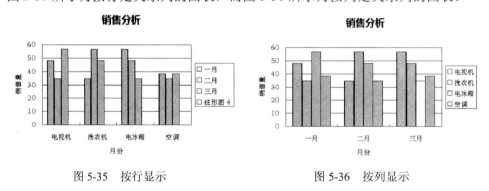

图 5-35 按行显示　　　　　　　　图 5-36 按列显示

对图表进行转置处理可以将数值轴与分类轴互换，以满足不同的分析目的。

步骤 1 选择已经创建好的图表。

步骤 2 用以下方法之一实现图表的转置。

◆ 选择"图表"|"源数据"命令，在"源数据"对话框中选择"数据区域"选项卡，在"系列产生在"中选择"行"或"列"项。

◆ 在"图表"工具栏中单击"按行"按钮囯或"按列"按钮▥。

5.2.7 设置图表选项

通过设置图表选项可以对图表中各组成元素的显示隐藏、放置位置等进行调整，主要操作都在"图表选项"对话框中完成。

步骤 1 选中图表。

步骤 2 用以下方法之一打开"图表选项"对话框。

◆ 单击"图表"菜单，选择"图表选项"命令。

◆　右击图表，在弹出的快捷菜单中选择"图表选项"命令。

步骤 3　在"图表选项"对话框中的各个选项卡中进行设置，完成后单击"确定"按钮。

1. 显示或隐藏坐标轴

图表中的坐标轴有数值轴和分类轴，根据需要可以将其显示或隐藏，操作方法如下。

在"图表选项"对话框的"坐标轴"选项卡中，可以设置分类轴和数值轴的显示或隐藏，例如，取消选中"分类轴"复选框，如图 5-37 所示，在预览区可以看到数值轴被隐藏了。

2. 设置网格线

在"图表选项"对话框的"网格线"选项卡中，可以设置主要网格线和次要网格线的显示或隐藏。例如，在"分类轴"选项组中选中"主要网格线"复选框后，如图 5-38 所示，在右侧的预览区中可以看到图表中显示了纵向的网格线。

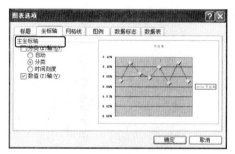

图 5-37　"坐标轴"选项卡

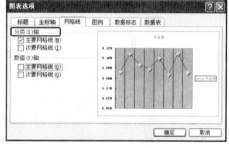

图 5-38　设置网格

✍提示：在"常用"工具栏中单击"分类轴网格线"按钮山和"数值轴网格"按钮，也可以设置网格线的显示或隐藏。

3. 设置图例的显示和位置

图例用于标识图表中的数据系列，在"图例"选项卡中，选中"显示图例"复选框，表示将在图表中显示图例，取消选中则表示不在图表上显示图例，如图 5-39 所示，在"位置"选项组中可以选择图例放置的位置。

如果希望图例显示在图表的左上角，就需要使用鼠标拖动的方法进行操作。

✍提示：在"图表"工具栏中单击"图例"按钮也可以设置图例的显示或隐藏。

4. 显示数据标志

数据标签显示在图表系列的旁边，分为系列名称、类别名称和值 3 种。在"数据标签"选项卡可以进行设置，如图 5-40 所示，选中"值"复选框后，将直接在图表中显示出数值。

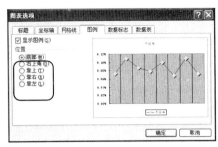

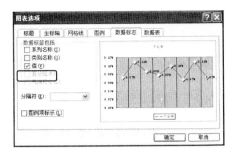

图 5-39　设置图例　　　　　　　　　　　图 5-40　设置数据标志

提示：如果选中"图例项标示"复选框，可以在数据旁边显示出相应的图例标示。

5．显示或隐藏数据表

在图表显示数据表可以为观众提供更直观的信息，在"图表选项"对话框的"数据表"选项卡可以设置是否显示数据表，如图 5-41 所示，选中"显示数据表"复选框后，在图表下方显示出了数据表，如图 5-42 所示。

提示：在"图表"工具栏中单击"模拟运算表"按钮，也可以显示或隐藏数据表。

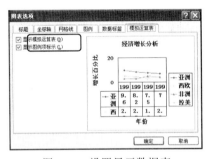
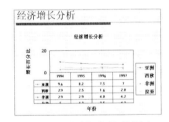

图 5-41　设置显示数据表　　　　　　　　图 5-42　图表中的数据表

如果在图表中没有显示全部的表格数据，可以通过调整"绘图区"的大小以显示完整数据。

5.2.8　本节考点

本节内容的考点主要包括图表组成元素的选择、调整图表大小和位置、图表类型的相关操作、添加和删除图表数据、设置图表转置、设置图表选项等。

◆ 图表组成元素的选择：该考点不是单独出现，但这是完成对图表操作的基础。

◆ 调整图表大小和位置：主要方法是鼠标拖动。

◆ 图表类型的相关操作：包括更改图表类型、更改系列的图表类型、自定义图表类型和设置默认图表类型。主要在"图表类型"对话框中完成操作。

◆ 图表数据操作：包括图表数据的添加和删除，要掌握各种操作方法。

◆ 设置图表转置：掌握使用工具栏按钮和使用对话框设置图表转置的两种方法。

◆ 设置图表选项：主要是在"图表选项"对话框中进行操作。

5.3　图表的修饰

对于图表中的各个组成元素可以在格式上进行进一步的设置，包括设置文本格式、填充颜色等方面。用于设置图表对象格式的对话框名称与图表对象相同，打开的方法如下。

选中图表对象，例如图表标题，用以下方法之一打开相应的格式对话框进行设置。

◆　按快捷键 Ctrl+1。

◆　单击"格式"菜单，选择"图表标题"命令。

◆　右击选中的图表对象，在弹出的快捷菜单中选择"设置图表标题格式"命令。

◆　双击选中的图表对象。

◆　在"图表"工具栏中单击"图表标题格式"按钮📷。

5.3.1　图表中文本格式设置

用户可以对图表标题、图例、分类轴和数值轴等文本格式进行设置。

1．设置文本外观

下面以设置图表标题文本的格式为例说明文本格式的设置方法，具体如下。

步骤 1　选中图表标题。

步骤 2　打开"图表标题格式"对话框，在"字体"选项卡中可设置文本的字体、字形、字号、颜色以及一些效果等。

步骤 3　设置完成单击"确定"按钮。

✍提示：选中标题后，也可以在"格式"工具栏上设置其文字的格中格式。

2．设置文本对齐

下面来设置分类轴文本的对齐，以此为例说明文本对齐的设置方法，描述如下。

步骤 1　选中分类轴。

步骤 2　打开"坐标轴格式"对话框，在"对齐"选项卡中，可以根据需要设置文本的对齐方向，如图 5-43 所示，

步骤 3　设置完成后，单击"确定"按钮。如图 5-44 所示，分类轴文本倾斜显示了。

✍提示：在"图表"工具栏中单击"逆时针斜排"按钮📊或"顺时针斜排"按钮📊，可以将所选文字向上或向下旋转 45°。

5.3.2　图表元素的边框和填充设置

用户可以为二维图表和三维图表中的数据标志、图表区、绘图区等元素设置填充和线条。

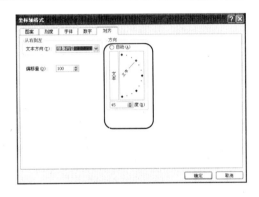

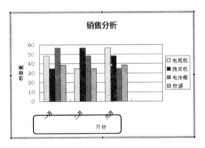

图 5-43　设置文本对齐角度　　　　　　图 5-44　倾斜显示的分类轴

1．设置边框和填充颜色

步骤 1　选中需要设置填充和线条的图表对象，例如图表区。

步骤 2　打开"设置图表区格式"对话框，如图 5-45 所示，在"图案"选项卡中进行相应的设置。

步骤 3　设置完成后单击"确定"按钮。图 5-46 所示为设置完成后的效果。

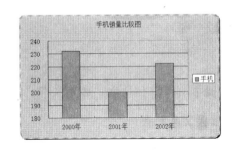

图 5-45　"图表区格式"对话框　　　　图 5-46　设置的边框和填充颜色

2．填充效果

在图 5-45 所示的"图表区格式"对话框中，单击"填充效果"按钮，可以打开"填充效果"对话框，然后分别在"渐变"、"纹理"、"图案"或"图片"选项卡中设置所需的选项。

◆　在图 5-47 所示的"渐变"选项卡中，可以选择单色渐变、双色渐变和预设渐变，图 5-48 所示为图表区被填充了双色渐变效果。

◆　在图 5-49 所示的"纹理"选项卡中，可以选择一种纹理效果进行填充，如图 5-50 所示，绘图区被填充了"鱼类化石"纹理。

图 5-47 "渐变"选项卡

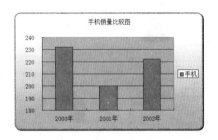

图 5-48 填充渐变的效果

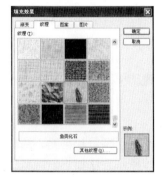

图 5-49 "纹理"选项卡

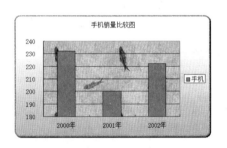

图 5-50 填充纹理后的绘图区

◆ 在图 5-51 所示的"图案"选项卡中，可以选择一种图案，并指定其前景色和背景
色，如图 5-52 所示。

图 5-51 "图案"选项卡

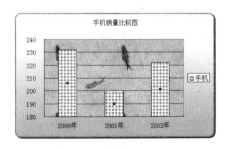

图 5-52 填充图案后的数据系列

◆ 在"图片"选项卡中，单击"选择图片"按钮后可以选择需要使用的图片，如图
5-53 所示，在"格式"选项组中可以选择图片的显示格式，设置完后确定，图 5-54
所示为以"层叠"方式填充图片的数据系列。

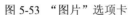

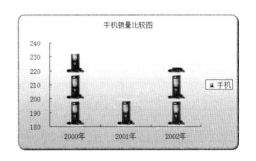

图 5-53　"图片"选项卡　　　　　图 5-54　填充图片的数据系列

5.3.3　设置坐标轴格式

坐标轴除设置图案格式之外，还需要进行其他设置。

1．设置坐标轴刻度

绘图区中的网格线越多，显示得就越精确，反之，显示得就越粗略。通过设置刻度可以调整网格线之间距离，从而影响网格线的多少，具体操作方法如下。

步骤 1　执行下面方法之一。

◆　双击数值轴，打开"坐标轴格式"对话框。

◆　双击网格线，打开"网格线格式"对话框。

步骤 2　选择"刻度"选项卡，更改"最小值"为"5"，如图 5-55 所示，其复选框取消选中状态。

图 5-55　设置刻度

✍提示：如果在"自动设置"中选中了相应选项前面的复选框，则表示该项由系统自动设置，用户自定义的值将不会生效。

步骤 3 设置完后单击"确定"按钮。

✍ **注意**：数值轴上的刻度是根据数据系列的大小来确定的，即数据系列中的所有数据的大小在该轴上显示的最大值和最小值之间。

2．坐标轴次序反转

设置次序反转可以调整坐标轴的显示位置，具体操作方法如下。

步骤 1 选择分类轴，打开"坐标轴格式"对话框，在"刻度"选项卡中，选中"分类次序反转"复选框，如图 5-56 所示。

步骤 2 单击"确定"按钮，效果如图 5-57 所示，图表中的分类轴中项目的排列次序反转，数值轴被移动到了右侧显示。

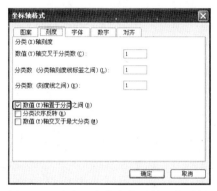

图 5-56 选中"分类次序反转"复选框

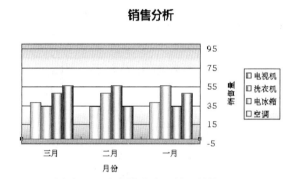

图 5-57 分类轴次序反转后的效果

✍ **提示**：在图 5-55 所示的对话框中，选中"数值次序反转"复选框，可以将分类轴移动到图表上方显示。

3．设置坐标轴数字格式

若要设置坐标轴刻度线和刻度线标签的格式，具体方法如下。
步骤 1 双击相应的坐标轴。
步骤 2 在"坐标轴格式"对话框中，选择"数字"选项卡，选择需要的数字格式，如图 5-58 所示，取消选中"链接到源"复选框。
步骤 3 单击"确定"按钮，完成设置，效果如图 5-59 所示。

✍ **注意**：更改图表中的数字格式后将不再与工作表单元格相链接。

5.3.4 设置数据系列格式

数据系列是图表中重要的组成部分之一，用户可以根据需要对其设置一些特殊格式。

1．调整数据系列次序

用户可以调整系列次序和数据标志等。下面举例说明，具体操作步骤如下所述。

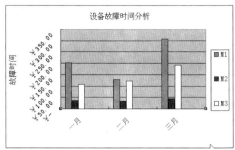

图 5-58   选择数字格式   图 5-59   更改数字格式后的数值轴

步骤 1   在图表上选中数据系列，打开"数据系列格式"对话框。

步骤 2   选择"系列次序"选项卡，如图 5-60 所示，在"系列次序"列表框中选择需要移动的数据系列，单击"上移"或"下移"按钮，可以调整位置。

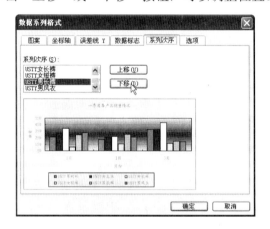

图 5-60   "系列次序"选项卡

步骤 3   设置完成后单击"确定"按钮。

2．应用趋势线

趋势线用于表现数据系列的趋势，例如，向上倾斜的线表示几个月中增加的销售额。添加趋势线的具体操作如下。

步骤 1   用以下方法之一打开"添加趋势线"对话框。

◆   选中图表，选择"图表"|"添加趋势线"命令。

◆   右击选中的图表系列，在弹出的快捷菜单中选择"添加趋势线"命令。

步骤 2   在"添加趋势线"对话框中，选择"类型"选项卡，在"趋势预测/回归分析类型"中选择趋势线的类型，如图 5-61 所示，继续在"选择数据系列"列表框中，选择需要添加趋势线的数据系列。

步骤 3   选择"选项"选项卡，选中"自定义"单选按钮，如图 5-62 所示，在右侧的文本框中输入趋势线的名称。

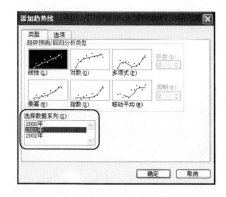

图 5-61　选择趋势线的类型

图 5-62　定义趋势线的名称

步骤 4　单击"确定"按钮，如图 5-63 所示，在图表中添加了趋势线。

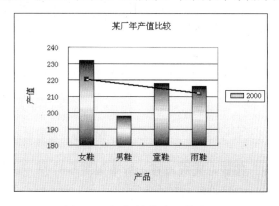

图 5-63　添加趋势线后的效果

✍注意：趋势线只能添加在二维图表中，三维图表不能添加趋势线。选中添加的趋势线，按 Delete 键可以删除。

3．应用误差线

误差线以图形形式显示了与数据系列中每个数据标志相关的可能误差量。例如，用户可以在科学实验结果中显示正负 5% 的可能误差量。

具体操作如下。

步骤 1　选中数据系列。

步骤 2　用以下方法之一打开"数据系列"对话框。

◆　右击数据系列，如图 5-64 所示，在弹出的快捷菜单中选择"数据系列格式"命令。

◆　选择"格式"|"数据系列"命令。

步骤 3　在"数据系列格式"对话框中，选择"误差线 Y"选项卡，在"显示方式"选项组中选择误差线的类型，选择"正负偏差"误差线，如图 5-65 所示，在"误差值"选项组中设置误差量，本例中指定"百分比"值为"5"。

步骤 4　选择"图案"选项卡，在"刻度线标志"中选择误差线的显示方式，在"自定义"区域中设置线型、颜色等，如图 5-66 所示，这里将误差线设置为红色、虚线。

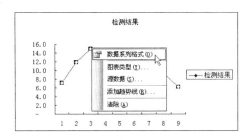

图 5-64　选择"数据系列格式"命令

图 5-65　设置误差线

图 5-66　设置误差线的格式

步骤 5　单击"确定"按钮，完成设置，效果如图 5-67 所示。

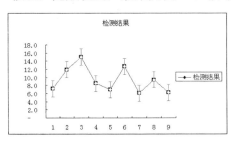

图 5-67　添加的误差线

✍注意：只能为柱形图、条形图、折线图、XY 散点图、面积图和气泡图添加误差线。

在图 5-65 所示的对话框中，选择"无"项，可以删除误差线。

5.3.5　恢复图表默认格式

当对图表设置了较多格式后，如果希望重新将图表的格式恢复到默认的格式状态，可以按如下方法操作。

选中图表后打开"图表类型"对话框，选中"默认格式"复选框，单击"确定"按钮，此时可以删除图表所有的修饰效果，恢复图表的默认格式。

✐注意：选中"默认格式"复选框后，将同时清除图表标题、数值标题和分类轴标题，此操作不可撤销。

5.3.6　本节考点

本节内容较多，考点也较多，主要包括以下几点。

◆　图表中文字格式设置：主要是文字外观和对齐方式的设置。要掌握具体操作方法，重点是要选择正确的设置对象。

◆　图表元素的边框和填充格式：包括边框线条、线型和填充颜色、填充效果的应用。

◆　坐标轴格式设置：针对坐标轴的一些特殊设置，包括坐标轴刻度、数值轴次序反转、分类轴次序反转、坐标轴数字格式设置等。

◆　数据系列格式设置：包括数据系列的次序调整、趋势线和误差线的应用。

◆　恢复图表默认格式：在"图表类型"对话框中设置。

5.4　图表高级设置

5.4.1　在图表中使用次坐标轴

通常，在图表中只显示一个数值 Y 轴，如果需要表现的数据差值较大或者数值类型不同，就可以使用次坐标轴。

图 5-68 所示的数据表中，包括两种类型的数据，一种是常规数值，如产量和废品数量；另一种百分数，如不合格率。现在将产量和不合格率两种数据放在图表中后，不合格率几乎看不出来。

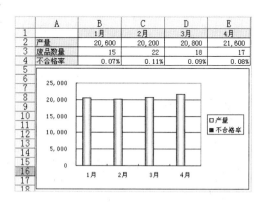

图 5-68　图表中无法显示出"不合格率"数据

本例中，可以将产量数据用次坐标轴表示，具体操作方法如下。

步骤 1　单击选中"产量"系列。

步骤 2　打开"设置数据系列格式"对话框，选择"系列选项"选项卡，选中"次坐标轴"复选框，如图 5-69 所示，在底部的预览区中看到使用次坐标轴后的效果，由于图表类型相同，数据系列处于叠加状态。

步骤 3   单击"选项"标签，调整"分类间距"的值，如图 5-70 所示，数据系列的间距增加，位于底层的"不合格率"数据系列正常显示。

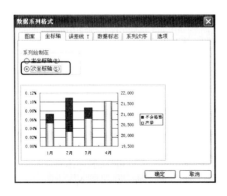

图 5-69   选中"次坐标轴"复选框

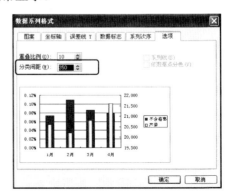

图 5-70   设置分类间距

步骤 4   单击"确定"按钮。

完成后的效果如图 5-71 所示，图表的右侧被添加上了第 2 个 Y 轴，是"产量"数据系列的坐标值。如有必要可以为两个数值轴的数据系列指定不同的图表类型。图 5-72 所示是将"不合格率"数据系列更改为"折线图"的表示效果。

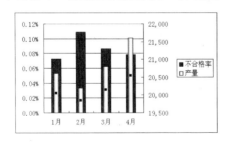

图 5-71   系列叠放效果

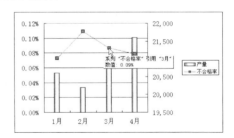

图 5-72   不同系列为不同图表类型的效果

5.4.2   设置三维图表

除二维图表外，Excel 还提供了一些三维图表类型，图 5-73 所示为三维簇状柱形图。

在图 5-73 所示的图表显示状态下，不利于查看图表中的各个数据系列，下面来设置图表的三维视图。

方法 1：使用鼠标拖动调整。

通过鼠标拖动也可以自由调整三维视图的格式，操作方法如下。

步骤 1   单击图表背景墙，如图 5-73 所示，鼠标移到"角点"处单击，指针变为"＋"形状，如图 5-74 所示。

步骤 2   按住鼠标左键拖动，显示虚框表示调整的效果，如图 5-75 所示，松开鼠标后得到图 5-76 所示的效果。

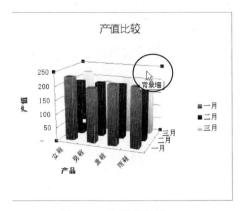

图 5-73　选择背景墙

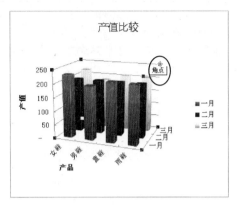

图 5-74　在角点处单击

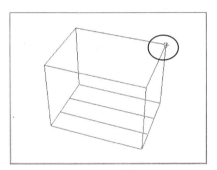

图 5-75　拖动"角点"

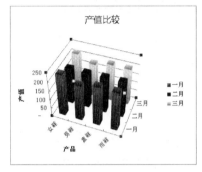

图 5-76　调整后的效果

✍提示：在按住 Ctrl 键的同时拖动角点，可以在虚线框中看到数据系列，从而可以更好地选择一个角度。

方法 2：使用对话框精确设置。

步骤 1　选中图表，用以下方法之一打开"设置三维视图格式"对话框。

◆　单击鼠标右键，在弹出的快捷菜单中选择"设置三维视图格式"命令。

◆　选择"图表"|"设置三维视图格式"命令。

步骤 2　在"设置三维视图格式"对话框中，可以调整三维图表的上下仰角、左右转角及透视系数，如图 5-77 所示。

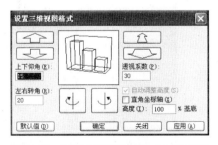

图 5-77　"设置三维视图格式"对话框

✍提示：取消选中"直角坐标轴"复选框时，设置的"上下仰角"和"左右转角"才生效。

步骤3   单击"确定"按钮完成设置。

✎**提示**：单击"默认值"按钮，可以将三维图表的视图恢复到默认状态，注意，此操作不可撤销。

5.4.3   本节考点

本节内容的考点主要包括三维图表的设置调整和使用次坐标轴，两个考点均可单独出题。

5.5   图表的打印输出

本节主要介绍图表的打印设置。

5.5.1   将图表与数据一起打印

具体操作步骤如下。
步骤1   将活动单元格定位在工作表中的任意位置。
步骤2   在"常用"工具栏中，单击"打印预览"按钮📄。
步骤3   在图 5-78 所示的打印预览窗口中可以看到原始数据表与图表显示在同一页面中。若预览效果满意，可以直接单击"打印"按钮打印输出。

5.5.2   单独打印图表

如果图表是嵌入式存储，可以先选中需要打印的图表，单击"打印预览"按钮📄，效果如图 5-79 所示，满意后，单击"打印"按钮进行打印。

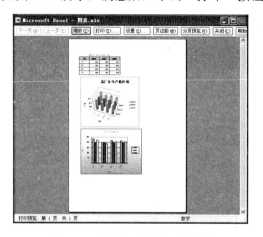

图 5-78   图表与数据表一起打印

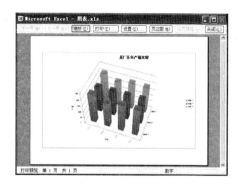

图 5-79   单独打印图表

如果图表是以工作表形式存在的,那么打印时,只要切换到图表工作表中,单击"打印"按钮即可。

5.5.3 打印图表的数据区域

如果只想打印工作表,而不想打印图表,那么可以进行如下操作。

步骤 1 在工作表中选择图表的数据区域。

步骤 2 选择"文件"|"打印"命令。

步骤 3 在"打印内容"对话框中,选中"选定区域"单选按钮,如图 5-80 所示。

图 5-80 设置打印区域

提示:关于打印的其他设置,可参见第 4 章中的相关内容。

5.5.4 本节考点

本节内容没有考点,但在实际工作中却经常会用到,所以还需要特别地学习和掌握。

5.6 本章试题解析

试 题	解 析
一、图表的创建	
试题 1 创建图表,图表类型为"柱形图"中的"簇状柱形图",在创建过程中设置单元格区域为"A2:D4",设置图例"靠上"显示,选择"作为其中的对象插入",其他设置均为默认值	参见"5.1.2 开始创建图表"中的"1.使用图表向导"
试题 2 为当前所选的单元格区域"A2:D4"创建饼图,要求使用"图表"工具栏操作	参见"5.1.2 开始创建图表"中的 2.使用"图表"工具栏
试题 3 创建一个数据点折线图,数据区域为单元格"A2:D5",输入"图表标题"为"故障分析",其他设置为默认	参见"5.1.2 开始创建图表"中的"1.使用图表向导"

试　题	解　析
试题 4　为当前所选的单元格区域创建图表，图表类型为"堆积条形图"，选择"系列产生在"为"行"，并作为新工作表插入	参见"5.1.2 开始创建图表"中的"1.使用图表向导"
试题 5　为当前所选的单元格区域创建"三维簇状柱形图"，要求将"机器代码"作为分类轴	参见"5.1.2 开始创建图表"中的"1.使用图表向导"在"系列产生在"区中选择"列"
二、图表的编辑	
试题 1　将当前图表移动到工作表的黄色区域	使用鼠标拖动的方式操作
试题 2　调整当前图表的大小与黄色区域大小相同	使用鼠标拖动的方式操作。调整时按住 Alt 键
试题 3　要求使用快捷键操作，删除图表的分类轴标题	选中分类轴标题后，按 Delete 键
试题 4　删除图表的数值轴标题，要求使用菜单命令操作	参见"5.2.3 删除图表元素"
试题 5　将当前的图表类型修改为"簇状柱形图"	参见"5.2.4 图表类型操作"中的"1.更改图表类型"
试题 6　将当前图表中的"M1"数据系列，更改为折线图	参见"5.2.4 图表类型操作"中的"2. 更改单个系列的图表类型"
试题 7　将当前图表保存为自定义图表类型，名称为"我的图表"	参见"5.2.4 图表类型操作"中的"3.自定义图表类型"
试题 8　将自定义图表"我的图表"设置为默认图表	参见"5.2.4 图表类型操作"中的"4.设置默认图表类型"
试题 9　设置默认图表为"数据点折线图"	参见"5.2.4 图表类型操作"中的"4.设置默认图表类型"
试题 10　在"图表类型"对话框中，将自定义图表类型"我的图表"删除	参见"5.2.4 图表类型操作"中的"3.自定义图表类型"
试题 11　在图表中删除"M3"数据系列	选中"M3"数据系列，按 Delete 键
试题 12　将单元格区域"A6:D6"的数据添加到图表中，要求使用菜单命令操作	选择"图表"|"添加数据"或者"源数据"命令，可以在图表中添加数据；如果选择"源数据"命令，那么用鼠标拾取需要添加的数据区域时需要按住 Ctrl 键
试题 13　用鼠标拖动方式向图表中添加数据，数据区域为单元格区域"A7:D7"	选中单元格区域"A7:D7"，按住鼠标拖到图表中
试题 14　将当前图表设置为"按列"组织，要求使用工具栏按钮操作	参见"5.2.6 设置图表转置"
试题 15　设置当前图表的图例为隐藏	在"图标选项"对话框中取消"显示图例"复选框
试题 16　修改图表标题为"各设备故障分析图"，要求用菜单命令	在"图表选项"对话框中修改
试题 17　为图表添加分类轴标题"月份"	选中图表，打开"图表选项"对话框，在"标题"选项卡中输入分类轴标题名称
试题 18　将图表中图例的位置显示在图表上部，要求在对话框中设置	参见"5.2.7 设置图表选项"中的"3.设置图例的显示和位置"
试题 19　在当前图表中进行设置，要求直接显示数值	参见"5.2.7 设置图表选项"中的"4.显示数据标志"，注意，数据标签为"值"

试　　题	解　　析
试题 20　在当前图表中显示数据表	参见"5.2.7 设置图表选项"中的"5.显示或隐藏数据表"
试题 21　利用鼠标拖动，在已创建的图表中，删除"M5"数据系列，要求保留表格中的数据	选中图表，直接拖动数据表中的蓝色边框控点，将"M5"的数据调整到蓝色边框之外
试题 22　在已创建的图表中，隐藏数值轴，并显示分类轴的主要网格线	参见"5.2.7 设置图表选项"中的"1.显示或隐藏坐标轴"和"2.设置网格线"
试题 23　已知当前默认的图表类型为折线图，要求将默认图表类型恢复到系统默认状态	参见"5.2.4 图表类型操作"中的 4."设置默认图表类型"
三、修饰图表	
试题 1　将当前图表的图表区域填充黄色	参见"5.3.2 图表元素的边框和填充"中的"1.设置边框和填充颜色"
试题 2　为当前图表添加阴影，并显示为圆角矩形，边框颜色为红色虚线	参见"5.3.2 图表元素的边框和填充"中的"1.设置边框和填充颜色"
试题3　在当前图表中，设置图表标题文字颜色为红色，字体为微软雅黑，字号为 16	参见"5.3.1 图表中文本格式设置"中的"1.设置文本外观"
试题 4　在当前图表中，设置分类轴倾斜角度为顺时针 45°，要求用工具栏按钮操作	参见"5.3.1 图表中文本格式设置"中的"2.设置文本对齐"
试题 5　在当前图表中，为当前选中的数据系列设置红色虚线边框，要求线条为最粗的线宽	参见"5.3.2 图表元素的边框和填充设置"中的"1.设置边框和填充颜色"
试题 6　在当前图表中，设置图例的边框颜色为绿色，且带有阴影效果要求用鼠标双击打开对话框	双击图例框，打开"图例格式"对话框，在其中设置
试题 7　为绘图区填充"雨后初晴"的预设渐变效果，底纹样式为水平，选择右上角的变形效果	参见"5.3.2 图表元素的边框和填充"中的"2.填充效果"
试题 8　在当前图表中，将当前所选系列填充"鱼类化石"的纹理效果	参见"5.3.2 图表元素的边框和填充"中的"2.填充效果"
试题 9　在当前图表中，设置"销量"数据系列的折线颜色为浅橙色并显示为最粗，数据标记为三角形，大小为 12 磅	选中"销量"系列，双击打开"数据系列格式"对话框，在其中进行相应的设置
试题 10　在当前图表中，为"价格"系列添加"线性"趋势线，趋势线名称为"价格趋势线	参见"5.3.4 设置数据系列格式"中的"2.应用趋势线"
试题 11　删除当前图表中"价格"系列的趋势线	选中趋势线，按 Delete 键删除
试题 12　在当前图表中，为"销量"系列添加"正负偏差"的误差线，输入百分比为 10%	参见"5.3.4 设置数据系列格式"中的"3.应用误差线"
试题 13　在当前图表中，将所选"销量"系列的误差线删除，使用对话框	打开"数据系列格式"对话框，在"误差 Y"选项卡中，选择"无"项
试题 14　在当前图表中，将左侧的主坐标轴数字格式设置为"会计专用"格式，并使用向上倾斜显示	参见"5.3.3 设置坐标轴格式"中的"3.设置坐标轴数字格式" 参见"5.3.1 图表中文本格式设置"中的"2.设置文本对齐"
试题 15　在当前图表中，设置右侧的次坐标轴刻度最小值为 100	参见"5.3.3 设置坐标轴格式"中的"1.设置坐标轴刻度"

试　　题	解　　析
试题 16　在当前图表中，设置分类轴次序反转	参见"5.3.3 设置坐标轴格式"中的"2.坐标轴次序反转"
试题 17　在当前图表中，为"价格"添加"多项式"趋势线，设置"阶数"为 4，设置显示公式	参见"5.3.4 设置数据系列格式"中的"2.应用趋势线"
试题 18　将当前图表恢复默认格式	选中图表，打开"图表类型"对话框中，选中"默认格式"复选框
四、图表高级设置	
试题 1　已知当前图表中两个数据系列的数值差额较大，现在设置"销量"系列使用次坐标轴	参见"5.4.1 在图表中使用次坐标轴"
试题 2　在当前图表中，设置"价格"数据系列的分类间距为 350	参见"5.4.1 在图表中使用次坐标轴"中的步骤 3
试题 3　已知当前图表类型为"三维簇状柱形图"，设置其上下仰角为 55°，左右转角为 30°	参见"5.4.2 设置三维图表"
试题 4　将当前三维图表恢复为默认格式	打开"设置三维视图格式"对话框，单击"默认值"按钮

第6章 管理工作簿与工作表

考试基本要求

掌握的内容：

◆ 工作簿窗口的新建和重排的方法；

◆ 窗口冻结和撤销的方法；

◆ 选择、插入、删除、移动、复制和重命名工作表的操作方法。

熟悉的内容：

◆ 成组工作表的编辑方法；

◆ 工作簿窗格的冻结与撤销。

了解的内容：

◆ 工作簿窗口的并排比较；

◆ 工作簿的隐藏与取消隐藏。

    本章主要讲解工作簿的一些常用管理操作，包括新建窗口、重排窗口、拆分窗口、冻结窗口，以及插入和删除工作表、选择工作表、移动工作表、复制工作表、重命名工作表等。

6.1   工作簿窗口操作

本节主要介绍工作簿窗口的新建、重排、拆分、冻结等操作。

6.1.1   切换活动工作簿

1．切换窗口

当打开了多个工作簿文件后，可以用下面的方法在窗口间切换。

单击"窗口"菜单，在图 6-1 所示的菜单列表底部显示了当前所有打开的工作簿文件名，其中，左侧显示 ✓ 形标志的工作簿是当前正在编辑的工作簿。根据需要可以选择并单击其中的工作簿文件名，工作簿窗口即可切换并显示该工作簿中的内容。

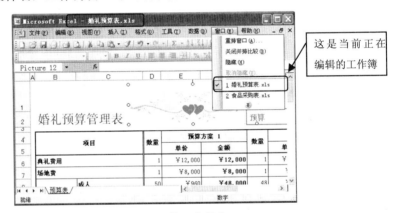

图 6-1   切换工作簿窗口

2．隐藏工作簿

当同时打开了较多的工作簿文件后，可以将某些工作簿隐藏起来，具体操作如下。

提示：隐藏的工作簿窗口中的数据仍然可以被引用。

步骤 1   切换到需要隐藏的工作簿窗口。

步骤 2   选择"窗口"|"隐藏"命令，即可将当前工作簿窗口隐藏。

提示：被隐藏的工作簿文件名不再显示在"窗口"菜单底部的列表中。

再次打开"窗口"菜单，选择"取消隐藏"命令，可以在"取消隐藏"对话框中看到当前被隐藏的工作簿文件，如图 6-2 所示，选择需要重新在列表中显示的工

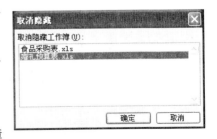

图 6-2   选择要显示的工作簿

作簿，单击"确定"按钮，可将隐藏的工作簿窗口显示出来。

6.1.2　重排窗口

　　将当前打开的工作簿窗口按照一定的方式进行排列，可以便于对数据的查看，操作方法如下。

　　步骤 1　打开多个工作簿。

　　步骤 2　选择"窗口"|"重排窗口"命令。

　　步骤 3　在"重排窗口"对话框中可以选择排列的方式，如图 6-3 所示。

　　✍提示：选中"当前活动工作簿的窗口"复选框，表示将只对当前活动工作簿中的窗口进行排列。

　　步骤 4　单击"确定"按钮完成窗口重排操作，图 6-4 所示是选择"平铺"排列方式的窗口排列效果。

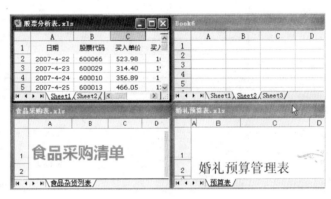

图 6-3　选择排列方式　　　　　　　　　　　图 6-4　"平铺"排列效果

6.1.3　并排比较

　　使用"并排比较"功能可以选择需要显示需要比较的工作簿窗口。

1. 设置并排比较

　　设置并排比较的方法，具体操作如下。

　　步骤 1　单击"窗口"菜单，选择"并排比较"命令，如图 6-5 所示。

　　✍提示：至少应当打开 3 个工作簿文件，才会在"窗口"菜单中显示"并排比较"命令，否则会显示"与×××并排比较"命令。

　　步骤 2　在"并排比较"对话框中选择需要与当前工作簿比较的工作簿文件,如图 6-6所示。

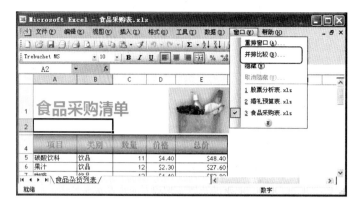

图 6-5　选择"并排比较"命令　　　　　　图 6-6　选择并排比较文件

步骤 3　单击"确定"按钮，效果如图 6-7 所示，同时显示了"并排比较"工具栏。

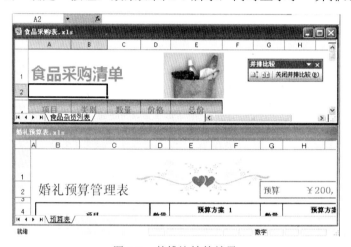

图 6-7　并排比较的效果

2．设置同步滚动查看

在"并排比较"工具栏中，单击"同步滚动"按钮，这样，两个窗口中的数据就可以同步发生变化了。当用户滚动其中一个工作簿窗口中的滚动条，那么另一个工作簿文档也会同时滚动。

✍提示：当在并排比较过程中，工作簿的窗口大小或位置被调整后，想重新回到原始窗口的放置状态，可以在"并排比较"工具栏上单击"重置窗口位置"按钮，当前活动工作簿将被置于靠上方的位置。

3．退出并排比较

用以下方法可以关闭并排比较。
方法 1：单击"并排比较"工具栏上的"关闭并排比较"按钮。
方法 2：单击"窗口"菜单，选择"关闭并排比较"命令。

6.1.4 为工作簿创建新窗口

利用"新建窗口"功能可以为当前活动工作簿创建一个新的窗口，其数据内容完全相同，这样就可以在同一工作簿中的不同工作表间进行比较查看了，具体操作如下。

步骤 1 当前的工作簿为"股票分析表.xls"。

步骤 2 单击"窗口"菜单，选择"新建窗口"命令。

此时就创建了一个新工作簿，其名称显示为"股票分析表.xls2"，内容与"股票分析表.xls"完全相同，原工作簿"股票分析表.xls"变成"股票分析表.xls:1"。此时可以同时看到原来工作簿的窗口和新建的窗口。

为当前工作簿创建一个新窗口后，就可以利用排列操作来比较和查看数据了，如图 6-8 所示，平铺窗口后，在工作簿窗口分别选择需要查看和比较的工作表。

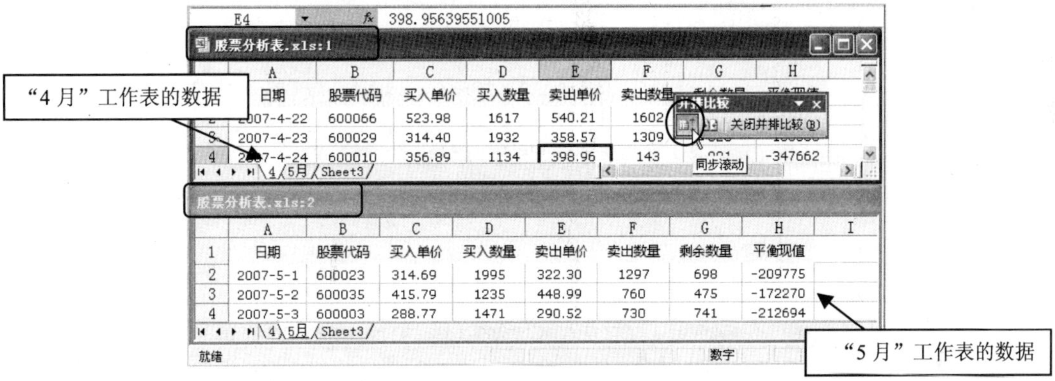

图 6-8 比较和查看数据

✍️**注意**：在其中一个工作簿窗口中编辑数据，另一个工作簿窗口中将同时自动发生变化。

✍️**提示**：关闭任意工作簿窗口都可以关闭新建窗口。在"层叠"排列方式下，需要单击右上角的"关闭窗口"按钮☒来关闭新建的工作簿窗口。

6.1.5 拆分窗口

对当前工作表进行拆分和冻结，可以方便用户根据自己的需要浏览同一个工作表中不同位置的内容。

1. 拆分窗口

拆分窗口的方法主要有以下两种。

方法 1：利用水平和垂直拆分框。

步骤 1 鼠标指向垂直滚动条的顶端的拆分框，如图 6-9 所示，指针显示为 ⬍ 形状，按住鼠标向下拖动，将窗口水平拆分，如图 6-10 所示，利用鼠标拖动可重新调整分隔条的位置。

图 6-9　水平拆分窗格

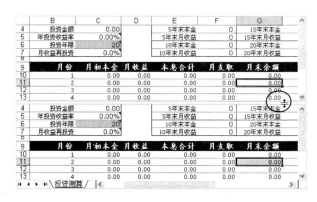

图 6-10　添加的水平分隔条

步骤 2　向左拖动水平滚动条右侧的拆分框，可以添加垂直分隔条，如图 6-11 所示。

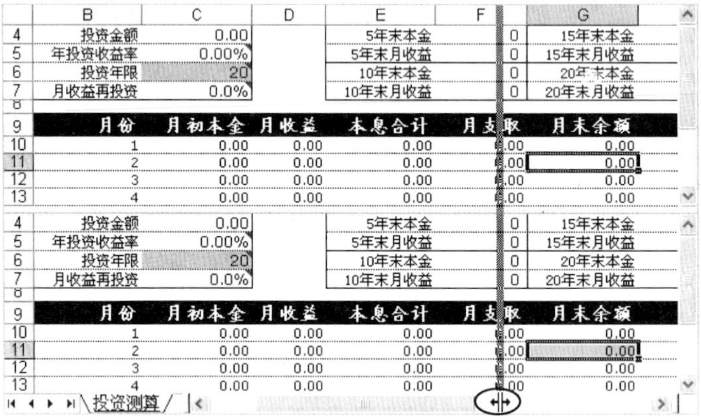

图 6-11　垂直拆分

✍提示：鼠标双击拆分框，可以快速拆分窗格，分隔条的位置由活动单元格位置确定。当活动单元格位于左上角单元格 A1 时，可以将窗口平均拆分为 4 个窗格。

拆分后的窗格之间是相互独立的，但在其中任意一个窗格中编辑和修改数据后，其他窗格都能自动同步显示。

方法 2：使用菜单命令拆分窗口。

步骤 1　在工作表中选中单元格。

步骤 2　选择"窗口"|"拆分"命令，如图 6-12 所示，当前工作表被拆分为 4 个窗格。

2．调整窗格大小

如图 6-12 所示，鼠标指向水平分隔条，显示⬍形状时，按住鼠标拖动可以调整水平窗格的大小；鼠标指向垂直分隔条显示⬌形状时，按住鼠标拖动可以调整垂直窗格的大小；鼠标指向水平分隔条和垂直分隔条的交叉处，显示✛形状时，按住鼠标拖动可以同时调整水平和垂直窗格的大小。

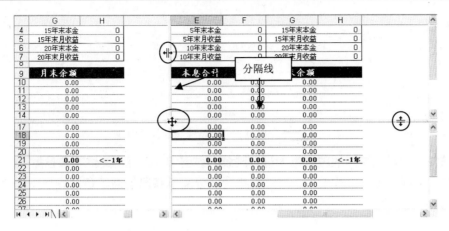

图 6-12 拆分窗格后的效果

3. 取消拆分

取消窗口拆分状态的方法有以下几种。

方法 1：鼠标拖动的方法。将水平分隔条拖动到下边框处，水平分隔条自动消灭；将垂直分隔条拖动到右侧边框处，垂直分隔条自然消失。

方法 2：把鼠标指向水平或垂直分隔条，双击后可以删除水平或垂直分隔条；若在水平分隔条和垂直分隔条的交叉处双击，则可以同时取消水平和垂直分隔条。

方法 3：选择"窗口"|"取消拆分"命令。

6.1.6 冻结窗格

查看大型表格时，可以将行标志和列标志冻结，即在滚动数据时，那些被冻结的行或列是固定不动的，这样可以使用户更直观地了解数据性质。

1. 冻结窗格

冻结窗格的操作方法如下：确定好要冻结的行或列位置后，选择"窗口"|"冻结窗格"命令，即可在确定好的位置显示黑色的冻结线条，如图 6-13 所示。

添加冻结线的操作非常简单，重要的是要确定好要冻结的行或列，主要方法如下。

方法 1：用活动单元格确定冻结位置，活动单元格上方的行和左侧的列都将被冻结，图 6-13 所示是几种冻结线的位置情况。

- ◆ 如果只需要冻结活动单元格上方的行，则应将活动单元格定位在最左侧的列（A 列）中。
- ◆ 如果只需要冻结活动单元格左侧的列，则应将活动单元格定位在最上方的行（第 1 行）中。
- ◆ 如果希望同时冻结活动单元格上方的行和左侧的列，则应将单元格定位在待冻结处右下方的单元格。
- ◆ 将单元格 A1 确定为活动单元格时，窗口将被冻结线平均分为 4 个区域。

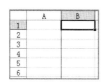

（a）左侧列被冻结　　（b）上方行被冻结　　（c）上方行和左侧列被冻结

图 6-13　单元格位置与冻结线条的位置情况

方法 2：在需要冻结的位置添加好分隔条，如图 6-14 所示具体方法参见“6.1.5”拆分窗口中“1.拆分窗口”的内容，冻结窗格后，分隔条将显示为黑色的线条，即为冻结线条，如图 6-15 所示。

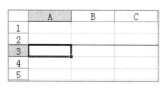

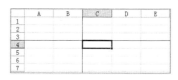

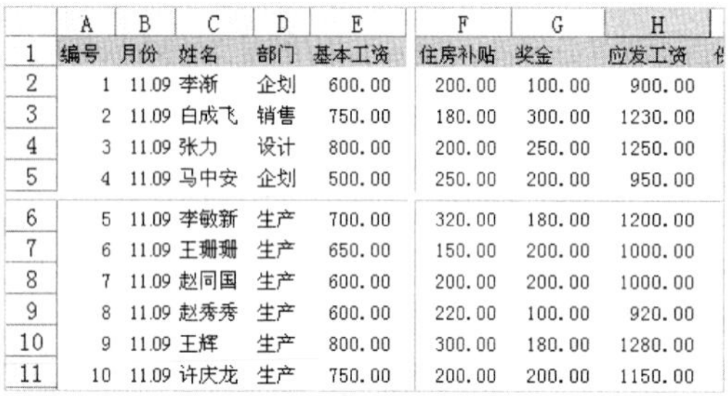

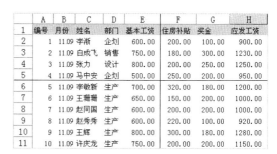

	A	B	C	D	E	F	G	H
1	编号	月份	姓名	部门	基本工资	住房补贴	奖金	应发工资
2	1	11.09	李渐	企划	600.00	200.00	100.00	900.00
3	2	11.09	白成飞	销售	750.00	180.00	300.00	1230.00
4	3	11.09	张力	设计	800.00	200.00	250.00	1250.00
5	4	11.09	马中安	企划	500.00	250.00	200.00	950.00
6	5	11.09	李敏新	生产	700.00	320.00	180.00	1200.00
7	6	11.09	王珊珊	生产	650.00	150.00	200.00	1000.00
8	7	11.09	赵同国	生产	600.00	200.00	200.00	1000.00
9	8	11.09	赵秀秀	生产	600.00	220.00	100.00	920.00
10	9	11.09	王辉	生产	800.00	300.00	180.00	1280.00
11	10	11.09	许庆龙	生产	750.00	200.00	200.00	1150.00

图 6-14　分隔条的位置

	A	B	C	D	E	F	G	H
1	编号	月份	姓名	部门	基本工资	住房补贴	奖金	应发工资
2	1	11.09	李渐	企划	600.00	200.00	100.00	900.00
3	2	11.09	白成飞	销售	750.00	180.00	300.00	1230.00
4	3	11.09	张力	设计	800.00	200.00	250.00	1250.00
5	4	11.09	马中安	企划	500.00	250.00	200.00	950.00
6	5	11.09	李敏新	生产	700.00	320.00	180.00	1200.00
7	6	11.09	王珊珊	生产	650.00	150.00	200.00	1000.00
8	7	11.09	赵同国	生产	600.00	200.00	200.00	1000.00
9	8	11.09	赵秀秀	生产	600.00	220.00	100.00	920.00
10	9	11.09	王辉	生产	800.00	300.00	180.00	1280.00
11	10	11.09	许庆龙	生产	750.00	200.00	200.00	1150.00

图 6-15　冻结的位置

注意：对窗格进行拆分后，活动单元格的位置不会影响冻结线条的位置。

2．取消冻结窗格

取消窗格冻结状态的方法如下。

步骤 1　选择工作表中的任意单元格。

步骤 2　用以下方法之一可以取消窗格冻结状态。

- 选择“窗口”|“取消冻结窗格”命令，可取消窗格的冻结状态。

注意：如果冻结窗格之前，对窗口进行了拆分，取消冻结后，窗口中将继续显示窗格分隔条。

- 选择“窗口”|“取消拆分”命令，同时取消窗口的冻结和拆分。

6.1.7　本节考点

本节内容的考点主要包括隐藏工作簿、重排窗口、并排比较、新建窗口、拆分窗格和冻结窗格。重点说明如下。

- 隐藏工作簿：一般有两种题型，一种是将指定的工作簿窗口隐藏；另一种是取消已隐藏的工作簿。
- 重排窗口：重点掌握窗口的 4 种排列方式。
- 并排比较：包括设置并排比较、同步滚动查看和退出并排比较的方法。
- 新建窗口：包括为指定的工作簿创建新窗口，通常会结合重排窗口考点出现。

◆ 拆分窗格：掌握拆分窗口和取消拆分的操作方法。

◆ 冻结窗格：重点掌握确定冻结窗格位置的方法和取消冻结窗格的操作。

6.2 工作表操作

工作表是组织数据的基本单位，本节主要介绍工作表的插入、删除、移动和复制、成组工作表操作等内容。

6.2.1 工作表组的操作

用户可以同时选择多张工作表，形成工作表组，以便于对这些工作表做一些相同的操作，例如输入相同的内容或者设置相同的格式。

1. 选择多张连续的工作表

先选中待选工作表中的第 1 个工作表，如"Sheet2"工作表，按住 Shift 键后，再单击待选工作表范围的最后一个工作表标签，如"Sheet5"工作表，这样就选择了 4 张连续放置的工作表，如图 6-16 所示。

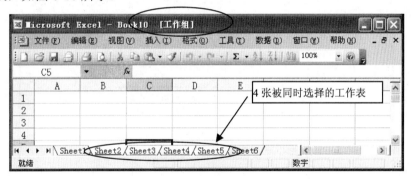

图 6-16 选择的多张连续放置的工作表

被选中的所有工作表标签显示白色背景，标题栏中显示"[工作组]"字样。

在不取消工作表组的状态下，可以通过单击工作表组内任意工作表标签切换活动工作表，例如，单击"Sheet3"工作表标签，可以将活动工作表切换到"Sheet3"工作表中。

用下面方法之一可以取消工作组状态。

◆ 单击任意一个非工作组工作表标签则可以取消工作组状态，例如单击"Sheet1"工作表标签。

◆ 鼠标右击工作组内任意工作表标签，在弹出的快捷菜单中选择"取消成组工作表"命令。

2. 选择多张不连续的工作表

按住 Ctrl 键后，依次用鼠标单击其他工作表标签，这样就可以选择多张不连续的工作表，如图 6-17 所示。

切换活动工作表及取消工作组的方法与选择多张连续的工作表的方法一样。

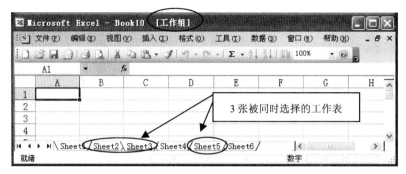

图 6-17　被选中的不连续的工作表

3. 选择全部工作表

在任意工作表标签处，单击鼠标右键，在弹出的快捷菜单中选择"选定全部工作表"命令，可以将所有工作表全部选择，如图 6-18 所示，单击任意工作表标签都能取消工作组状态。

提示：也可以按住 Ctrl 键后，单击工作簿中所有工作表标签，将其全部选中。

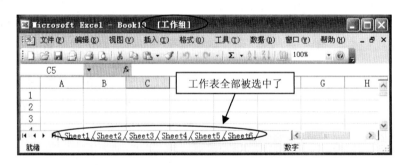

图 6-18　选择全部工作表

6.2.2　更改默认的工作表数

默认情况下，Excel 只提供了 3 张空白工作表，用户可以根据需要更改具体的数量，数值上没有限制，可以任意设置，但会受到可用内存的限制。

步骤 1　选择"工具"|"选项"命令。

步骤 2　在"选项"对话框中选择"常规"选项卡，在"新工作簿中的工作表数"文本框中，输入所需的工作表数，如"4"，如图 6-19 所示。

步骤 3　设置完后单击"确定"按钮。

此后，创建的新工作簿中就会包含 4 个工作表了。

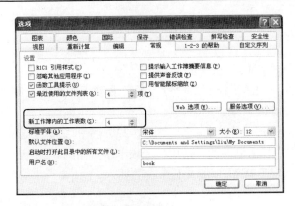

图 6-19　设置新工作簿中的工作表数

6.2.3　工作表编辑操作

1. 切换活动工作表

鼠标指向并单击工作表标签后，该工作表就被选择为当前可以编辑的活动工作表，如图 6-20 所示。

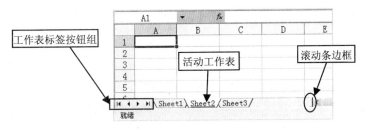

图 6-20　切换工作表

如果工作簿中有多个工作表，可以使用下面的方法之一切换活动工作表。

方法 1：按快捷键 Ctrl+PageUp 和 Ctrl+PageDown。

方法 2：单击工作表标签左侧的按钮可以滚动显示工作表标签。

◆　单击 $\lvert \blacktriangleleft$ 按钮可以使活动工作表切换到左侧第一个工作表。

◆　单击 $\blacktriangleleft$ 按钮可使活动工作表切换到上一张工作表。

◆　单击 $\blacktriangleright$ 按钮可使活动工作表切换到下一张工作表。

◆　单击 $\blacktriangleright\rvert$ 按钮可使活动工作表切换到右侧最后一个工作表。

✍提示：当工作簿中包含较多工作表标签时，有些工作表标签被隐藏了，用鼠标向右拖动水平滚动条左侧的边框，可以显示更多的工作表标签。

用鼠标右键单击工作表标签左侧的按钮，在图 6-21 所示菜单中可以选择工作表，左侧显示 ✓ 形标志的是当前活动工作表。

图 6-21　显示工作表名称列表

2．插入新工作表

在工作表中添加工作表的方法主要有以下几种。

方法 1： 选择"插入"|"工作表"命令，可在活动工作表的左侧插入一个空白工作表。

方法 2： 使用鼠标右键菜单。

步骤 1　鼠标右击活动工作表标签，在图 6-22 所示的菜单中选择"插入"命令。

步骤 2　在"插入"对话框中的"常用"选项卡中，如图 6-23 所示，选择"工作表"项。

步骤 3　单击"确定"按钮，完成工作表的插入。

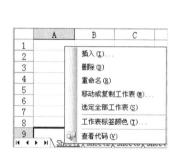

图 6-22　选择"插入"命令

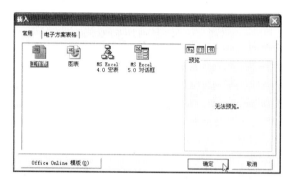

图 6-23　选择插入工作表模板

插入的新工作表会按默认的顺序对工作表名命名。

3．删除工作表

从工作簿中删除工作表的方法主要有以下几种。

方法 1： 鼠标右击需要删除的工作表标签，在弹出的快捷菜单中，选择"删除"命令，如图 6-22 所示。

方法 2： 选择要删除的工作表，选择"编辑"|"删除工作表"命令。

✏️ **注意：** 工作表删除后无法撤销操作。如果工作表中包含了数据，那么将会打开一个提示框，如图 6-24 所示，单击"删除"按钮将删除当前工作表且无法恢复。

图 6-24　提示框

4．移动工作表

工作表可以在同一个工作簿内或不同的工作簿间移动或复制，具体方法如下。

方法 1： 鼠标指向要移动的工作表标签，按住鼠标左键拖动，如图 6-25 所示，当黑色三角形到达所需要位置时，松开鼠标左键，完成工作表的移动。

方法 2：使用对话框。

步骤 1 选中需要移动的工作表。

步骤 2 用以下方法之一打开"移动或复制工作表"对话框。

◆ 单击鼠标右键，在弹出的快捷菜单中选择"移动或复制工作表"命令。

◆ 单击"编辑"菜单，选择"移动或复制工作表"命令。

步骤 3 在"移动或复制工作表"对话框中，单击"工作簿"下拉列表框右侧的按钮，在列表中可选择要移动到的工作簿文件，在"下列选定工作表之前"列表中选择要移动的位置，如图 6-26 和图 6-27 所示。

步骤 4 设置完后单击"确定"按钮。

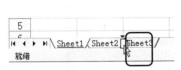

图 6-25 鼠标拖动移动工作表　　　图 6-26 选择工作簿　　　图 6-27 选择位置

✍提示：如果要将工作表移动到另一个工作簿中，也可以先将工作簿窗口进行平铺排列，再用鼠标拖动的方法移动工作表。

5．复制工作表

复制工作表的具体方法如下。

方法 1：按住 Ctrl 键同时，用鼠标左键拖动工作表至所需位置，实现工作表的复制。

方法 2：打开"移动或复制工作表"对话框，如图 6-27 所示，选中"建立副本"复选框，可在移动的同时实现工作表的复制。

6．重命名工作表

更改工作表名称的方法如下。

步骤 1 选择需要重新命名的工作表标签。

步骤 2 用以下方法之一使工作表标签处于编辑状态，如图 6-28 所示。

◆ 鼠标双击工作表标签。

◆ 选择"格式"|"工作表"|"重命名"命令。

◆ 右击工作表标签，在弹出的快捷菜单中选择"重命名"命令。

步骤 3 如图 6-29 所示，输入新的工作表名称。

步骤 4 按 Enter 键确认。

7．为工作表标签设置颜色

为工作表标签添加颜色，从而使不同类别表格的识别和区分变得更方便。

步骤 1　选择需要设置标签颜色的工作表。

步骤 2　用下面方法之一，打开"设置工作表标签颜色"对话框。

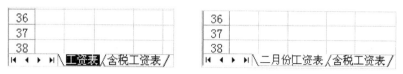

图 6-28　双击工作表标签　　　　图 6-29　输入新工作表名称

◆　选择"格式"|"工作表"|"工作表标签颜色"命令。

◆　右击工作表标签处，在弹出的快捷菜单中选择"工作表标签颜色"命令。

步骤 3　在"设置工作表标签颜色"对话框中，选择一种颜色，如图 6-30 所示。

步骤 4　单击"确定"按钮。

只有在工作表处于非活动工作表时才能显示设置好的标签颜色，效果如图 6-31 所示。

图 6-30　设置工作表标签颜色

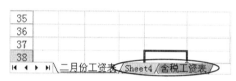

图 6-31　设置的工作表标签颜色效果

在"设置工作表标签颜色"对话框中，选择"无颜色"项可以取消已经为工作表标签设置的颜色。

6.2.4　本节考点

本节内容的考点包括成组工作表的操作，更改默认的工作表数，工作表的插入、删除、移动、复制和重命名，设置标签颜色和重命名工作表，需要掌握具体的操作方法。

6.3　本章试题解析

试　　题	解　　析
一、工作簿窗口操作	
试题 1　当前打开了"食品采购表"和"婚礼预算表"两个工作簿文件,活动工作簿为"食品采购表",要求用菜单操作,将"婚礼预算表"工作表切换为活动工作表	参见"6.1.1 切换活动工作簿"中的"1.切换窗口"
试题 2　为"婚礼预算表"工作簿文件,新建一个新窗口,窗口名为"婚礼预算表:2"	参见"6.1.4 为工作簿创建新窗口"
试题 3　将窗口排列方式改为"层叠",将"婚礼预算表"工作簿窗口切换为活动窗口	参见"6.1.2 重排窗口",排列窗口后,单击"婚礼预算表"工作簿的标题栏

试　题	解　析
试题 4　用快捷键新建一个空白工作簿，将所有工作簿平铺显示	按快捷键 Ctrl+N 新建工作簿，再选择"窗口" | "重排窗口"命令，在对话框中选择"平铺"，单击"确定"按钮
试题 5　利用活动单元格确定位置，在当前工作表中，将 A 列冻结	参见"6.1.6 冻结窗格"中的"1.冻结窗格"
试题 6　已知当前打开了"食品采购表"工作簿，为其创建新窗口后，将其并排比较，并使其可以同步滚动	参见"6.1.4 为工作簿创建新窗口"，再参见"6.1.3 并排比较"中的"1.设置并排比较"和"2.设置同步滚动查看"
试题 7　在当前工作表中，取消冻结窗格	参见"6.1.6 冻结窗格"中的"2.取消冻结窗格"
试题 8　将当前工作表平均拆分为 4 个窗格	参见"6.1.5 拆分窗口"中的"1.拆分窗口"
试题 9　在当前工作簿中，取消拆分窗格	参见"6.1.5 拆分窗口"中的"2.取消拆分"
试题 10　在当前工作表中，使用拆分条拆分窗格，要求水平拆分到第 8 行下方，垂直拆分到 G 列右侧	参见"6.1.5 拆分窗口"中"1.拆分窗口"中的方法 1
试题 11　以单元格 D8 的左上角为水平、垂直分割线的交叉点，对当前工作表窗口进行拆分，要求用菜单命令操作	选择单元格 D8 后，再选择"窗口" | "拆分"命令
试题 12　将当前工作簿窗口隐藏，再取消隐藏"婚礼预算表"窗口	参见"6.1.1 切换活动工作簿"中的"2.隐藏工作簿"
二、工作表操作	
试题 1　已知当前工作簿中活动工作表为"Shee1"，切换活动工作表为"Sheet3"	单击"Sheet3"工作表标签
试题 2　选中工作表"Sheet1"、"Sheet3"和"Sheet5"后，将活动工作表切换到"Sheet3"，再取消工作组状态	参见"6.2.1 工作表组的操作"中的"2.选择多张不连续的工作表"
试题 3　选中"Sheet1"～"Sheet5"的连续的 5 个工作表，切换活动工作表为"Sheet4"，最后取消工作组状态	参见"6.2.1 工作表组的操作"中的"1.选择多张连续的工作表"
试题 4　要求用工作组操作，同时在所有工作表的单元格 A1 中输入"姓名"，取消工作组状态后，查看效果	用右键选择全部工作表，选择单元格 A1，输入文字"姓名"，用右键解除工作表状态，最后分别点击各工作表标签
试题 5　设置在新工作簿内的显示 5 张工作表	参见"6.2.2 更改默认的工作表数"
试题 6　在"Sheet3"和"Sheet4"工作表之间再插入一张新工作表，要求使用菜单命令操作	选择"Sheet4"工作表后，参见"6.2.3"中的"2.插入新工作表"中的方法 1
试题 7　使用右键菜单命令将"Sheet3"工作表删除	参见"6.2.3 工作表编辑操作"中的"3.删除工作表"
试题 8　使用鼠标双击的方法，将"Sheet1"工作表重新命名为"总计"	参见"6.2.3 工作表编辑操作"中的"6.重命名工作表"
试题 9　使用菜单命令操作，将"Sheet2"工作表重新命名为"一厂数据"	参见"6.2.3 工作表编辑操作"中的"6.重命名工作表"
试题 10　使用鼠标拖动的方法，将"总计"工作表移动到最后	参见"6.2.3 工作表编辑操作"中的"4.移动工作表"
试题 11　在"Sheet7"工作簿之后添加一个工作表，要求使用菜单命令操作	选中"Sheet4"（位于"Sheet7"右侧的工作表），再参见"6.2.3"工作表编辑操作中"2.插入新工作表"中的方法 1
试题 12　在当前工作簿中，一次性插入 3 个工作表。新工作表显示在"Sheet6"工作表左侧	选中"Sheet6"工作表及其前面的 2 个工作表，再参见"6.2.3 工作表编辑操作"中"2.插入新工作表"中的方法 1

试　　题	解　　析
试题 13　将"Sheet8"、"Sheet9"、"Sheet 10"三张工作表同时删除，要求用菜单命令操作	同时选中要删除的工作表，参见"6.2.3 工作表编辑操作"中"3.删除工作表"中的方法 2
试题 14　将工作簿中的"Sheet7"工作表删除，要求使用鼠标右键操作	参见"6.2.3 工作表编辑操作"中"3.删除工作表"中的方法 1
试题 15　在当前工作簿中，设置"Sheet5"工作表标签的颜色为红色，查看效果	参见"6.2.3 工作表编辑操作"中的"7.为工作表标签设置颜色"
试题 16　在当前工作簿中，将"一厂数据"工作表移动到"总计"工作表的前面，要求使用菜单命令操作	参见"6.2.3 工作表编辑操作"中的"4.移动工作表"
试题 17　在当前工作簿中，使用菜单命令复制"一厂数据"工作表，重新命名为"二厂数据"，放置在"一厂数据"工作表的左侧	参见"6.2.3 工作表编辑操作"中的"5.复制工作表" 参见"6.2.3 工作表编辑操作"中的"6.重命名工作表"
试题 18　在当前工作簿中，应用成组工作表的方法，将"一厂数据"和"二厂数据"的单元格区域"A1:A5"，使用工具栏填充红色，添加双底框线，取消工作表组状态，查看效果	选中"一厂数据"工作表，按 Ctrl 键后，再单击"二厂数据"工作表，进行格式设置，单击任意其他工作表标签取消工作表组状态
试题 19　将"一厂数据"工作表复制到新工作簿中，要求用菜单命令操作	参见"6.2.3 工作表编辑操作"中的"5.复制工作表"

第7章 数据处理与分析

考试基本要求

掌握的内容：

◆ 记录单的使用方法，可以使用记录单查找数据；

◆ 数据的排序（包括简单排序、多重排序、按行排序）方法；

◆ 数据筛选（自动筛选和高级筛选）操作；

◆ 分类汇总表的建立和分类汇总表的删除；

◆ 数据透视表的创建。

熟悉的内容：

◆ 使用记录单编辑数据记录；

◆ 数据高级筛选的条件表达方式；

◆ 分类汇总表的分级显示方法；

◆ 删除数据透视表的方法。

了解的内容：

◆ 自定义排序的方法；

◆ 数据透视表的更新；

◆ 在数据透视表中分类显示数据、改变计算函数和添加或删除字段的方法；

◆ 按位置合并计算数据和按类别合并计算数据的方法，了解获取外部数据的方法，包括导入文本文件和插入 Word 表格。

本章介绍了数据的管理与分析的方法，具体包括记录单的使用、数据的排序和筛选、数据的分类汇总、数据透视表的应用、数据的合并计算、外部数据的导入等。

7.1 记录单的使用

记录单是 Excel 提供的一种内置的数据表单窗体，有时也称为数据表单，它在单个的对话框中一次显示一条完整记录，方便数据的增加、更改、定位和删除。

7.1.1 创建数据清单

使用记录单之前，需要先在工作表中创建一个数据清单。区域或列表的每一列顶部必须具有标签，Excel 使用这些标签来创建表单中的字段，具体方法如下。

步骤 1 选中需要输入列标志的单元格区域，设置单元格为"文本"格式。

步骤 2 输入数据清单中的列标志（字段名），如图 7-1 所示。

步骤 3 根据需要对这些字段名设置相应的格式，如字体、对齐方式、格式、图案、边框或大小写类型等。

步骤 4 在数据表中根据需要创建公式。如图 7-1 所示，"金额"应为"数量"与"单价"的积，因此在单元格 D2 中输入公式"=B2*C2"。

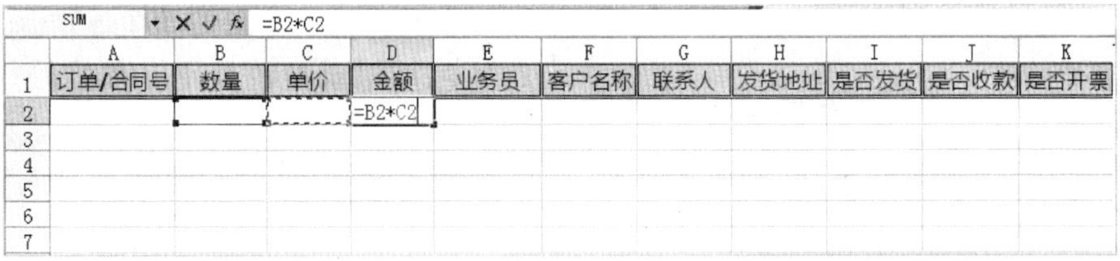

图 7-1 设置公式

步骤 5 按 Enter 键（回车键）确认公式的输入。

7.1.2 使用记录单处理数据

使用记录单可以向数据清单中添加数据，也可以对数据记录进行查找、修改和删除。

1. 添加记录

创建好数据清单后，可利用"记录单"命令向数据清单中添加数据，操作如下。

步骤 1 选中要添加记录的单元格，这里选择单元格 A2。

步骤 2 单击"数据"菜单，选择"记录单"命令，如图 7-2 所示。

步骤 3 在图 7-3 所示的记录单对话框中，左侧显示了数据清单中的字段名，右侧的文本框中可以输入相应的数据。

✍提示：在记录单对话框中最多只能显示 32 个字段，输入数据时，按 Tab 键可以移到下一个字段；按 Shift+Tab 组合键，则可以移到上一个字段。

图 7-2　选择"记录单"命令

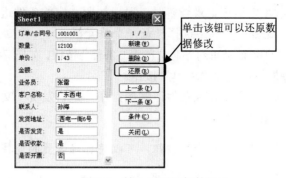

图 7-3　输入需要添加的记录

步骤 4　单击"新建"按钮，如图 7-4 所示，记录被添加到数据清单中了。

图 7-4　添加的第一条记录

提示：按 Enter 键也可以将输入的记录添加到数据清单中并继续输入下一个记录。

步骤 5　用同样的方法继续输入相关数据，完成记录添加后，单击"关闭"按钮关闭对话框。

注意：如果在一张工作表中包含了多张数据清单，则需要使用空行或空列在不同的数据清单间进行分隔，但在数据清单内不能包含空行或空列。

2．修改记录

在记录单对话框中修改记录的操作方法如下。

步骤 1　在数据清单中选择任意一个单元格。

步骤 2　单击"数据"菜单，选择"记录单"命令。

步骤 3　单击"上一条"按钮或者"下一条"按钮，找到需要修改的记录，然后在对话框的左侧进行修改。

步骤 4　单击"关闭"按钮，完成数据修改。

提示：在记录单对话框中，单击"还原"按钮，可以撤销对数据的修改。

3．查找记录

当数据清单中数据记录较多时，可以按照一定的条件进行查找，操作方法如下。

步骤 1　在数据清单中选择任意一个单元格。

步骤 2　打开记录单对话框，单击"条件"按钮，如图 7-5 所示，右上角显示"Criteria"字样，"条件"按钮变为"表单"按钮。

步骤 3　根据需要输入条件，例如，在"是否发货"文本框中输入"=是"，表示查找已发货的订单记录。

提示：单击"清除"按钮，可以将已经设置的查找条件删除，这样就可设置新的查询条件了。

步骤 4　单击"表单"按钮，将从第 1 条记录开始查找符合设置条件的记录，"表单"按钮又变回"条件"按钮。

步骤 5　查看完记录后可单击"关闭"按钮关闭对话框。

4．删除记录

在记录单对话框中删除记录的操作方法如下。

步骤 1　打开记录单对话框。

步骤 2　利用查找记录的方法找到要删除的记录。

步骤 3　单击"删除"按钮，将记录删除。

图 7-5　输入条件

提示：删除记录后不能撤销。

7.1.3　查找记录的条件设置

查找记录的条件设置中需要注意以下几点。

◆　查找条件中可以包含数值、字符或表达式。

◆　可以使用的运算符：=（等于）、>（大于）、<（小于）、>=（大于等于）、<=（小于等于）和<>（不等于）。

◆　若输入"<>"后面不跟任何数据，表示查找空白字段。

◆　查找文本可以使用通配符："?"，表示所在位置处的任意一个字符，如"李?"，可以代表"李海"、"李洋"等。"*"表示所在位置及后面的任意个字符，如"张*"除了可以代表"张海"，还可以代表"张萍东"等。

7.1.4　本节考点

本节内容的考点主要集中在以下 4 点：利用记录单添加记录、修改记录、查找记录和删除记录，主要都是在记录单对话框中操作。

7.2　数据排序

在 Excel 中，数据的排序是指根据存储在表格中的数据种类，将其按一定的方式进行重新排列。

排序时，不同数据类型的排序依次不同，说明如下。

◆ 数值：按数值的大小进行排序。
◆ 字母：按字母先后顺序，即按字典的顺序。
◆ 日期：按日期的先后。
◆ 汉字：按汉语拼音的顺序或按笔画顺序。
◆ 逻辑值：升序时 FALSE 排在 TRUE 前面，降序时相反。
◆ 空格：总是排在最后。

✍ 提示：单元格内容的开头和末尾存在空格会影响排序与搜索，可以缩进单元格内的文本来代替输入的空格。

7.2.1　按列排序

1. 简单排序

如果只对数据表中的一个字段进行排序处理，可以用下面的方法进行操作，具体如下。

步骤 1　在数据中选中要进行排序的数据列中任意单元格。

步骤 2　在"常用"工具栏中单击"升序排序"按钮 或"降序排序"按钮 。图 7-6 和图 7-7 所示为对"类别"列进行升序排序和降序排序的结果。

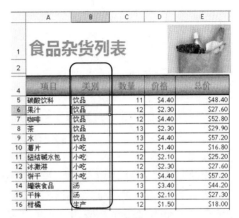

图 7-6　升序排序　　　　　　　　　　　图 7-7　降序排序

✎ 注意：在排序时，隐藏的行和列不会移动，因此，排序前，需要先显示隐藏的行或列。

2．多重字段排序

排序时可以设置多个关键字，最多可以设置三级排序。当两个记录的"主关键字"相同时，Excel 就会比较它们的"次要关键字"依此类推。具体设置方法如下。

步骤 1　在数据清单中选择任意一个单元格。

步骤 2　单击"数据"菜单，选择"排序"命令。

步骤 3　在"排序"对话框中，分别设置"主要关键字"和"次要关键字"，如图 7-8 所示，图中的设置表示，先对"类别"列进行降序排序，对于类别相同的数据，则按"数量"升序排列。

步骤 4　选中"有标题行"单选按钮，表示数据清单中的第一行内容作为列标题，不参加排序。

步骤 5　单击"确定"按钮，得到图 7-9 所示的排序结果。

图 7-8　设置排序关键字　　　　图 7-9　排序后的结果

✎ 提示：选中"无标题行"单选按钮，表示数据清单中的第一行内容参加排序。

7.2.2　按行排序

在 Excel 中不仅可以对数据进行排序，还可以对字段的排列顺序进行更改，操作方法如下。

步骤 1　在数据清单中选择任意一个单元格。

步骤 2　在"排序"对话框，单击"选项"按钮。

步骤 3　在"排序选项"对话框中，选中"按行排序"单选按钮，如图 7-10 所示。

步骤 4　单击"确定"按钮，返回"排序"对话框，设置排序的主要关键字为"行 1"，如图 7-11 所示。

图 7-10　设置排序方向　　　　图 7-11　按行排序

步骤 5　单击"确定"按钮，可以得到按行的排序结果。

7.2.3　自定义排序依据

当使用以上方法都不能满足实际需要时，可利用自定义排序功能进行排序，具体操作步骤如下。

步骤 1　打开"排序"对话框。

步骤 2　设置排序主要关键字后，单击"选项"按钮。

步骤 3　在图 7-10 所示的"排序选项"对话框中，打开"自定义排序次序"下拉列表，在列表中可以选择排序的依据；也可以根据情况设置排序方法，选中"笔划排序"单选按钮。选中"区分大小写"复选框，表示在排序时区分英文字母大小写状态。

步骤 4　依次单击"确定"按钮，返回工作表中完成排序。

7.2.4　本节考点

本节内容的考点主要包括简单排序、多重字段排序、按行排序、自定义排序依据，主要都是在"排序"对话框中完成设置。

7.3　数据筛选

使用筛选功能可以方便对数据进行查找，使数据清单中只显示那些符合条件的记录。

7.3.1　自动筛选

自动筛选是在原始数据表中，利用"自动筛选"按钮对数据进行筛选查看的操作方式。

1．应用自动筛选

自动筛选的使用方法描述如下。

步骤 1　选择需要数据区域中的任意单元格，例如单元格 A2。

步骤 2　单击"数据"菜单，选择"筛选"1"自动筛选"命令，表格中每列标题的右侧都显示了"自动筛选"按钮⊡。

步骤 3 单击"产品小类"列右侧的⊡按钮，在列表中可以选择要筛选的项目，如图7-12 所示，选择"人寿"项，表示筛选"产品小类"为"人寿"的数据记录，筛选的结果如图7-13 所示。

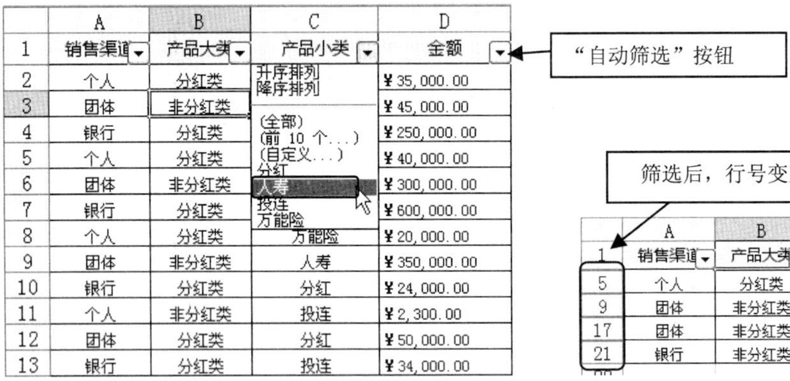

图 7-12　选择需要筛选的项目

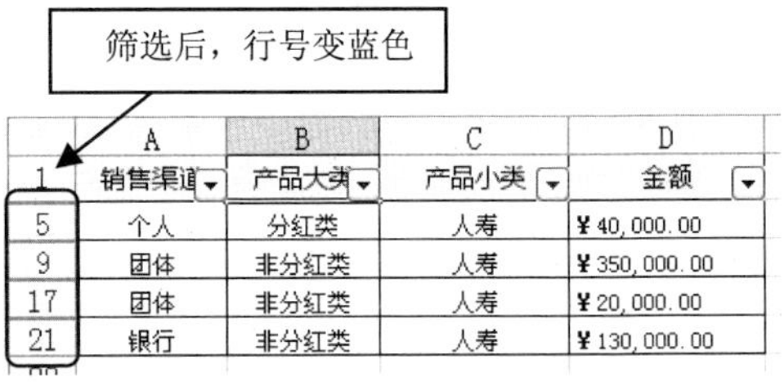

图 7-13　筛选出"人寿"数据

步骤 4 如图 7-14 所示，可以在被筛选出的数据中继续设置其他筛选条件，如图 7-15 所示，筛选出了"销售渠道"为"银行"的数据。

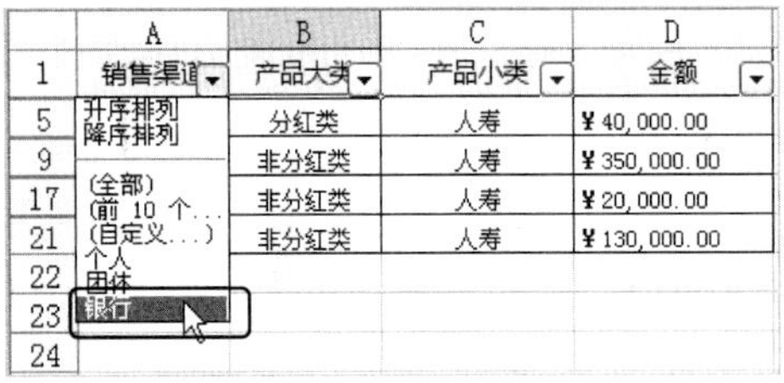

图 7-14　继续筛选数据

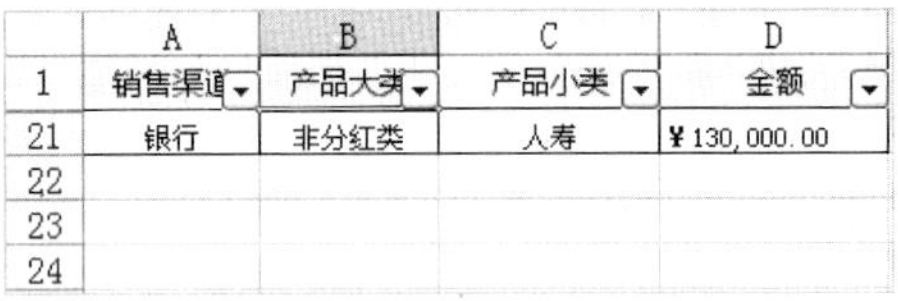

图 7-15　筛选的结果

2．恢复数据的显示

在执行了数据筛选后，如果需要重新显示出所有的数据记录，可以按下面的方法操作。

方法 1：如果只对一列中的数据进行了自动筛选，可单击该列右侧的"自动筛选"按钮▼，在列表中选择"（全部）"项，如图7-16 所示。

方法 2：单击"数据"菜单，选择"筛选"1"全部显示"命令。

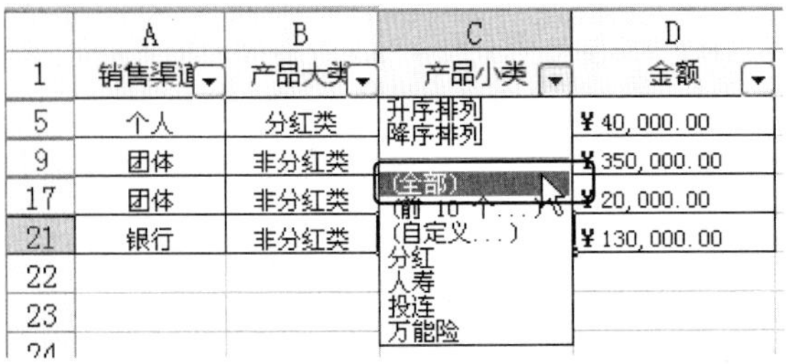

图 7-16　选择"（全部）"项

方法 3：单击"数据"菜单，再次选择"筛选"1"自动筛选"命令，可以结束自动筛选并显示全部数据。

3．自动筛选前 10 个值

在自动筛选时，对于数值型数据可以设置筛选出最大或最小的数据，具体操作方法如下。

步骤 1 单击"金额"列右侧的"自动筛选"按钮▾|，在列表中选择"（前 10 个…）"项。

步骤 2 在"自动筛选前 10 个"对话框中，分别进行设置，如图 7-17 所示，设置筛选"最大"的前"5"项，如图 7-17 所示。

步骤 3 单击"确定"按钮，可筛选出金额最大的前 5 条记录。

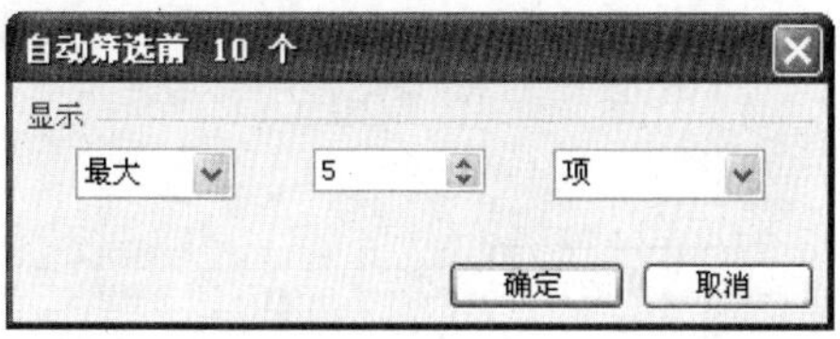

4．自定义自动筛选条件

通过设置条件可以实现复杂的筛选。自定义自动筛选时，最多只能对一列数据应用两个条件。

图 7-17 "自动筛选前 10 个"对话框

具体操作如下。

步骤 1 单击需要筛选列的右侧"自动筛选"按钮▾|，在列表中选择"（自定义…）"项。

步骤 2 在"自定义自动筛选方式"对话框中，设置条件，如图 7-18 所示，选中"或"单选按钮，表示要查找金额大于 40000 或者金额小于 20000 的记录。

✍提示："与"关系表示只有两个条件都满足的记录才会被筛选出来；"或"关系表示满足所设条件中的任意一条就可以被筛选。

步骤 3 单击"确定"按钮，完成筛选，结果如图 7-19 所示。

图 7-18 "自定义自动筛选方式"对话框

	A	B	C	D
1	销售渠道	产品大类	产品小类	金额
3	团体	非分红类	投连	￥45,000.00
4	银行	分红类	万能险	￥250,000.00
6	团体	非分红类	分红	￥300,000.00
7	银行	分红类	投连	￥600,000.00
9	团体	非分红类	人寿	￥350,000.00
11	个人	非分红类	投连	￥2,300.00
12	团体	分红类	分红	￥50,000.00
14	个人	非分红类	分红	￥2,000.00
15	个人	分红类	投连	￥5,000.00
18	银行	分红类	分红	￥50,000.00
19	个人	非分红类	投连	￥300,000.00
21	银行	非分红类	人寿	￥130,000.00

图 7-19 自定义筛选的结果

7.3.2 高级筛选

如果希望同时对两个以上的列进行条件性筛选，就可以使用高级筛选功能。

1．建立条件区域

使用高级筛选时，首先要建立条件区域。创建的条件区域要满足以下几个条件。

◆ 条件区域与数据清单之间至少要插入一个空行，起到分隔的作用。

◆ 条件区域中必须要包含与数据清单中相同的列标志。

◆ 在筛选条件中可以使用通配符："?"（问号）和"*"（星号）。

✍ 注意：通配符只能应用于对文本型的数据的筛选。

◆ 同一行中的条件为"与"关系，如图 7-20（b）所示；同一列中的条件为"或"关
系，如图 7-20（a）所示。

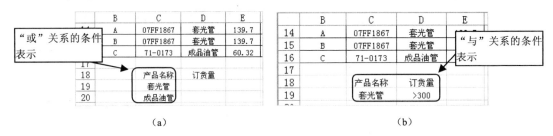

(a)　　　　　　　　　　　　　　(b)

图 7-20　在列上设置多个筛选条件

2．应用高级筛选

图 7-21 所示为创建的条件区域，下面以此为例说明高级筛选的操作方法。

步骤 1　在数据清单内选择任意单元格。

步骤 2　单击"数据"菜单，选择"筛选"|"高级筛选"命令。

步骤 3　在"高级筛选"对话框的"列表区域"文本框中将自动选择相应的数据区域，
如图 7-22 所示，单击"条件区域"文本框右侧的"拾取"按钮。

图 7-21　组合条件

图 7- 22　"高级筛选"对话框

步骤 4　拖动鼠标选择筛选条件所在的区域，如图 7-23 所示，选择单元格区域"C18:E20"。

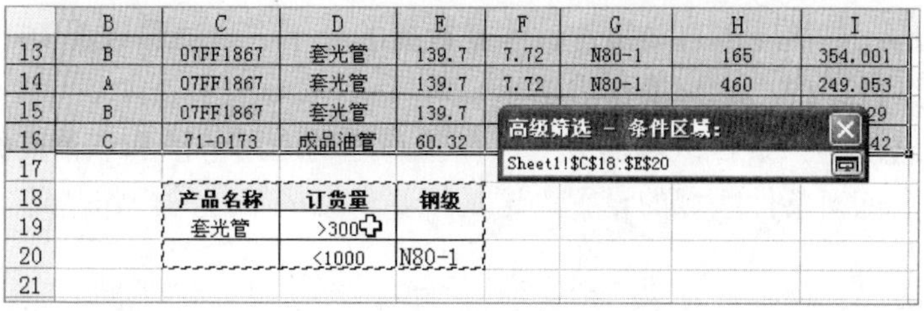

	B	C	D	E	F	G	H	I
13	B	07FF1867	套光管	139.7	7.72	N80-1	165	354.001
14	A	07FF1867	套光管	139.7	7.72	N80-1	460	249.053
15	B	07FF1867	套光管	139.7				29
16	C	71-0173	成品油管	60.32				42
17								
18		产品名称	订货量	钢级				
19		套光管	>300					
20			<1000	N80-1				
21								

高级筛选 – 条件区域：
Sheet1!$C$18:$E$20

图 7-23　选择条件所在的区域

步骤 5　单击"高级筛选-列表区域"对话框右侧的"展开"按钮，返回"高级筛选"对话框。

步骤 6　选择筛选结果所放置的位置，如图 7-24 所示。

◆ "在原有区域显示筛选结果"：选中该单选按钮，将在原数据区内显示筛选结果。

◆ "将筛选结果复制到其他位置"：选中该单选按钮后，可以在"复制到"文本框中指定筛选结果在当前工作表中的具体位置。

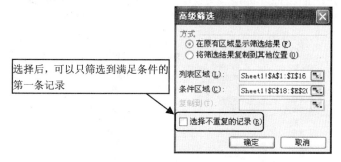

选择后，可以只筛选到满足条件的第一条记录

图 7-24　指定筛选结果的放置位置

步骤 7　单击"确定"按钮，如图 7-25 所示，在指定的位置显示了筛选结果。

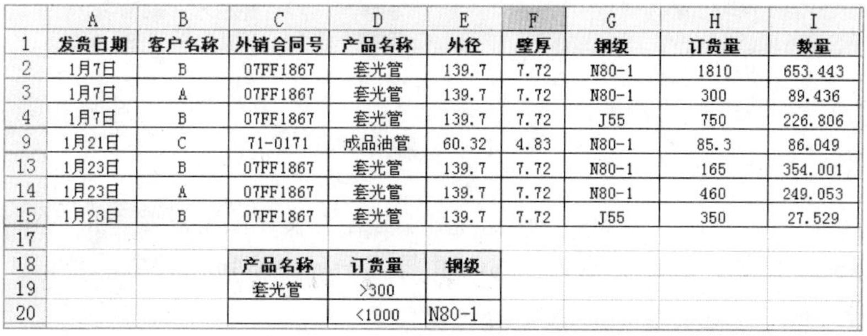

	A	B	C	D	E	F	G	H	I
1	发货日期	客户名称	外销合同号	产品名称	外径	壁厚	钢级	订货量	数量
2	1月7日	B	07FF1867	套光管	139.7	7.72	N80-1	1810	653.443
3	1月7日	A	07FF1867	套光管	139.7	7.72	N80-1	300	89.436
4	1月7日	B	07FF1867	套光管	139.7	7.72	J55	750	226.806
9	1月21日	C	71-0171	成品油管	60.32	4.83	N80-1	85.3	86.049
13	1月23日	B	07FF1867	套光管	139.7	7.72	N80-1	165	354.001
14	1月23日	B	07FF1867	套光管	139.7	7.72	N80-1	460	249.053
15	1月23日	B	07FF1867	套光管	139.7	7.72	J55	350	27.529
17									
18			产品名称	订货量	钢级				
19			套光管	>300					
20				<1000	N80-1				

图 7-25　高级筛选的结果

✍注意：打印时，只有筛选结果可以被打印出来，隐藏的行数据不被打印。

如果高级筛选的结果是显示在原数据区域的，则可以单击"数据"菜单，选择"筛选"|"全部显示"命令，使数据重新显示。

7.3.3　本节考点

本节内容的考点主要包括自动筛选和高级筛选。

◆ 自动筛选：包括应用自动筛选、恢复数据的显示、自动筛选前 10 个值、自定义自动筛选条件，应当掌握操作方法。

◆ 高级筛选：包括条件区域的设置、高级筛选的应用方法和取消高级筛选的方法。重点要多练习条件区域的设置，这是按要求完成筛选的操作基础。

7.4　分类汇总

分类汇总可以自动对指定的列数据进行分类，并将指定的数值字段按类汇总。

7.4.1　应用分类汇总

图 7-26 所示为日常费用表，下面按照"部门"分类，对"金额"进行求和汇总，来快速得到各部门的费用金额总和。

	A	B	C	D	E
1	凭证号数	部门	费用类别	支出类别	金额
2	1001	财务部	办公费	支票	140.00
3	1002	财务部	差旅费	现金	3,510.00
4	1003	财务部	邮件快件费	支票	120.00
5	1004	财务部	差旅费	现金	474.00
6	1005	财务部	办公费	支票	85.00
7	1006	广告部	交通工具费	现金	43.50
8	1007	广告部	通讯费	支票	100.00
9	1008	广告部	通讯费	现金	100.00
10	1009	广告部	办公费	支票	207.00
11	1010	广告部	邮件快件费	现金	407.22
12	1011	技术部	通讯费	支票	100.00
13	1012	技术部	差旅费	现金	5,280.00
14	1013	技术部	差旅费	现金	282.00
15	1014	技术部	邮件快件费	支票	120.00
16	1015	技术部	通讯费	现金	100.00
17	1016	技术部	通讯费	支票	100.00
18	1017	技术部	通讯费	现金	100.00
19	1018	市场部	交通工具费	支票	15.00

图 7-26　日常费用表

从图 7-26 中可以看出，要进行分类汇总的数据区域必须要满足下面的条件。

◆ 数据区域的第一行应具有列标志，并且同一列中应包含相似的数据。

◆ 数据清单中不包含有空行或空列。

分类汇总的具体操作步骤如下。

步骤 1　选中"部门"列的任意单元格，在"常用"工具栏中，单击"升序排序"按钮，将该列数据排序。

步骤 2　在数据清单中选择任意一个单元格。

步骤 3　单击"数据"菜单，选择"分类汇总"命令。

步骤 4　在"分类汇总"对话框中，设置"分类字段"为"部门"；设置"汇总方式"为"求和"；设置"选定汇总项"为"金额"，如图 7-27 所示。

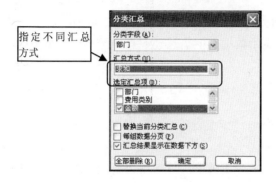

图 7-27 设置分类汇总

步骤 5 单击"确定"按钮，完成分类汇总的创建。

7.4.2 查看汇总数据

创建完分类汇总后,使用左侧的按钮可在汇总数据和明细数据之间进行切换,如图 7-28 所示。

◆ 单击 **-** 按钮,则可隐藏相应的明细数据。

◆ 单击 **+** 按钮,可以显示相应汇总数据的明细。

✎ **提示**:单击顶部按钮组中数字也可以查看汇总数据，数字越大越接近详细数据。

	A	B	C	D	E
1	凭证号数	部门	费用类别	支出类别	金额
7		财务部 汇总			4,329.00
13		广告部 汇总			857.72
21		技术部 汇总			6,082.00
22	1018	市场部	交通工具费	支票	15.00
23	1019	市场部	通讯费	现金	100.00
24	1020	市场部	通讯费	支票	50.00
25	1021	市场部	交通工具费	支票	10.00
26	1022	市场部	交通工具费	现金	186.00
27	1023	市场部	交通工具费	现金	18.00
28	1024	市场部	通讯费	支票	100.00
29	1025	市场部	办公费	支票	1,000.00
30		市场部 汇总			1,479.00
31	1026	行政部	交通工具费	现金	35.00
32	1027	行政部	邮件快件费	支票	26.00
33	1028	行政部	差旅费	现金	26,254.00
34	1029	行政部	邮件快件费	支票	632.50
35	1030	行政部	差旅费	现金	3,593.26
36		行政部 汇总			30,540.76
37		总计			43,288.48

图 7-28 查看汇总数据

7.4.3 删除分类汇总

要删除分类汇总，可进行如下操作。

步骤 1 选择数据区域中的任意单元格。

步骤 2 单击"数据"菜单，选择"分类汇总"命令。

步骤 3　在"分类汇总"对话框中，单击"全部删除"按钮。

删除分类汇总时不会影响原始数据，但仍然建议对原数据做好备份操作。

7.4.4　多级分类汇总

创建多级分类汇总时，需要按照分类的级别来指定排序的关键字。

步骤 1　在"排序"对话框中设置好排序关键字，如图 7-29 所示。在"排序"对话框中，将"部门"设置为排序的"主要关键字"，而将"费用类别"设置为排序的"次要关键字"，表示先按部门分类汇总费用金额，再对每个部门中各项费用进行统计。

步骤 2　用"7.4.1 应用分类汇总"中的方法先按照部门进行分类汇总。

步骤 3　再按照费用类别进行分类汇总，如图 7-30 所示，在第二次分类汇总时，要取消选中"替换当前分类汇总"复选框，以保持数据表中已有的分类汇总。

图 7-29　设置排序关键字　　　　图 7-30　设置二级分类汇总

步骤 4　单击"确定"按钮。

图 7-31 所示为创建好的多级汇总，利用左侧的 − 按钮和 + 按钮可以查看数据。

1 2 3 4		A	B	C	D	E
	1	凭证号数	部门	费用类别	支出类别	
	2	1001	财务部	办公费	支票	
	3	1005	财务部	办公费	支票	85.00
	4			办公费 汇总		225.00
	7			差旅费 汇总		3,984.00
				邮件快件费 汇总		120.00
			财务部 汇总			4,329.00
	12			办公费 汇总		207.00
	14			交通工具费 汇总		43.50
	17			通讯费 汇总		200.00
	19			邮件快件费 汇总		407.22
	20		广告部 汇总			857.72
	23			差旅费 汇总		5,562.00
	28			通讯费 汇总		400.00
	30			邮件快件费 汇总		120.00
	31		技术部 汇总			6,082.00
	32	1025	市场部	办公费	支票	1,000.00
	33			办公费 汇总		1,000.00
	34	1022	市场部	交通工具费	现金	186.00
	35	1023	市场部	交通工具费	现金	18.00

一级汇总

二级汇总

图 7-31　多级分类汇总

7.4.5　本节考点

本节内容的考点主要包括创建分类汇总、删除分类汇总、多级分类汇总，还应掌握对汇总后数据的查看方法。

7.5　数据透视表

利用数据透视表和透视图，用户可以根据不同的分析目的组织和汇总数据。它是一种交互式报表，是一种动态数据分析工具，并且可以随心所欲地得到想要的分析结果。

7.5.1　创建数据透视表

创建数据透视表之前要先将数据组织好，确保数据中的第一行包含列标签，各列中只包含一种性质的数据，且不包含空行或空列。

要注意的是，在数据表中应当包含有数值类，且该数值字段有汇总计算的实际意义。

图 7-32 所示为服装的仓库管理数据表。现在就以此表为例说明数据透视表动态分析的方法与应用。

	A	B	C	D	E	F	G	H	I	J
1	往来商户	业务属性	商品名称	产地	入仓数量	入仓单价	入仓金额	出仓数量	出仓单价	出仓金额
2	张三	购进入仓	南韩-黄大号130	韩国进口	70	130	9100			
3	李四	购进入仓	纤美依丝26	上海真针	50	26	1300			
4	张三	购进入仓	俏丽人2型20	广州俏丽人	60	20	1200			
5	周正武	销货出仓	纤美依丝26	上海真针		26	0	25	35.2	880
6	张三	购进入仓	南韩-红中号120	韩国进口	60	120	7200			
7	张三	购进退出出仓	南韩-红中号120	韩国进口	-10	120	-1200			
8	何二娃	购进入仓	雅顺-大号40	日本进口	80	40	3200			
9	王麻子	购进入仓	雅丽红-黄色12	广州俏丽人	90	12	1080			
10	王三娃	销货出仓	美洁真丝110	杭州		130	0	15	163.3	2450
11	王麻子	销货出仓	雅蝶2型25		95	25	2375			
12	赵二妹	销货出仓	雅丽红-黄色12	广州俏丽人		12	0	30	19	570
13	黄大宝	销货出仓	雅蝶2型25			25	0	60	32.5	1950
14	黄大宝	销货退回入仓	雅蝶2型25	日本进口		25	0	-20	25	-500
15	刘欢	销货出仓	南韩-红中号120	韩国进口		120	0	45	150	6750

图 7-32　服装的仓库管理数据清单

步骤 1　选择数据区域中的任意一个单元格。

步骤 2　单击"数据"菜单，选择"数据透视表和数据透视图"命令。

步骤 3　在"数据透视表和数据透视图向导—3 步骤之 1"对话框中，设置数据源的类型和创建的报表类型，这里以默认值为准，如图 7-33 所示，单击"下一步"按钮。

步骤 4　在"数据透视表和数据透视图向导—3 步骤之 2"对话框中，可以选定数据区域，通常 Excel 可以自动扩展数据区域，如图 7-34 所示。

✍提示：单击"选定区域"文本框右侧的按钮后可以选择相应的数据区域。

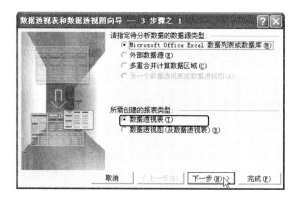

图 7-33　选择数据源类型及报表类型

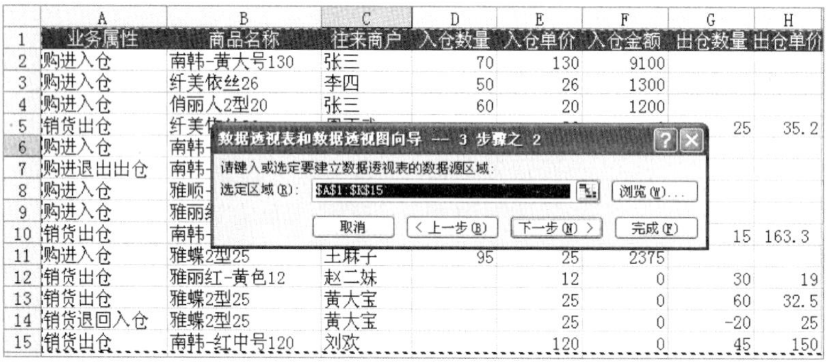

	A	B	C	D	E	F	G	H
1	业务属性	商品名称	往来商户	入仓数量	入仓单价	入仓金额	出仓数量	出仓单价
2	购进入仓	南韩-黄大号130	张三	70	130	9100		
3	购进入仓	纤美依丝26	李四	50	26	1300		
4	购进入仓	俏离人2型20	张三	60	20	1200		
5	销货出仓	纤美依丝					25	35.2
6	销货	南韩						
7	购进退出仓	南韩						
8	购进入仓	雅顺						
9	购进入仓	雅丽红						
10	南韩						15	163.3
11	购进入仓	雅蝶2型25	王麻子	95	25	2375		
12	销货出仓	雅丽红-黄色12	赵二妹		12	0	30	19
13	销货出仓	雅蝶2型25	黄大宝		25	0	60	32.5
14	销货退回入仓	雅蝶2型25	黄大宝		25	0	-20	25
15	销货出仓	南韩-红中号120	刘欢		120	0	45	150

图 7-34　选择数据源区域

步骤 5　在"数据透视表和数据透视图向导—3 步骤之 3"对话框中，如图 7-35 所示，选择数据透视表的放置位置，这里选中"新建工作表"单选按钮，单击"布局"按钮。

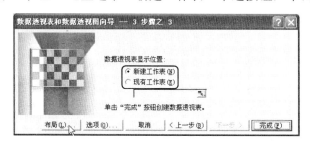

图 7-35　数据透视表和数据透视图向导

提示： 在图 7-35 所示的对话框中，也可以直接单击"完成"按钮生成数据透视表，然后在工作表中进行设置，这将使操作更加直观。

步骤 6　在"数据透视表和数据透视图向导—布局"对话框中，根据分析的目的设置数据透视表的布局，分别将字段拖动到合适的区域中，如图 7-36 所示。

步骤 7　在"数据"区中双击"计数项：出仓金额"字段按钮，弹出"数据透视表字段"对话框，如图 7-37 所示，在"汇总方式"列表框中将"入仓数量"字段的计算方式更改为"求和"，单击"确定"按钮。

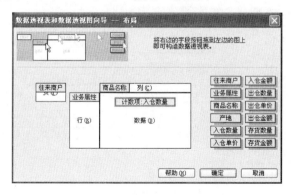

图 7-36　设置数据透视表布局

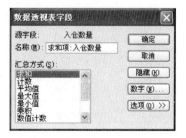

图 7-37　更改字段的计算方式

步骤 8　返回"数据透视表和数据透视图向导—3 步骤之 3"对话框，单击"完成"按钮。创建的数据透视表如图 7-38 所示。

图 7-38　完成的数据透视表

✍提示：在数据透视表中，双击"求和项：入仓数量"字段按钮，可以弹出图 7-37 所示的"数据透视表字段"对话框更改计算方式。

7.5.2　使用数据透视表分析

在数据透视表中，可以根据分析和查看的需要设置数据的显示。下面介绍数据透视表的常用操作。

1．查看数据透视表

利用数据透视表对数据进行多维分析，操作如下。

步骤 1　单击"往来商户"字段右侧的按钮，在下拉列表选择"张三"，如图 7-39 所示，单击"确定"按钮。

步骤 2　单击"业务属性"字段右侧的"自动筛选"按钮，取消其他复选框的选中，只保留选中"销货出仓"复选框，如图 7-40 所示，单击"确定"按钮。

图 7-39　选择商户

图 7-40　数据透视表中筛选数据项

步骤 3　单击"商品名称"右侧的"自动筛选"按钮，在图 7-41 所示列表中，取消选中"全部显示"复选框，然后再选中"俏丽人 2 型 20"复选框，单击"确定"按钮，如图 7-42 所示，显示了最终的数据。

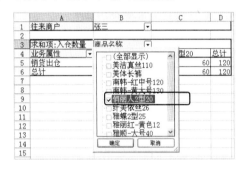

图 7-41　选择商品

图 7-42　最终显示的数据

如果希望恢复数据显示，可以依次单击相应的按钮选中"（全部显示）"复选框和"（全部）"项。

2．更新数据

创建好的数据透视表与原数据之间保持有链接关系，当原数据发生变化时，数据透视表可以进行更新。

可以用以下方法对数据透视表数据进行刷新。

◆　按快捷键 F5。

◆　单击"数据"菜单，选择"刷新数据"命令。

◆　在数据透视表中，单击鼠标右键，在弹出的快捷菜单中选择"刷新数据"命令。

3．添加或删除字段

通过添加或删除字段可以重新对数据透视表的结构进行布局，具体操作如下。

步骤 1　鼠标指向需要删除的字段，例如"数据"字段，按住鼠标左键将其拖出数据区域，当鼠标变为 ⬚× 形状时，如图 7-43 所示，松开鼠标就可以将该字段从数据透视表中删除了。

步骤 2　在"数据透视表字段列表"对话框中，选择需要向数据透视表中添加的字段，例如，选择"产地"字段，如图 7-44 所示，单击"添加到"按钮。如图 7-45 所示，"产地"字段被添加到了数据表的行字段了。

图 7-43　从数据透视表中删除字段

✍提示：只有当活动单元格定位于数据透视表区域时，才会显示"数据透视表字段列表"对话框。如果没有显示"数据透视表字段列表"对话框，可以单击"数据透视表"工具栏中的"显示字段列表"按钮。

图 7-44　添加字段

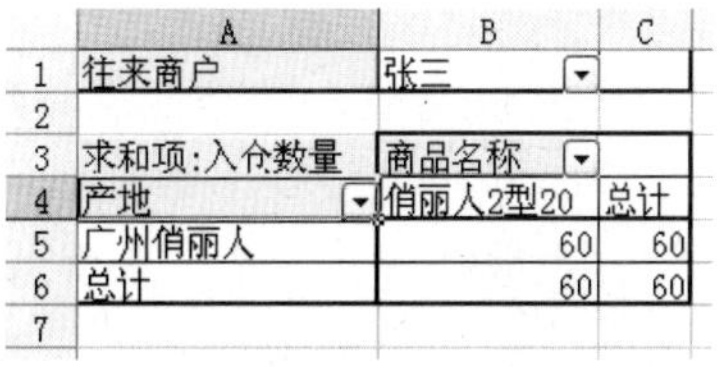

图 7-45　删除和添加字段后的效果

✍提示：用鼠标拖动的方式也能将字段从"数据透视表字段列表"对话框中拖动到数据表中。

4．设置格式

Excel 为数据透视表预定义了一些格式，用户可以直接应用，方法如下。

步骤 1　选中数据透视表中的任意单元格。

步骤 2　在"数据透视表"工具栏中单击"数据透视表"按钮，在图 7-46 所示的列表中选择"设置报告格式"命令。

步骤 3　在图 7-47 所示的"自动套用格式"对话框中，选择需要应用的格式后，单击"确定"按钮，可以将选定的格式应用于数据透视表中。

5．删除数据透视表

数据透视表中的数据不可被修改，但数据透视表可以被整个删除。

方法 1：只需选中数据区域，然后用删除单元格、行或列的方法操作，具体操作参见第 2 章中的相关内容。

方法 2：在"数据透视表"工具栏上打开"数据透视表"下拉列表，选择"选定"|"整张表格"命令，再次打开"数据透视表"下拉列表，选择"删除"命令。

图 7-46　选择"设置报告格式"命令

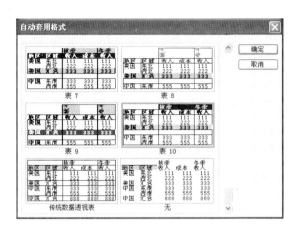
图 7-47　选择格式

7.5.3　创建数据透视图

数据透视图可以直观地、动态地反映数据的变化，创建的方法如下。

步骤 1　将活动单元格放置于数据透视表中的任意单元格。

步骤 2　单击"数据透视表"工具栏中的"插入图表"按钮。

步骤 3　自动生成了数据透视图工作表"Chart1"。

数据透视图可以动态显示数据，单击"商品名称"右侧的按钮，在列表框中选择"（全部）"项，单击"确定"按钮，图表如图 7-48 所示。

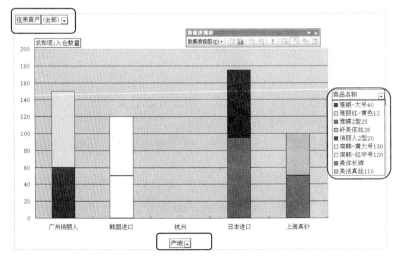
图 7-48　在数据透视图中查看数据

　　由于数据透视图是基于数据透视表创建的，当数据透视图的结构更改了以后，数据透视表的结构也会随之进行调整。

　　对于数据透视图的其他操作与图表操作相似，具体可参见第 5 章中的内容。

7.5.4　本节考点

　　本节内容的考点主要包括创建数据透视表、更新数据透视表数据、添加或删除数据透视表字段、为当前数据透视表设置指定格式、删除数据透视表、数据透视图的相关操作等内容。

7.6　合并计算

　　合并计算数据可以组合几个数据区域中的值。例如，有一个用于每个地区办事处开支数据的工作表，可使用合并计算将这些开支数据合并到一个公司开支工作表中。

7.6.1　按位置合并

　　如果所有源区域中的数据按同样的顺序和位置排列，则可按位置进行合并计算。例如，图 7-49 所示为一个费用预算表模板，每个分厂都将费用填在相同模板的工作表中，用户可按位置合并计算数据。

　　具体操作步骤如下。

　　步骤 1　打开"费用预算"工作簿，选择"合计"工作表，选择单元格 C4。

　　步骤 2　单击"数据"菜单，选择"合并计算"命令。

　　步骤 3　弹出"合并计算"对话框，在"函数"文本框中选择合适的计算函数，默认为"求和"，如图 7-49 所示，光标定位在"引用位置"文本框中，鼠标单击"一厂"工作表标签，拖动鼠标选择单元格区域"B4:G11"。

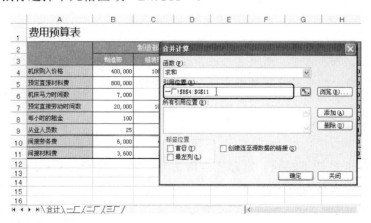

图 7-49　打开"合并计算"对话框

步骤 4 单击"添加"按钮，将引用的单元格区域添加到"所有引用位置"的列表框中，如图 7-50 所示。

步骤 5 按照同样的操作方法，分别将"二厂"和"三厂"工作表中的单元格区域"B4:G11"添加为合并区域，如图 7-51 所示，选中"创建连至原数据源的链接"复选框。

图 7-50　添加的引用区域　　　　　　　图 7-51　添加多个引用区域

步骤 6 单击"确定"按钮，图 7-52 所示为合并后的数据，单击左侧的 ▬ 和 ✚ 按钮，可以查看明细数据。

		A	B	C	D	E	F	G	H
1		费用预算表							
2				制造部门			后勤部门		合计
3			制造部	组装部	加工部	材料部	工具部	事务部	
7		机床购入价格	1,200,000	300,000	160,000				1,660,000
8				60,000	50,000			800,000	
9			800,000	60,000			80,000		
10			800,000		50,000	60,000			
11		预定直接材料费	1,600,000	120,000	100,000	60,000	80,000	800,000	2,760,000
15		机床马力时间数	14,000	10,000	12,000	5,000	50,000	7,000	98,000
19		预定直接劳动时间数	60,000	30,000	18,000				108,000
23		每小时的租金	300	180	270				750
27		从业人员数	75	42	36	12	30	18	213
31		间接劳务费	18,000	12,000	21,600	36,000	104,100	66,000	257,700
35		间接材料费	10,800	5,400	12,390	1,920	72,000	4,020	106,530

图 7-52　合并后的结果

✍️ **提示**：如果不选中"创建连向源数据的链接"复选框，则合并数据表的左侧不会显示分级符号。合并的数据与源数据之间也不会进行自动更新。

7.6.2　按分类合并

如果各数据的结构不相同，但都包含计划合并数据相匹配的标志行或标志列中的数据，可以根据分类进行合并。

图 7-53（a）图和 7-53（b）图所示为两个交易所提交的汇总数据，表格数据位置显示不同。

	A	B	C	D	E
1	股票名称	股票代码	最新价	成交量	成交金额
2	斯米克	2162	10.16	12	15,947.00
3	宝莫股份	2476	18.49	75723	14,140.00
4	振华科技	733	9.90	196734	19,592.00
5	川化股份	155	7.13	201255	14,087.00
6	泸天化	912	6.83	72612	4,963.00
7					
8					

交易一所 / 交易二所 / 合并数据 /

（a）

	A	B	C	D
1	股票名称	最新价	成交量	成交金额
2	斯米克	10.16	50	15,947.00
3	靖远煤电	16.81	40662	6,895.00
4	美邦服饰	32.25	45439	14,600.00
5	国恒铁路	3.49	399216	14,025.00
6				
8				

交易一所 / 交易二所 / 合并数据 /

（b）

图 7-53　结构各不相同的数据

现在，需要对两个表中股票的"成交量"和"成交金额"进行汇总，具体操作如下。

步骤 1　创建一个"合并数据"表，如图 7-54 所示，表中的列标志与数据源表中的相同。左侧是用于分类统计的数据标志，名称应与数据源表中的相同。

提示：用于分类统计的数据标志可以多于或少于原数据表。

步骤 2　选择单元格区域"A1:C10"，单击"数据"菜单，选择"合并数据"命令。

步骤 3　分别指定待合并的数据区域，如图 7-55 所示，在"标签位置"选项组中选中"首行"和"最左列"复选框，这样 Excel 可以从待合并区域中进行自动匹配。

步骤 4　单击"确定"按钮，完成合并计算，结果如图 7-56 所示。

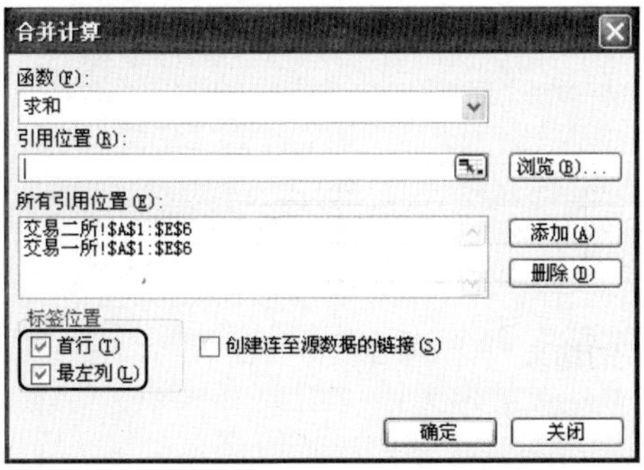

	A	B	C
1	股票名称	成交量	成交金额
2	斯米克		
3	宝莫股份		
4	川化股份		
5	泸天化		
6	ST兰光		
7	靖远煤电		
8	美邦服饰		
9	国恒铁路		
10	振华科技		
11			

交易一所 / 交易二所 / 合并数据 /

图 7-54　创建好的合并数据表

图 7-55　添加合并区域

	A	B	C
1	股票名称	成交量	成交金额
2	斯米克	62.00	31894.00
3	宝莫股份	75723.00	14140.00
4	川化股份	201255.00	14087.00
5	泸天化	72612.00	4963.00
6	ST兰光		
7	靖远煤电	40662.00	6895.00
8	美邦服饰	45439.00	14600.00
9	国恒铁路	399216.00	14025.00
10	振华科技	196734.00	19592.00

图 7-56　合并后的数据

从图 7-56 中可以看出，两张原数据表中都没有股票名称"ST 兰光"股票，因此该数据显示为空。

7.6.3　本节考点

本节内容的考点主要是合并计算的应用，要掌握按位置合并和按分类合并的操作方法。

7.7　获取外部数据

用户除了可以直接在工作表中输入数据外，还可以将 Word 表格、记事本文件（*.txt）导入到 Excel 中。

7.7.1　导入 Word 表格

Excel 与 Word 之间有很好的接口，可以 Word 文档中的表格导入到工作表中。具体步骤如下。

步骤 1　在 Word 文档中，激活表格后，左上角显示选择标记田，如图 7-57 所示，鼠标单击该标记，选中表格。

步骤 2　用下面方法之一对表格进行复制。

◆　按快捷键 Ctrl+C。

◆　单击"编辑"菜单，选择"复制"命令。

◆　单击"常用"工具栏中的"复制"按钮。

◆　鼠标右击表格左上角的选择标记，在弹出的快捷菜单中选择"复制"命令。

月份	发货日期	客户名称	外销合同号	产品名称	外径	壁厚	钢级
1月	1-7	B	07FF1867	套光管	139.7	7.72	N80-1
1月	1-7	A	07FF1867	套光管	139.7	7.72	N80-1
1月	1-7	B	07FF1867	套光管	139.7	7.72	J55
1月	1-8	D	CB-STD	半成器油管	88.9	6.45	J55
1月	1-8	D	CB-STD	成品油管	88.9	6.45	J55
1月	1-9	C	71-0173	成品油管	60.32	4.83	N80-1
1月	1-21	A	71-0170	半成器油管	60.32	4.83	J55
1月	1-21	C	71-0171	成品油管	60.32	4.83	N80-1
1月	1-21	C	71-0172	半成器油管	88.9	6.45	J55
1月	1-23	D	CB-STD	成品油管	60.32	4.83	L80-1

图 7-57　Word 表格左上角的选择标记

步骤 3　切换到 Excel 中，选中需要开始导入的单元格，例如单元格 A1。

步骤 4　用以下方法之一执行粘贴操作。

◆　按快捷键 Ctrl+V。

◆　单击"编辑"菜单，选择"粘贴"命令。

◆　单击"常用"工具栏中的"粘贴"按钮。

◆　鼠标右击单元格，在弹出的菜单中选择"粘贴"命令。

如图 7-58 所示，Word 文档的表格被复制到了 Excel 工作表中。

	A	B	C	D	E	F	G	H	I	J
1	月份	发货日期	客户名称	外销合同号	产品名称	外径	壁厚	钢级	合同订货量	数量
2	1月	1月7日	B	07FF1867	套光管	139.7	7.72	N80-1	1810	653.443
3	1月	1月7日	A	07FF1867	套光管	139.7	7.72	N80-1	300	89.436
4	1月	1月7日	B	07FF1867	套光管	139.7	7.72	J55	750	226.806
5	1月	1月8日	D	CB-STD	半成器油管	88.9	6.45	J55	500	25.013
6	1月	1月8日	D	CB-STD	成品油管	88.9	6.45	J55	500	149.955
7	1月	1月9日	C	71-0173	成品油管	60.32	4.83	N80-1	4264.97	702.29
8	1月	1月21日	A	71-0170	半成器油管	60.32	4.83	J55	85.3	85.76
9	1月	1月21日	C	71-0171	成品油管	60.32	4.83	N80-1	85.3	86.049
10	1月	1月21日	C	71-0172	半成器油管	88.9	6.45	J55	168.78	173.989
11	1月	1月23日	D	CB-STD	成品油管	60.32	4.83	L80-1	300	142.2
12	1月	1月23日	D	CB-STD	成品油管	88.9	6.45	L80-1	500	296.604
13	1月	1月23日	B	07FF1867	套光管	139.7	7.72	N80-1	165	354.001
14	1月	1月23日	A	07FF1867	套光管	139.7	7.72	J55	460	249.053
15	1月	1月23日	B	07FF1867	套光管	139.7	7.72	J55	350	27.529
16	1月	1月25日	C	71-0173	成品油管	60.32	4.83	N80-1	4264.97	1445.42

图 7-58　将表格复制到 Excel 中

✍注意：复制后，在 Excel 中复制到的是静态的数据，该数据不可被更新。

7.7.2　导入文本文件

文本文件是一种纯文本无格式文件，该文件的扩展名为".txt"，用户可以直接引用文本文件中的数据，操作如下。

　　步骤 1　选择需要放置导入数据的起始单元格。

　　步骤 2　单击"数据"菜单，选择"导入外部数据"|"导入数据"命令。

　　步骤 3　在"选取数据源"对话框中选择需要导入的文本文件，如图 7-59 所示，选择了"产品明细.txt"文本文件，单击"打开"按钮。

图 7-59　选择需要导入的文本文件

　　步骤 4　在"文本导入向导—3 步骤之 1"对话框中，需要进行相应的设置，如图 7-60 所示。对话框中的参数说明如下。

　　◆　"原始数据类型"：根据文本文件中数据的组织形式选择。

　　　　➤　"分隔符号"：如果在文本文件中各列之间是使用符号分隔的，则应选中该单选按钮。

　　　　➤　"固定宽度"：如果文本文件中各列的宽度均相同，可选中该单选按钮。

　　◆　"导入起始行"：可设置需要导入数据的起始位置。

　　◆　"文件原始格式"：选择文件的语言格式。

　　这里选中"分隔符号"单选按钮，设置"导入起始行"为"1"，表示从第 1 行导入，并设置好文件原始格式，设置完后单击"下一步"按钮。

　　步骤 5　在"文本导入向导—3 步骤之 2"对话框中，选择与文本文件中相同分隔符号，如"空格"，如果符号选择正确，则在"数据预览"中可以看到数据列之间添加了纵向的黑色线条，如图 7-61 所示，单击"下一步"按钮。

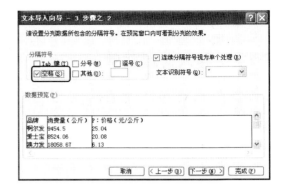

图 7-60　确定原文件类型　　　　　　　　　图 7-61　选择分隔符号

步骤 6　在"文本导入向导—3 步骤之 3"对话框中，可以设置数据的格式，先在"数据预览"中单击一列数据，然后在"列数据格式"选项组中选择要设置的数据类型，可以快速改变整列的数据类型，如图 7-62 所示。

提示：如果列中包含混合格式（如字母和数字），Excel 会将列转换为常规格式。如果在日期列中，每个日期都是以年、月、日的顺序排列，同时选择"日期"以及"MDY"日期类型，则 Excel 便会将列转换为常规格式。

步骤 7　单击"完成"按钮，在图 7-63 所示的"导入数据"对话框中，设置放置数据的位置。可以选择在当前工作表的某单元格位置，也可以放置于新建的工作表中。这里是将位置设置为现有工作表的单元格 A1 位置处。

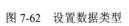

图 7-62　设置数据类型　　　　　　　　　图 7-63　选择数据放置的位置

步骤 8　单击"确定"按钮，完成对文本数据的导入，如图 7-64 所示。

提示：用户也可以将记事本中的文本，通过复制和粘贴的方式导入到工作表中，粘贴后单击"粘贴选项"按钮，在列表中选择 "使用文本导入向导"项，可以启动"文本导入向导"功能处理分列，如图 7-65 所示。

图 7-64 导入完成的数据

图 7-65 选择"使用文本导入向导"

7.8 本章试题解析

试 题	解 析
一、记录单的使用	
试题 1 在当前数据清单的 A2 中增加一条记录，"物品名"为"橡皮"，"需要数量"为 12，单价为"1.60"，"金额"为"1g"	参见"7.1.2 使用记录单处理数据"中的"1.添加记录"
试题 2 在记录单中设置查找条件，查看"数量"大于 20，且"金额"小于 100 的前两条记录	参见"7.1.2 使用记录单处理数据"中的"3.查找记录"
试题 3 在记录单中设置查找条件，查看"数量"小于 20 的前两条记录	参见"7.1.2 使用记录单处理数据"中的"3.查找记录"
试题 4 在数据清单中，将物品名为"橡皮"的"数量"设置为"120"	参见"7.1.2 使用记录单处理数据"中的"3.查找记录"，找到记录，再进行修改
试题 5 在数据清单中，将物品名为"透明文件夹"的记录删除	参见"7.1.2 使用记录单处理数据"中的"4.删除记录"
二、数据排序	
试题 1 在当前工作表中，利用"常用"工具栏，对"序号"列作递减排序	参见"7.2.1 按列排序"中的"1.简单排序"
试题 2 利用"常用"工具栏，取消刚进行的排序操作	利用"撤销"按钮
试题 3 在当前数据清单中，按"连续进球数"进行升序排序	参见"7.2.1 按列排序"中的"1.简单排序"
试题 4 在当前工作表中，设置按行进行排序，具体行号为"行 2"，排序方式为递减顺序	参见"7.2.2 按行排序"
试题 5 在当前数据清单中，进行多重排序，先按"球队"进行升序排序，再按"主场进球"进行升序排序	参见"7.2.1 按列排序"中的"2.多重字段排序"
试题 6 在当前数据清单中，对"球队"列进行排序，要求按笔画进行升序排序	参见"7.2.3 自定义排序依据"

试　　题	解　　析
三、数据筛选	
试题 1　对当前数据清单应用自动筛选，筛选出"产品名称"为"海飞丝"的记录后，再恢复数据显示	参见"7.3.1 自动筛选"中的"1.应用自动筛选"和"2.恢复数据的显示"
试题 2　在当前数据清单中，利用"自动筛选"按钮，找出"甲"的"洗衣粉"销售记录	参见"7.3.1 自动筛选"中的"1.应用自动筛选"
试题 3　利用自动筛选，同时筛选出"牙膏"和"牙刷"的产品记录	参见"7.3.1 自动筛选"中的"4. 自定义自动筛选"条件设置为"等于"、"牙*"
试题 4　在当前数据清单中，使用"自动筛选"操作，筛选出"单价"大于 234，且小于 523 的数据记录	参见"7.3.1 自动筛选"中的"4. 自定义自动筛选"，条件的关系为"与"
试题 5　在当前数据清单中，同时筛选出产品名称为"夏士莲"和"飘柔"的数据记录	参见"7.3.1 自动筛选"中的"4. 自定义自动筛选"，条件关系为"或"
试题 6　在当前数据表中，筛选出销售额最高的 3 条记录	参见"7.3.1 自动筛选"中的"3.自动筛选前 10 个"
试题 7　用菜单命令恢复数据显示	选择"数据"|"筛选"|"全部显示"命令
试题 8　取消当前数据表的自动筛选	参见"7.3.1 自动筛选"中"2.恢复数据的显示"中的方法 3
试题 9　已知条件区域设置在单元格区域"F25:G26"中，要求对数据区域"A1:F20"进行筛选	参见"7.3.2 高级筛选"中的"应用高级筛选"
试题 10　利用高级筛选功能，在当前数据清单的下方创建条件区域，筛选出产品名称为"海飞丝"，并且部门主管为"甲"的记录	参见"7.3.2 高级筛选"中的"1.建立条件区域"和"2.应用高级筛选"。条件设置如下所示 　　　　 C　　　　 D 24 25 产品名称　部门主管 26 海飞丝　　甲 27
试题 11　在当前数据清单中，创建区域条件，要求"单价"大于 10 并且小于 30	参见"7.3.2 高级筛选"中的"1.建立条件区域"和"2.应用高级筛选"。条件设置如下所示 单价　　　单价 >10　　　 < 30
试题 12　在当前数据清单中，利用高级筛选功能，筛选出产品名称为"夏士莲"或者部门主管为"卯"的数据，要求结果显示在原有数据区域	参见"7.3.2 高级筛选"中的"1.建立条件区域"和"2.应用高级筛选"。条件设置如下所示 　　　　 C　　　 D 24 25 产品名称　部门主管 26 夏士莲 27　　　　 卯
试题 13　在当前数据清单中，筛选部门为"第一部门"，或者部门主管为"甲"的记录，要求将筛选结果复制到单元格 A31 中（使用拾取）	参见"7.3.2 高级筛选"中的"1.建立条件区域"和"2.应用高级筛选"。条件设置如下所示 　　　　 D　　　 E 24 25 部门主管　部门 26 甲 27　　　　 第一部门
试题 14　在当前数据清单中，取消已经进行的高级筛选	选择"数据"|"筛选"|"全部显示"命令

试　　题	解　　析
四、分类汇总	
试题 1 在当前数据清单中，按业务属性对"入仓数量"求和，查看数据后，删除分类汇总	参见"7.4.1 应用分类汇总"和"7.4.3 删除分类汇总"
试题 2 在当前数据清单中，先按产地对"入仓金额"求最大值，再按业务属性对"入仓单价"求最大值	参见"7.4.4 多级分类汇总" 在"汇总方式"下拉列表框中指定为"最大值"
试题 3 删除当前数据表中的分类汇总	参见"7.4.3 删除分类汇总"
试题 4 在工作表中，用分类汇总的方法分别按产地计算出"入仓单价"、"入仓数量"和"入仓金额"的平均值	选择"分类字段"为"产地"，选择"汇总方式"为"平均值"，在"选定汇总项"中选择"入仓单价"、"入仓数量"、"入仓金额"三项，单击"确定"按钮
试题 5 对已经分类汇总好的数据，要求显示出最详细的数据	参见"7.4.2 查看汇总数据"
试题 6 在数据清单中，按业务属性对"入仓金额"求和，要求将每组数据进行分页	参见"7.4.1 应用分类汇总"，选中"每组数据分页"复选框
试题 7 在当前分类汇总表中，隐藏所有明细数据，要求只显示汇总数据	参见"7.4.2 查看汇总数据"
五、数据透视表	
试题1 已知工作表中，包含名为"费用表"的工作表，为该工作表中的数据区域"A1:D31"创建数据透视表，要求放置在分析工作表中	参见"7.5.1 创建数据透视表"
试题2 在当前数据透视表中，求最大值	拖动"金额"字段至 "请将数据项拖至此处"上，鼠标双击"求和项:金额"，在弹出对话框中将其修改为求最大值
试题3 在当前的数据透视表中，删除"费用类别"页字段，并将"支出类别"移动到页字段区域中，并显示出"支票"	参见"7.5.2使用数据透视表分析""3.添加或删除字段"单击筛选按钮 ▼，选择"支票"后，单击"确定"按钮
试题4 在当前给出数据透视表中，使用"部门"为行字段，"费用类别"为列字段	参见"7.5.2使用数据透视表分析""3.添加或删除字段"
试题5 为当前数据透视表设置格式为"报表6"	参见"7.5.2使用数据透视表分析""4.设置格式"
试题6 在数据区域中删除第4行数据后，刷新对应的数据透视表。	参见"7.5.2使用数据透视表分析""2.更新数据"
试题7 要求用工具栏操作的方法将当前数据透视表删除	参见"7.5.2使用数据透视表分析"中"5.删除数据透视表"中的方法2
试题8 基于"Sheet1"工作表中的数据透视表创建数据透视图，设置"费用类别"只显示"通讯费"	参见"7.5.3创建数据透视图"

试　　题	解　　析
六、合并计算	
试题 1　在"合并计算"工作簿中，将"一季度"、"二季度"、"三季度"工作表中的数据汇总到"全年统计"的工作表中，只要求计算"北京"的"第一部门"	参见"7.6.1 按位置合并"
试题 2　打开"合并计算"工作簿，将"一季度"、"二季度"、"三季度"工作表中的数据汇总到"全年统计"的工作表中，要求合并的数据与原数据之间可以自动更新	参见"7.6.1 按位置合并"
试题 3　已知有两个工作簿："费用1"工作簿中存放了财务部的费用金额；"费用2"工作簿中存放了广告部的费用金额，要求在当前单元格对两组数据合并计算，求出财务部和广告部的费用平均值	参见"7.6.2 按分类合并" 注意：标签位置选择首行和最左列
七、获取外部数据	
试题 1　在"发货表.doc"中复制表格，并粘贴到 Excel 的当前工作表中	参见"7.7.1导入 Word 表格"
试题 2　在当前工作表中，导入保存在"我的文档"中的"库存数量.txt"，文件使用"空格"的分隔符号，选择文本格式为简体中文（GB18030）	参见"7.7.2导入文本文件"
试题 3　在当前工作表中，导入保存在"我的文档"中的"库存表.txt"，文件类型为"固定宽度"，导入的数据放置在新工作表中	参见"7.7.2导入文本文件"
试题 4　在当前工作表中，将保存在"我的文档"中的"库存数量.txt"，中的数据复制，然后粘贴到 Excel 的当前工作表中	参见"7.7.2导入文本文件"

第 8 章　数据安全与保护

考试基本要求

掌握的内容：
◆　工作簿的保护与撤销保护。

熟悉的内容：
◆　工作表的保护与撤销保护。

了解的内容：
◆　单元格的保护与撤销保护；
◆　工作表隐藏与取消隐藏。

　　每个使用 Excel 的用户都希望能提高数据的安全性。

　　本章将从工作簿、工作表、单元格出发，讲解对工作簿、工作表和单元格数据进行保护的方法。

8.1   保护工作簿和工作表

通过添加密码，可以对工作簿和工作表进行保护，下面说明具体的应用。

8.1.1   保护工作簿

对工作簿进行保护后，可以使工作簿文件不被查看和更改。如果工作簿已共享，可以防止其恢复为独占使用，并防止删除修订记录。

✐ 提示：当工作簿被共享以后，不能使用本节中所述方法添加保护。关于共享工作的保护可参见第 9 章中 "9.1.4 共享工作簿的保护" 中的内容。

1. 为工作簿添加保护

具体操作步骤如下。

步骤 1   选择 "工具" | "保护" | "保护工作簿" 命令，如图 8-1 所示。

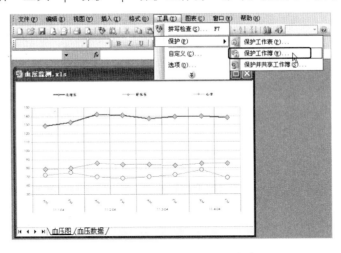

图 8-1   选择 "保护工作簿" 命令

步骤 2   弹出 "保护工作簿" 对话框，如果有必要可以在 "密码（可选）" 文本框中输入密码，该密码在撤销工作簿保护时生效，如果不拥有该密码，将无法取消工作簿的保护状态。

步骤 3   继续选择需要保护的内容，如图 8-2 所示。

◆ 选中 "结构" 复选框后，用户将不能在工作簿中添加、删除工作表。

◆ 选中 "窗口" 复选框后，用户将不能对工作簿窗口的位置和大小进行调整。

步骤 4   单击 "确定" 按钮，弹出 "确认密码" 对话框，在 "重新输入密码" 文本框中输入与上一步骤相同的密码，如图 8-3 所示。

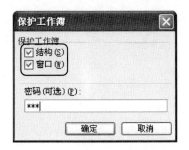

图 8-2 输入工作簿保护密码

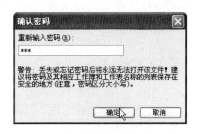

图 8-3 确认密码

步骤 5 单击"确定"按钮。

如图 8-4 所示，保护结构后的工作簿窗口，在窗口中已经找不到工作簿的最小化、还原和关闭窗口按钮了。 同时，在工作表标签处单击鼠标右键，在弹出的快捷菜单中发现插入、删除、移动和复制工作表等命令都不能执行了。

✍注意：工作簿在保护状态下，并不影响对数据的管理，同时，用户可以根据需要对单元格进行插入、删除等操作。

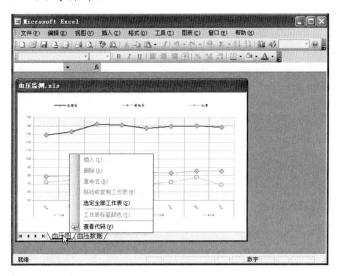

图 8-4 被保护的工作簿

2．撤销工作簿保护

如果需要撤销工作簿保护，可进行如下操作。

步骤 1 选择"工具"|"保护"|"撤销工作簿保护"命令。

步骤 2 弹出"撤销工作簿保护"对话框，在"密码"文本框中输入设置保护时输入的密码，如图 8-5 所示。

步骤 3 单击"确定"按钮，即可撤销对工作簿的保护。

图 8-5 "撤销工作簿保护"对话框

　　✍提示：如果在设置工作簿保护时没有添加密码，撤销工作簿保护时就不会显示"撤销工作簿保护"对话框。

8.1.2　保护工作表

　　除了可以为整个工作簿文件添加密码保护外，用户也可以为工作簿中的某些工作表添加保护，以限制其他用户对工作表内容、对象及方案进行访问限制。

1．为工作表添加保护

　　为工作表添加保护密码的操作方法如下。
　　步骤 1　选中需要保护的工作表。
　　步骤 2　选择"工具"|"保护"|"保护工作表"命令。
　　步骤 3　弹出图 8-6 所示的"保护工作表"对话框，在"允许此工作表的所有用户进行"列表框中选择允许用户进行编辑的项目，被选择的项目将不被保护。各项目含义如下。
　　◆ "选定锁定单元格"：选中此项后，允许指针选择被设置"锁定"属性的单元格。
　　◆ "选定未锁定的单元格"：选中此项后，允许指针选择未被设置"锁定"属性的单元格。
　　◆ "设置单元格格式"：选中此项后，允许对单元格格式进行设置。
　　◆ "设置列格式"：选中此项后，允许使用"格式"菜单下的"列"命令。
　　◆ "设置行格式"：选中此项后，允许使用"格式"菜单下的"行"命令。
　　◆ "插入列"：选中此项后，允许在工作表中插入空白列。
　　◆ "插入行"：选中此项后，允许在工作表中插入空白行。
　　◆ "插入超链接"：选中此项后，允许在工作表中设置超链接。
　　◆ "删除列"：选中此项后，允许在工作表中删除列。
　　◆ "删除行"：选中此项后，允许在工作表中删除行。
　　◆ "排序"：选中此项后，允许对数据进行排序。
　　◆ "使用自动筛选"：选中此项后，允许使用自动筛选。
　　◆ "使用数据透视表"：选中此项后，允许对数据透视表的格式、数据等进行修改。
　　◆ "编辑对象"：选中此项后，允许对插入的对象进行修改及添加任何对象。
　　◆ "编辑方案"：选中此项后，允许对工作表中的方案进行修改、删除等操作。
　　步骤 4　在"取消工作表保护时使用的密码"文本框中输入密码，如图 8-6 所示，该密码将在取消工作表保护状态时生效。
　　步骤 5　单击"确定"按钮。
　　设置工作表保护后，工具栏中的大部分按钮都变为了不可使用的状态，并且在对单元格进行操作时，会显示图 8-7 所示的提示框。

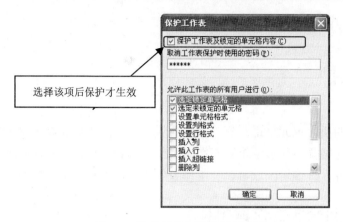

图 8-6 选择保护项目和设置密码

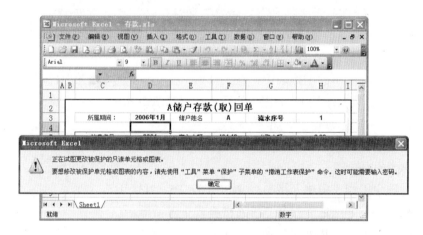

图 8-7 工作表保护后的状态

2. 撤销工作表保护

若要取消工作表的保护状态，操作方法如下。

步骤 1 选中需要撤销保护的工作表。

步骤 2 选择"工具"|"保护"|"撤销工作表保护"命令。

步骤 3 弹出"撤销工作表保护"对话框，在"密码"文本框中输入正确的密码，如图 8-8 所示。

✍提示：如果在设置工作表保护时，没有输入密码，撤销工作表保护时不会显示"撤销工作表保护"对话框。

步骤 4 单击"确定"按钮，撤销工作表保护状态。

图 8-8 撤销保护工作表

8.1.3 本节考点

本节内容的考点包括为工作簿添加保护、撤销工作簿保护、为工作表添加保护、撤销工作表保护，要掌握具体的操作方法。

8.2 单元格区域保护

默认情况下，工作表中的所有单元格都具有"锁定"属性，在对工作表添加保护后，所有具有"锁定"属性的单元格都不能被编辑了。在对工作表进行保护前，可以通过更改单元格的"锁定"属性或设置允许编辑区域可以在工作表保护状态下解除单元格的保护。

8.2.1 利用"锁定"属性实现区域保护

默认情况下，所有单元格都具有"锁定"属性，在工作表保护状态下，锁定的单元格禁此进行操作，如需要能对特定的单元格进行操作，就需要取消其"锁定"属性，例如，在图 8-9 所示的工作表中，在工作表被保护时，仍然希望用户可以在单元格 D3，D5，F3，F5，H3，H5 中输入数据。此时，可以解除这些单元格的"锁定"属性，具体如下。

图 8-9　示例表格

步骤 1　选中工作表中单元格 D3，D5，F3，F5，H3，H5。

步骤 2　用以下方法之一打开"单元格格式"对话框。

◆　选择"格式"|"单元格"命令。

◆　按快捷键为 Ctrl+1。

◆　在选中的单元格位置处单击鼠标右键，在弹出的快捷菜单中选择"设置单元格格式"命令。

步骤 3　在"单元格格式"对话框中，选择"保护"选项卡，取消选中"锁定"复选框，如图 8-10 所示。

步骤 4　设置完后单击"确定"按钮。

此后，在工作表保护状态下，所有用户对单元格 D3，D5，F3，F5，H3，H5 都具有编辑权限。

8.2.2 设置用户允许编辑区域

如果希望在工作表状态下，具有相应权限的用户可以特别指定的单元格区域进行编辑，则需要设置用户编辑区域，并为该区域指定密码。

📝注意：对特定区域具有编辑权限的用户可以不拥有工作表保护密码。在同一工作表中可以根据需要创建多个编辑区，并为各个区域设置不同的保护密码。

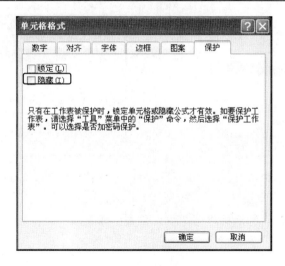

图 8-10　需要保护的项

具体的设置方法如下。

步骤 1　选择要进行保护的区域。

步骤 2　选择"工具"|"保护"|"允许用户编辑区域"命令。

步骤 3　在图 8-11 所示的"允许用户编辑区域"对话框中,单击"新建"按钮,打开图 8-12 所示的"新区域"对话框,在"标题"文本框中输入区域名称,在"区域密码"框中输入密码,单击"确定"按钮。

✍**提示**:如果用户当前位于局域网中,则可以单击"权限"按钮为该区域指定相应的用户。

图 8-11　"允许用户编辑区域"对话框　　　　图 8-12　"新区域"对话框

步骤 4　在"确认密码"对话框中再次输入密码,如图 8-13 所示。

步骤 5　单击"确定"按钮,在"允许用户编辑区域"对话框中显示了创建好的编辑区域,如图 8-14 所示。

步骤 6　单击"确定"按钮完在编辑区域的创建。

✍**提示**:单击"修改"和"删除"按钮,可以对选择的编辑区域进行修改和删除。

步骤 7　为工作表添加保护,以使编辑区域的保护生效。

图 8-13　输入密码

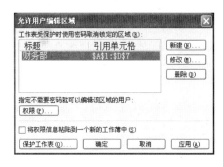

图 8-14　添加的编辑区域

✍提示：在图 8-14 所示的对话框中，单击"保护工作表"按钮，可以直接添加工作表保护密码。

在工作表保护状态下，在对编辑区域进行操作时，将会弹出图 8-15 所示的对话框，具有权限的用户可以输入正确的密码以取消该区域的保护状态。

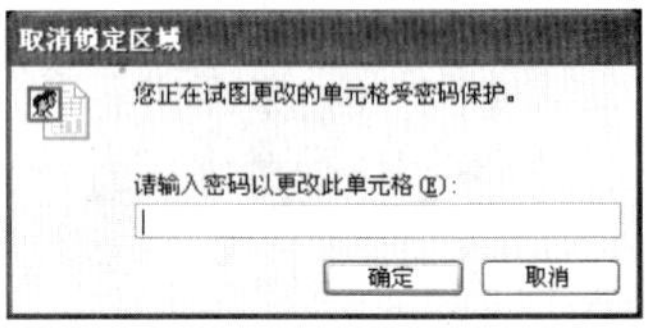

✍提示：在工作表保护状态下，不能创建、修改和删除编辑区域。

如果希望得到所有编辑区域的权限信息明细单，则可以在图 8-14 所示的对话框中，选中"将权限信息粘贴到一个新的工作簿中"复选框，这样将会在新工作簿中显示出图 8-16 所示的信息。

图 8-15　"取消锁定区域"对话框

	A	B	C	D
1	权限	[一、保护工作簿和工作表.xls]年产值比较		
2				
3	区域标题	单元格区域	密码保护	用户和组
4	广告部	=$D$3:$D$6	是	—
5	市场部	=$C$3:$C$6	是	—
6	财务部	=$B$3:$B$6	是	—

图 8-16　权限信息明细

8.2.3　本节考点

本节内容的考点主要包括利用"锁定"属性实现区域保护、设置用户允许编辑区域，要掌握具体的操作方法。

8.3　利用隐藏操作保护数据

通过对行、列、工作表设置隐藏可以起到保护数据的目的。

这些功能还有助于防止其他用户对数据进行不必要的更改。Excel 不会对工作簿中隐藏或锁定的数据进行加密。只要用户具有访问权限，并花费足够的时间，即可获取并修改工作簿中的所有数据。

8.3.1　工作表的隐藏与取消隐藏

对于不想让其他用户看到的工作表，用户可以将其隐藏；当想使用时则可以取消隐藏，将其显示。

✍注意：当工作簿被设置为保护状态时，用户不能取消工作表的隐藏状态。

1．隐藏工作表

隐藏工作表的具体操作步骤如下。
步骤 1　选中需要隐藏的工作表。
步骤 2　选择"格式"|"工作表"|"隐藏"命令。

✍提示：为了防止他人将隐藏的工作表重新显示并查看其中的数据，可以对工作簿添加保护。只有拥有保护密码的用户才能取消工作表的隐藏。

被隐藏的工作表中的数据不可见，但仍然可以在其他工作表引用这些数据。

✍注意：当工作簿只有一个工作表时，不能对其进行隐藏操作，会弹出图 8-17 所示的提示框。

图 8-17　提示框

2．取消工作表的隐藏

要显示隐藏的工作表，其操作步骤如下。
步骤 1　选择"格式"|"工作表"|"取消隐藏"命令。
步骤 2　在"取消隐藏"对话框中，其中选择需要显示的工作表，如图 8-18 所示。
步骤 3　单击"确定"按钮。

图 8-18　选择需要取消隐藏的工作表

8.3.2　隐藏公式

通过对单元格设置"隐藏"属性可以保护单元格中的公式不被显示，具体操作如下。
步骤 1　选中包含需要隐藏公式的单元格区域，如图 8-19 所示。

	A	B	C	D	E
1	日期	项目	收入	支出	余额
2	2005-01-03	销售收入	9,000.00		9,000.00
3	2005-01-04	其他应收款	4,000.00		13,000.00
4	2005-01-05	差旅费		5,000.00	8,000.00
5	2005-01-06	应付工资		5,000.00	3,000.00
6	2005-01-07	差旅费		2,000.00	1,000.00
7	2005-01-10	销售收入	6,000.00		7,000.00
8	2005-01-11	应收帐款	8,000.00		15,000.00
9	2005-01-12	其他应付款		5,000.00	10,000.00

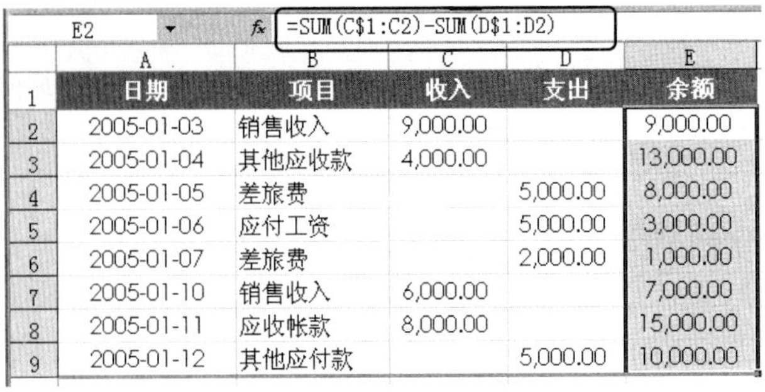

图 8-19　显示在编辑栏中的公式

步骤 2　打开“单元格格式”对话框，选择“保护”选项卡，选中“隐藏”复选框，如图 8-20 所示。

步骤 3　单击“确定”按钮。

步骤 4　参见“8.1.2 保护工作表”中的内容对工作表进行保护。

此后，选中单元格时，在编辑栏中不再显示对应的公式了，如图 8-21 所示。

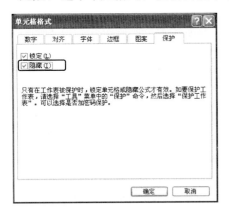

图 8-20　选择“隐藏”项

	A	B	C	D	E
1	日期	项目	收入	支出	余额
2	2005-01-03	销售收入	9,000.00		9,000.00
3	2005-01-04	其他应收款	4,000.00		13,000.00
4	2005-01-05	差旅费		5,000.00	8,000.00
5	2005-01-06	应付工资		5,000.00	3,000.00
6	2005-01-07	差旅费		2,000.00	1,000.00
7	2005-01-10	销售收入	6,000.00		7,000.00
8	2005-01-11	应收帐款	8,000.00		15,000.00
9	2005-01-12	其他应付款		5,000.00	10,000.00

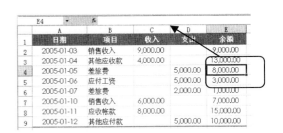

图 8-21　编辑栏中不显示公式了

8.3.3　本节考点

本节内容的考点主要包括工作表的隐藏和取消隐藏的方法、隐藏单元格公式。

8.4　本章试题解析

试　　题	解　　析
一、保护工作簿和工作表	
试题 1　对当前工作簿的结构进行保护（保护项为默认所选项），设置密码为“000000”	参见“8.1.1 保护工作簿”中的“1.为工作簿添加保护”
试题 2　取消保护当前工作簿，密码为“000000”	参见“8.1.1 保护工作簿”中的“2.撤销工作簿保护”

试　　题	解　　析
试题 3　对当前工作簿进行保护，要求保护后工作簿窗口不能调整大小和位置，设置密码为"000000"	参见"8.1.1 保护工作簿"中的"1.为工作簿添加保护"，选中"结构"复选框
试题 4　在当前工作簿中，对当前工作表进行保护，设置保护密码为"123456"，设置允许此工作表的所有用户插入行	参见"8.1.1 保护工作簿"中的"1.为工作表添加保护"
试题 5　对当前工作表的保护进行撤销，密码为"123456"	参见"8.1.1 保护工作簿"中的"2.撤销工作表保护"
二、单元格区域保护	
试题 1　对当前所选的单元格区域进行锁定并隐藏	打开"单元格格式"对话框，选择"保护"选项卡，选中"锁定"和"隐藏"复选框
试题 2　撤销对当前所选单元格区域的保护	打开"单元格格式"对话框，选择"保护"选项卡，取消选中"锁定"和"隐藏"复选框
三、利用隐藏操作保护数据	
试题 1　在当前工作簿中，将"费用比较"工作表隐藏	参见"8.3.1 工作表的隐藏与取消隐藏"中的"1.隐藏工作表"
试题 2　取消"费用比较"工作表的隐藏状态	参见"8.3.1 工作表的隐藏与取消隐藏"中的"2.取消工作表的隐藏"
试题 3　已知当前工作簿中"产品性能检测"工作表被隐藏，设置只有拥有权限密码（000000）的用户才能重新显示该工作表	参见"8.3.1 工作表的隐藏与取消隐藏"中的"1.隐藏工作表" 再对工作簿进行保护
试题 4　已知当前工作簿中"产品性能检测"工作表被隐藏，工作簿已被保护，密码为"000000"。要求重新显示"产品性能检测"工作表	先撤销工作簿的保护状态，再参见"8.3.1 工作表的隐藏与取消隐藏"中的"2.取消工作表的隐藏"
试题 5　选中"产品销售"工作表，将单元格"D2:D10"中的公式隐藏起来，不要求设置密码	参见"8.3.2 隐藏公式"完成后取消对单元格区域的选择

第 9 章　共享数据与协同工作

考试基本要求

掌握的内容：

◆ 工作簿的共享设置；

◆ 修订的处理（接受和拒绝）方法。

熟悉的内容：

◆ 共享工作簿保护的设置方法，在拥有权限的情况下可以取消工作簿的共享保护。

了解的内容：

◆ 共享工作簿的使用，能够合并工作簿的修订；

◆ 修订标识的修改；

◆ Excel 与其他 Office 组件的协作操作。

　　在制作 Excel 工作簿过程中，常常需要与其他用户一起协作并配合使用 Office 其他组件来完成，这就是数据的共享和协作功能。

　　本章主要介绍进行协同工作的方法，利用这些功能可以大大地提高团队的工作效率。

9.1　共享工作簿

制作好的工作簿可以与他人共享使用，以实现多用户同时处理同一个工作簿。

9.1.1　设置工作簿共享

设置工作簿为共享状态的操作方法如下。

步骤 1　打开要共享的工作簿文件。

步骤 2　选择"工具"|"共享工作簿"命令，如图 9-1 所示。

步骤 3　在"共享工作簿"对话框的"编辑"选项卡中，选中"允许多用户同时编辑，同时允许工作簿合并"复选框，如图 9-2 所示。

图 9-1　选择"共享工作簿"命令　　　图 9-2　"共享工作簿"对话框

步骤 4　选择"高级"选项卡，如图 9-3 所示，可以设置修订的保存、更新的时间、解决冲突的方式以及个人视图的设置，设置完成后，单击"确定"按钮。

在对话框中可以进行如下设置。

◆ "保存修订记录"：指定保存记录的天数为 30 天，如图 9-3 所示。

◆ "自动更新间隔"：指定希望的更新的时间间隔，如 15min，每一位使用共享工作簿的用户都可以独立地设置更新步频率。

　　➤ "查看其他人的更改"。

　　➤ "保存本人的更改并查看其他用户的更改"：可以在每次更新时保存共享工作簿，以使其他用户能看到自己所作的更改。

◆ "询问保存哪些修订信息"：当发生冲突时，显示提示框询问保存哪些信息。

◆ "选择正在保存的修订"：发生冲突时，自动选择正在保存的修订，其他修订被删除。

步骤 5　弹出提示框，如图 9-4 所示，提示是否保存文档，单击"确定"按钮，如图 9-4 所示。

图9-3　"高级"选项卡　　　　　　　　图9-4　提示框

设置工作簿为共享后，Excel 上方的标题栏上会出现"[共享]"字样，如图9-5所示。

图9-5　共享后的工作簿的标题栏

> 注意：应当将共享的工作簿放置在局域网络中，并且使其他用户对存放位置都具有访问权限。

用此方法设置共享后，共享的工作簿不被保护，所有用户都可以取消工作簿的共享状态。添加保护的方法参见"9.1.4 共享工作簿的保护"中的内容。

9.1.2　应用共享工作簿

将共享工作簿放置于局域网中，此时，具有权限的用户就可以同时对工作簿进行编辑了，此过程中，Excel 会自动更新信息。

在工作簿共享期间，打开"共享工作簿"对话框，可以了解当前正在使用该工作簿的用户，如图9-6所示。

选择某个用户，单击"删除"可以将其从列表中删除，如果该用户仍与工作簿保持连接关系，删除时将断开连接并丢失所有修改。

如果用户打开工作簿后，其他的用户对工作簿进行了修改并作了保存，那么用户在保存时，将会弹出提示框，并且修改的单元格将被红色边框所标识。

共享工作簿后，用户不能执行一些 Excel 功能了。有些功能用户不可操作，例如，用户不能合并单元格、删除工作表或插入图表。因此，在共享工作簿之前，应当对工作簿做好设计，避免遇到这样的操作。如不可避免，应当先取消共享再进行此类操作。

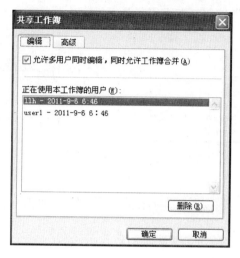

图 9-6　查看正在使用的用户

9.1.3　取消工作簿的共享

取消工作簿的共享状态的操作方法如下。

重新打开图 9-6 所示的"共享工作簿"对话框，取消选中"允许多用户同时编辑，同时允许工作簿合并"复选框。

✍注意：如果工作簿未被保护，任何一个用户都可以取消工作簿共享状态，这对工作簿的使用是十分不安全的，因为取消共享会使所有用户丢失未保存的修改。

共享工作簿被保护后，将不能取消共享状态，如图 9-7 所示，"允许多用户同时编辑，同时允许工作簿合并"复选框为不可用状态。

保护共享工作簿及撤销共享工作簿保护的方法参见"9.1.4 共享工作簿的保护"中的内容。

9.1.4　共享工作簿的保护

为共享工作簿添加保护，可以对共享状态进行保护，以免他人随意取消。

1. 添加保护

为共享工作簿添加保护的方法如下。

步骤 1　选择"工具"|"保护"|"保护并共享工

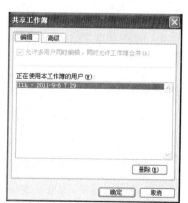

图 9-7　工作簿保护状态下不可取消共享

作簿"命令,如图 9-8 所示。

步骤 2　在"保护共享工作簿"对话框中,选中"以追踪修订方式共享"复选框,如图 9-9 所示,输入权限密码。

步骤 3　单击"确定"按钮,在密码确认对话框中再次输入相同的密码。

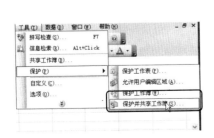

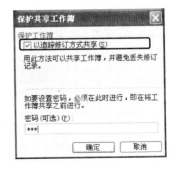

图 9-8　选择"保护并共享工作簿"命令　　　图 9-9　添加保护密码

步骤 4　单击"确定"按钮,完成操作。

✍ 提示:如果工作簿已被共享,那么,可以选择"工具"|"保护"|"保护共享工作簿"命令,如图 9-10 所示,在"保护共享工作簿"对话框中,选中"以追踪修订方式共享"复选框,如图 9-11 所示,用户不能添加保护密码。

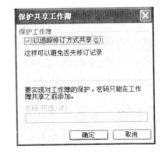

图 9-10　选择"保护共享工作簿"命令　　　图 9-11　不能添加保护密码

2. 撤销共享工作簿的保护

取消共享工作簿保护的方法如下。

步骤 1　单击"工具"|"保护"|"撤销对共享工作簿的保护"命令。

步骤 2　在如图 9-12 所示的"取消共享保护"对话框中输入所设置的保护密码,单击"确定"按钮即可取消共享工作簿的保护,同时取消工作簿的共享状态。

✍ 提示:如果没有添加,则不会弹出"取消共享保护"对话框,执行"撤销对共享工作簿的保护"命令后直接撤销保护,任何人都有权限执行此操作。

图 9-12　输入保护密码

9.1.5　本节考点

本节内容的考点主要包括工作簿的共享设置、取消工作簿共享、保护共享工作簿、撤销共享工作簿保护，要掌握操作方法。

9.2　处理修订

通过为工作表添加批注，可以与其他用户进行一些交流，以便更快地掌握数据的信息，通过在修订模式下修改工作表，Excel 可以保留修改的记录，以便让其他用户了解修改的用户信息和修改的工作表内容。

9.2.1　启用修订标识

使用修订功能可以在工作表中标识修改，并且可以有选择地接受或拒绝这些修改，极大地方便对共享工作簿的管理。

启用修订标识的方法如下。

步骤 1　选择"工具"|"修订"|"突出显示修订"命令，如图 9-13 所示。

步骤 2　在"突出显示修订"对话框中，选中"编辑时跟踪修订信息，同时共享工作簿"复选框，可以在设置修订的同时共享工作簿，如图 9-14 所示，可以在下方进行相应的设置。

步骤 3　继续选择修订信息的显示方式，设置完成后单击"确定"按钮。

◆　选中"在屏幕上突出显示修订"复选框，这样当对工作表进行修改后，Excel 会在当前工作表中标识这些单元格。

◆　选中"在新工作表上显示修订"复选框，那么将在新工作表中保存修改信息。

图 9-13　选择"突出显示修订"命令

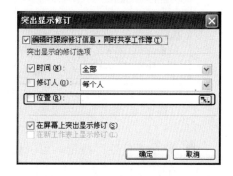

图 9-14　"突出显示修订"对话框

步骤 4　弹出提示框，单击"确定"按钮，完成设置。

工作簿被共享，如图 9-15 所示，此后被修改的单元格的左上角会显示出一个三角形的修改标记，鼠标移到此处，会显示详细的修订信息。

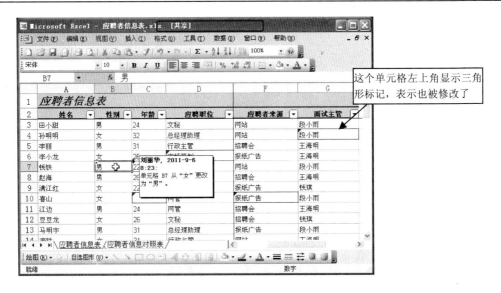

图 9-15　显示的修订标记

要取消修订状态，可以再次打开如图 9-14 所示的"突出显示修订"对话框，取消选中"编辑时跟踪修订信息，同时共享工作簿"复选框。

9.2.2　接收和拒绝修订

对工作表中的修订，用户有权接受或拒绝，具体操作方法如下。

步骤 1　选择"工具"|"修订"|"接收或拒绝修订"命令，如图 9-13 所示。

步骤 2　在"接受或拒绝"对话框中进行设置，如图 9-16 所示，单击"确定"按钮。

步骤 3　继续弹出"接受或拒绝修订"对话框，如图 9-17 所示，显示当前有 6 个修改，此时显示的为第 1 个，根据情况，可以选择单击相应的按钮。

图 9-16　修订选项的设置　　　　　图 9-17　"接受或拒绝修订"对话框

◆　单击"接受"按钮，可以接受对该单元格的修改，同时对话框跳动到下一个修改的信息框。

◆　单击"拒绝"按钮，可以使数据回到修改前的状态，同时对话框跳动到下一个修改的信息框。

◆　单击"全部接受"或"全部拒绝"按钮可以确认接受或拒绝所有的修改。

步骤 4　单击"关闭"按钮，关闭对话框。

当对同一个单元格进行了多个不同值的修改后，将显示图 9-18 所示的对话框，可以选择一个需要接受的修订，然后单击"接受"按钮。

9.2.3　本节考点

本节内容的考点主要包括启用修订标识、接受或拒绝修订。

9.3　协同工作

图 9-18　显示多个值的修订

下面讲解 Excel 与其他 Office 组件之间的协同工作。

9.3.1　与 Word 协同工作

1. 将 Excel 表格复制到 Word 中

Excel 具有强大的计算能力，如果表格需要计算，可以先在 Excel 中制作，再将其复制到 Word 中使用。具体方法如下。

步骤 1　在 Excel 工作表复制数据，如图 9-19 所示，也可按 Ctrl+C 进行复制。

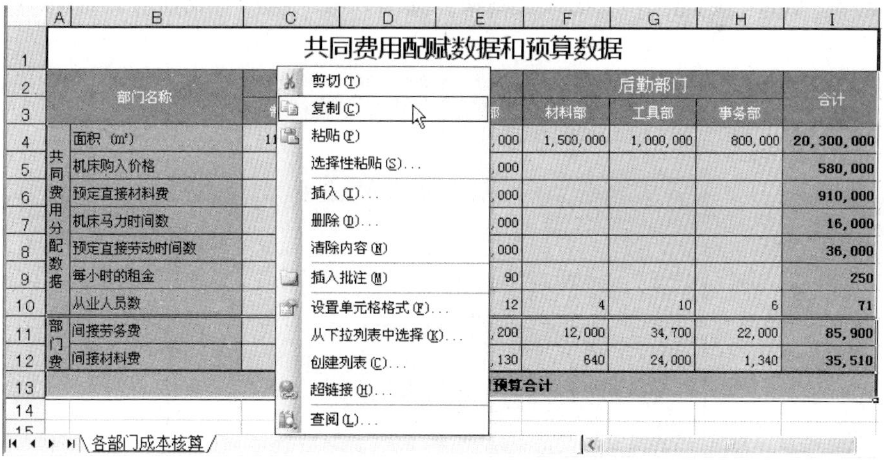

图 9-19　选择"复制"命令

步骤 2　切换到 Word 文档，用以下方法将表格粘贴到 Word 中。

方法 1：单击"粘贴"按钮，如图 9-20 所示，在表格的右下角显示"粘贴选项"按钮。

单击"粘贴选项"按钮后，可以在图 9-20 所示的下拉列表中选择相应的选项执行，以得到不同的粘贴结果。

图 9-20　显示"粘贴选项"列表

◆ "保留源格式"：选中该项后，可以使表格保持在 Excel 中设置的所有格式。

◆ "匹配目标区域表格样式"：选中该项后，以粘贴处的格式更新表格。

◆ "仅保留文本"：选中该项后，可以去除表格边框，保留文本内容。

◆ "保留源格式并链接到 Excel"：选中该项后，可以在保留表格格式的基础上与 Excel 工作簿中的原表保持链接。

◆ "匹配目标区域表格样式并链接到 Excel"：选中该项后，可以表格格式以粘贴处格式为准，但数据可以与 Excel 原表保持链接。

　　方法 2：选择"编辑" | "选择性粘贴"命令，在"选择性粘贴"对话框中可以进行设置。

◆ 选中"粘贴"单选按钮后，可以在右侧"形式"框中选择合适的选项，例如"位图"，这样表格将被粘贴成为静态的图片格式，如图 9-21 所示。

图 9-21　选中"粘贴"单选按钮

◆ 选中"粘贴链接"单选按钮后，无论在"形式"文本框中选择哪项，都能与原表格保持更新，如图 9-22 所示。图 9-23 所示是粘贴为文本后的数据。当原表数据发生变化后，单击鼠标右键后，在弹出的快捷菜单中选择"更新链接"命令，可以更新这些数据。

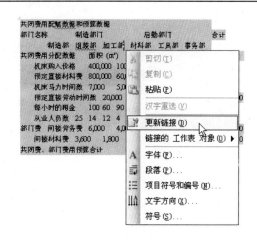

图 9-22　选中"粘贴链接"单选按钮　　　　　　图 9-23　更新数据

注意：如果不希望在 Word 中直接显示这些数据，可以选中"显示为图标"复选框，如图 9-22 所示，复制的 Excel 表格将被处理为一个图标，双击后可以打开 Excel 工作簿进行编辑。

将 Word 文档中的表格复制到工作表中，具体方法参见第 7 章中 "7.7.1 导入 Word 表格"中的内容。

2．对链接进行设置

如果 Excel 工作簿文件的位置发生变化或已被删除时，可以通过编辑链接来处理，选择是否断开这些链接。

具体操作如下。

步骤 1　在 Word 文档中，用以下方法之一打开"链接"对话框。

◆　鼠标右击链接入的工作表，在弹出的快捷菜单中选择"链接的工作表对象"|"链接"命令，如图 9-24 所示。

图 9-24　选择"链接"命令

◆ 选择"编辑"|"链接"命令。

步骤 2 在图 9-25 所示的"链接"对话框中，根据需要对链接情况进行设置。

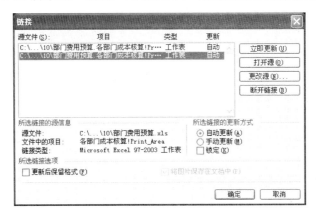

图 9-25 "链接"对话框

对话框中主要按钮和参数说明如下。

◆ "立即更新"按钮：单击后，可以更新数据。

◆ "打开源"按钮：单击后，将打开与之链接的工作簿文件。

◆ "更改源"按钮：单击后，可以更改与表格链接的工作簿。

◆ "断开链接"按钮：单击后，将解除 Word 中的表格与源工作簿之间的链接关系。

◆ "锁定"复选框：选择该复选框后，表格将不再进行更新。

步骤 3 设置完成后单击"确定"按钮即可。

9.3.2 与 PowerPoint 协同工作

Excel 中的表格也可以被复制到 PowerPoint 中使用。操作方法如下。

步骤 1 在 Excel 中复制表格所在的单元格区域。

步骤 2 切换到 PowerPoint 中，用以下方法将表格进行粘贴。

◆ 单击"粘贴"按钮，如图 9-26 所示，右下角显示了一个"粘贴选项"按钮，在下拉列表中可以选择相应的粘贴方式。

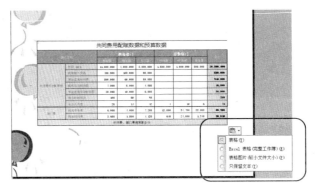

图 9-26 粘贴选项

◆　选择"编辑"|"选择性粘贴"命令。在"选择性粘贴"对话框中要进行以下设置。

　　➢　选中"粘贴"单选按钮，在右侧"作为"列表框选择具体的粘贴要求，如图
　　　　9-27 所示。

　　➢　选中"粘贴链接"单选按钮，将表格以对象的方式显示在幻灯片中，如有必要
　　　　可以选中"显示图标"复选框，如图 9-28 所示。

图 9-27　粘贴对象

图 9-28　以粘贴链接方式处理

步骤 3　设置完成后单击"确定"按钮，图 9-29 所示为以图表形式显示在幻灯片中的 Excel 表格对象。双击该图表可以打开 Excel 工作表查看数据。

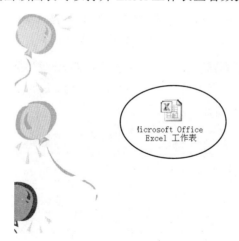

图 9-29　以图表形式显示的工作表对象

9.3.3　与 Access 协同工作

　　Excel 与 Access 之间的协同工作效果极佳，用户既可以在 Excel 中导入 Access 数据库数据，也可以将 Excel 中的表数据导入到 Access 中。

1. 导入 Access 数据

　　如果需要使用的数据存在于数据库中，可以直接引用。Excel 允许从 SQL、Access 数据库中导入数据。下面以导入 Access 数据表为例说明操作方法，具体如下。

　　步骤 1　创建一个空白的 Excel 工作表，选择"数据"|"新建数据库查询"命令，如

图 9-30 所示。

步骤 2 在"选取数据源"对话框中，单击"数据库"选项卡，如图 9-31 所示，选择"MS Access Database"项，单击"确定"按钮。

图 9-30　选择"新建数据库查询"命令　　　　图 9-31　选择数据源类型

步骤 3 在"选择数据库"对话框中，找到数据库文件所在的位置并选中，如图 9-32 所示，单击"确定"按钮。

步骤 4 在"查询向导－选择列"对话框中选择准备好的 Access 文件，如图 9-33 所示，在"可用的表和列"列表框中，展开"家庭财产"表中的列。

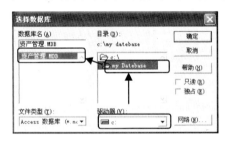

图 9-32　选择 Access 数据库　　　　图 9-33　展开表中的列

步骤 5 单击中间区域的 ˃ 按钮，将表的列移动到右侧的"查询结果中的列"列表框中，如图 9-34 所示，单击"下一步"按钮。

步骤 6 在"查询向导－筛选数据"对话框中，可以设置相应的查询条件，如图 9-35 所示，默认设置表示导入全部数据，单击"下一步"按钮。

图 9-34　向查询中添加列　　　　图 9-35　设置查询条件

步骤 7　在"查询向导－排序顺序"对话框中，可以设置数据导入后的排序依据，如图 9-36 所示，例如设置为"家庭财产编号"按"升序"排列，单击"下一步"按钮。

步骤 8　在"查询向导－完成"对话框中，选择"将数据返回 Microsoft Excel"单选按钮，如图 9-37 所示，单击"完成"按钮。

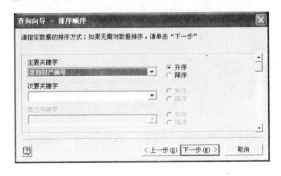

图 9-36　排序设置

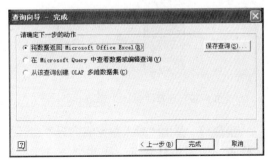

图 9-37　完成操作

步骤 9　最后在"导入数据"对话框中，选择数据的放置位置，单击"确定"按钮，数据将被导入到指定位置。

2. 将表数据导入到 Access 中

准备导入到 Access 中的表数据应当具有列标志，且表格中不包含斜线或合并单元格格式。图 9-38 所示是准备导入到 Access 中的工作表数据。

	A	B	C	D	E	F	G	H	I
1	姓名	部门	入职日期	工资级别	应出勤天数	实际出勤天数	基本工资	工龄工资	提成工资
2	A1	服务部	2004-01-04	6级	26	26	2500	120	250
3	A2	服务部	2005-01-02	8级	26	26	2100	120	1300
4	A3	服务部	2005-02-10	4级	24	24	3500	40	284
5	A4	服务部	2005-03-22	2级	26	26	4500	40	2160
6	A5	服务部	2005-05-01	3级	24	24	4000	40	350
7	D1	人事部	2005-01-02	5级	26	26	3000	40	
8	D2	人事部	2004-09-26	8级	26	26	2100	80	
9	D3	人事部	2003-01-04	7级	24	23	2300	200	
10	D4	人事部	2005-09-04	3级	26	23	2500	0	
11	E1	综合部	2002-01-01	1级	26	26	5000	200	

图 9-38　工资信息表

在 Access 中导入的操作方法描述如下。

步骤 1　在 Access 中，选择"文件"|"获取外部数据"|"导入"命令，如图 9-39 所示。

步骤 2　在"导入"对话框中，设置"文件类型"为"Microsoft Excel（*.xls）"，如图 9-40 所示，选择具体要导入的工作簿文件，这里选择"工资表"，单击"导入"按钮。

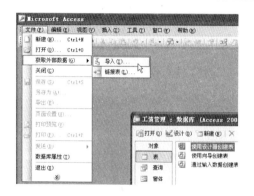

图 9-39　选择"导入"命令　　　　　　　　　图 9-40　选择要导入的工作簿文件

步骤 3　弹出"导入数据表向导"对话框，选择数据所在的工作表，这里选择"Sheet1"工作表，如图 9-41 所示，单击"下一步"按钮。

步骤 4　选择"第一行包含列标题"复选框，如图 9-42 所示，表格第一行数据将作为字段名称使用，单击"下一步"按钮。

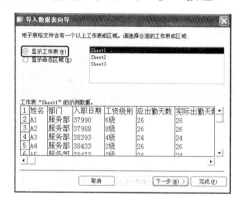

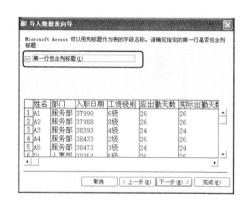

图 9-41　选择数据所在的工作表　　　　　　　图 9-42　设置第一行数据为列标题

步骤 5　如图 9-43 所示，选择"新表中"单选项，将导入的数据放置在新表中，单击"下一步"按钮。

步骤 6　根据需要可以对各字段数据进行设置，如图 9-44 所示，单击"下一步"按钮。

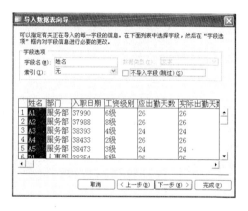

图 9-43　选择生成新表　　　　　　　　　　　图 9-44　设置字段

步骤 7 选择是否设置主键关键字，这里选择"让 Access 添加主键"项，如图 9-45 所示，单击"下一步"按钮。

步骤 8 输入新表的名称，如图 9-46 所示，单击"完成"按钮。

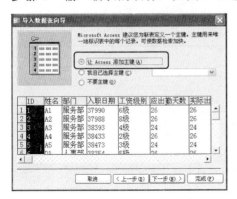

图 9-45 设置主键   图 9-46 输入表名称

步骤 9 如图 9-47 所示，单击"确定"按钮，完成工作表数据的导入操作。

图 9-47 提示数据导入完成

如图 9-48 所示，在 Access 数据库中，显示了导入的表格，打开表格后显示导入的数据。

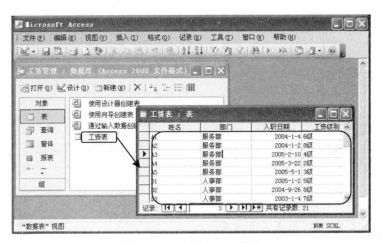

图 9-48 导入的 Excel 数据

9.3.4 本节考点

本节内容的考点主要包括将 Excel 工作表复制到 Word 中、对链接进行设置、将 Excel

工作表复制到 PowerPoint 中、将工作表导入到 Access 中。

9.4 本章试题解析

试　　题	解　　析
一、共享工作簿	
试题 1 将当前工作簿设置为共享，设置不保留修订记录	参见"9.1.1 设置工作簿共享"
试题 2 将当前被共享的工作簿添加保护，并在保护的状态下取消共享	参见"9.1.4 共享工作簿的保护"中的"1.添加保护"
试题 3 已知当前工作簿被共享，要求设置在个人视图中，不包括打印设置和筛选设置	参见"9.1.1 设置工作簿共享"
试题 4 撤销当前工作簿的保护状态后，再尝试撤销工作簿的共享状态	参见"9.1.4 共享工作簿的保护"中的"2.撤销共享工作簿的保护"，再参见"9.1.3 取消工作簿的共享"
试题 5 在当前工作簿中，设置共享并添加保护密码密码为 123456	参见"9.1.4 共享工作簿的保护"中的"1.添加保护"
试题 6 设置当前共享工作簿的修订保存时间为 15 天	参见"9.1.1 设置工作簿共享"
二、处理修订	
试题 1 在当前工作簿中启用修订，将单元格 G4 修改为"段小雨"，在 C10 单元格中输入"21"	参见"9.2.1 启用修订标识"
试题 2 在当前工作表中对修订进行接受，拒绝第 1 个修订，使其显示原始值，其他修订全部接受	参见"9.2.2 接受或拒绝修订"
三、协同工作	
试题 1 将当前选中的"A1:I13"单元格区域数据复制到 Word 文档 "费用预算.doc"中，要求在 Word 中保留源格式并链接到 Excel	参见"9.3.1 与 Word 协同工作"中"1.将 Excel 表格复制到 Word 中"中的方法 1
试题 2 将当前选中的"A1:I13"单元格区域数据复制到，Word 文档"费用预算.doc"中，要求将表格粘贴为静态图片	参见"9.3.1 与 Word 协同工作"中"1.将 Excel 表格复制到 Word 中"中的方法 2
试题 3 将当前工作表中单元格区域"A1:I13"中的数据复制到，Word 文档 "费用预算.doc"中，要求将表格粘贴为可更新的无格式文本	参见"9.3.1 与 Word 协同工作"中"1.将 Excel 表格复制到 Word 中"中的方法 2
试题 4 在 Word 文档中，使用菜单栏命令断开表格与原文档的链接关系	参见"9.3.1 与 Word 协同工作"中的"2.对链接进行设置"
试题 5 将当前工作表复制到名为"费用.ppt"的文档中，要求在页面中显示为图标	参见"9.3.2 与 PowerPoint 协同工作"